귀신 들린 책

귀신 들린 책

초판 1쇄 ㅣ 2017년 11월 30일

지은이 ㅣ 유동후
펴낸이 ㅣ 유동범
펴낸곳 ㅣ 도서출판 토파즈
출판등록 ㅣ 2006년 6월 26일 제313-2006-000137호

주 소 ㅣ 경기도 고양시 덕양구 행신동 746-7번지 써니빌 102호
전 화 ㅣ 02-323-8105
팩 스 ㅣ 02-323-8109
이메일 ㅣ topazbook@hanmail.net

ⓒ 2017 토파즈

ISBN 978-89-92512-51-0 (03810)

• 이 책은 한국출판문화산업진흥원의 출판콘텐츠 창작자금을 지원받아 제작되었습니다.

우리 설화 스토리텔링

귀신들린 책

유동후 지음

토파즈

인류의 역사 속에는 전쟁과 질병, 재난 등과 같은 사건, 그리고 밤하늘의 별보다도 많은 사건을 내포하고 있다. 그래서 오늘날 우리의 삶을 지탱하는 물적 토대와 지식, 지혜는 지나온 역사의 흐름 속에 면면히 계승되어온 것이다.

역사를 크게 정사와 야사로 구분할 때 정사가 사관에 의해 객관적인 입장에서 사건이 기록된 반면, 야사는 그 뒤안길에 얽힌 갖가지 설화와 일화 등이 사람들의 입을 통해 구전되고 기록되어온 것이다. 흔히 '구전문학' '설화문학'이라 불리는데, 일연의 『삼국유사』나 『어우야담』, 서양의 『아라비안나이트』 등이 대표적인 예다.

오늘날 영화와 드라마, 케이팝(K-POP) 등 우리의 문화 콘텐츠를 기반으로 한 한류는 전 세계인의 마음을 사로잡고 있다. 그 수준은 최고의 퀄리티를 자랑하며 폭발적인 인기는 관련 콘텐츠 사업을 부흥시키고 있다.

이 책은 「도깨비」, 「사임당」, 「역적」, 「관상」 등 사극을 배경 소재로 한 우리 콘텐츠의 원형인 고전 속의 흥미진진한 이야기들을 묶어낸 것이다. 우리 문화 콘텐츠의 밑천이자 상상력의 원천인 고전 속에서 흥미진진한 이야기들을 탐색한다. 『고려사』, 『삼국사기』, 『삼국유사』, 『동국여지승람』 등 역사서에서 기이담을 가려 뽑고 『용재총화』, 『청구야담』, 『어우야담』, 『고금소총』 등 민담과 야사에서 신기하고 놀라운 이야기를 선별했다. 귀신, 도깨비, 퇴마사 등의 이야기와 무용담을 통해 우리 전통문화의 뿌리 깊음을 실감할 것이다.

제1장에서는 아랑 전설, 귀신을 쫓아낸 밀본, 퇴마사 황철, 죽어서 뱀이 된 비구니 등 주로 귀신과 연관된 사연을 주제로 한 이야기를 가려 뽑았다. 제2장에서는 도승과 말세우물, 황소로 둔갑한 도승과 오백나한, 화랑으로 현신한 미륵불, 세조와 상원사 이야기, 무심천에 나타난 일곱 부처님 등 우리 전통문화와 결코 떼어놓을 수 없는 사찰 연기설화를 골랐다. 제3장에서는 무학대사와 간월도 설화, 경양방죽 축조 이야기, 순천의 목베기 미륵과 창촌리 수호불의 사연, 벌교 뗏목다리에 얽힌 슬픈 사연, 이원조와 청주 까치내 전설, 백제왕과 천안 위례산 전설, 부산 고당할미 전설 등 전국에 흩어져 있는 지명 관련 설화를 수록했다. 제4장에서는 야광주에 얽힌 사내 이야기, 홍도의 모험담, 연개소문전, 전우치전 등 서사성이 뛰어난 이야기들을 소개한다.

귀신과 도깨비 이야기는 전국 곳곳에 광범위하게 흩어져 있고, 「역적」의 '애기장수' 홍길동 이야기는 '숯쟁이 노인과 아기장수 전설'에서 파생된 것이다. 「전우치」는 이미 수차례에 걸쳐 극화되었고, '죽을 시기를 예언하다'를 통해 「관상」을 떠올릴 수 있다. 전통사찰에 얽힌 연기설화와 지명 관련 전설과 민담도 흥미롭다. 이항복, 연개소문, 무학대사와 관련한 일화는 그 자체만으로도 훌륭한 콘텐츠다.

어떤 이야기가 시대를 뛰어넘어 오늘날까지 읽힌다는 것은 그 이야기에서 인생의 본질을 들여다보고 지혜를 얻을 수 있기 때문이다. 흥미롭고 감동과 교훈이 깃든 이야기가 시공을 초월하여 구전되고 활자 매체로 되살아난다. 한류 문화가 더욱 풍성해지는 이즈음, 지금도 사랑받는 수많은 콘텐츠의 원형을 되새겨볼 수 있다는 점에서도 일독을 권한다.

차례

제1장
퇴마사 황철
——
귀신에 쒸 이야기

제2장

도승과 말세우물

사찰 연기설화

제3장

목베기 미륵과
창촌리 수호불

지명에 얽힌 전설

제4장

죽을 시기를 예언하다

—

신이담, 기인담

제 1 장

퇴마사 황철

귀신에 씐 이야기

길흉을 점치는 귀신

옛날 양주에 사는 정씨 집안의 어린 계집종은 귀신에 씌어 여러 가지 말을 중얼거렸다. 화복(禍福)과 길흉(吉凶)을 점치는데 하나같이 들어맞았고, 없어진 물건의 행방도 척척 알아맞혔다. 그러자 집안사람들 모두 두려워했다.

계집종을 통해 들려오는 귀신의 목소리는 늙은 꾀꼬리 울음소리처럼 음산하고 괴이했고, 낮에는 허공을 떠돌아다녔으며 밤에는 대들보 위에 머물렀다.

귀신은 뭐든 척척 말해주었고 잘 들어맞았다. 소문을 들은 마을사람들은 답답한 일이 있을 때마다 빈번하게 찾아왔다.

한번은 이웃집 아낙이 어린 계집종을 데리고 찾아왔다. 집안의 값비싼 비녀가 없어졌는데, 그것이 계집종의 소행이라는 것이었다.

"마님, 전 정말 모르는 일이에요."

"요년아, 모르긴! 네년이 아니면 누구 짓이란 말이더냐!"

아낙이 여종의 머리통을 쥐어박고 나서 귀신에게 말했다.

"비녀가 어디 있는지 얘기해주십시오. 요년 소행임이 틀림없으니, 감춰둔 곳이나 알려주시면 됩니다."

이웃집 아낙이 연신 재촉했지만 귀신은 한참 만에 마지못한 듯 음성을 들려주었다.

"네 비녀가 있는 곳을 알기는 한다. 하지만 차마 내 입으로는 발설하기가 그러니 어찌하리오."

"왜요?"

"만일 실토하면 네가 오죽이나 창피스러워할까 봐서……."

아낙은 어이없다는 듯 피식 한번 웃고 나서 재차 비녀가 있는 곳을 알려달라고 부탁했다. 그러나 귀신은 여전히 대답이 없었고 기다리다 못한 아낙은 화를 냈다.

"흥, 모르니까 대답을 못하지. 알면 왜 말을 안 하겠어? 뭐든 다 알아맞힌다는 것도 헛소문이군."

"알긴 알지만 널 생각해서 말해주지 못한다니까……."

"핑계가 좋지."

그때 도둑으로 내몰린 계집종이 두 손을 싹싹 빌며 간청했다.

"제발 비녀가 있는 곳을 알려주십시오. 그래서 이 불쌍한 년의 누명을 벗겨주소서."

상황이 이쯤 되자 더 이상 못 본 척하기 힘들었던 귀신이 천천히 입을 열었다.

"정 그러하다면 내 일러줄 수밖에 없겠구나."

여주인과 계집종이 마른침을 삼키고 귀신의 말소리에 귀를 기울였다.

"일전에 너는 이웃에 사는 최아무개와 남의 눈을 피해 닥나무 밭에 들어간 일이 있지 않느냐? 그때 머리가 나뭇가지에 걸리는 바람에 비녀가 빠져서 그곳에 떨어져 있느니라."

"……?"

귀신이 말했다.

"내 알고 있으면서도 차마 입 밖에 내기 힘들었던 까닭을 알겠느냐?"

"……!"

여주인은 갑자기 낯빛이 붉어졌다. 사실 그녀는 이웃에 사는 사내와 몰래 만나왔고, 그날도 닥나무 밭에서 시시덕거리며 정을 나눴던 것이다.

도둑 누명을 벗은 계집종은 좋아서 날뛰었고, 옆에서 그 말을 들은 동네 사람들은 우르르 닥나무 밭으로 가보았다. 과연 사달을 일으킨 문제의 비녀가 그곳에 있었다.

"정말이네!"

"어쩜! 용하기도 하지!"

다들 그렇게 수군거렸으나 비녀를 찾아달라던 여주인의 꼴은 말이 아니었다. 이제껏 남몰래 즐겨온 밀회가 여지없이 폭로되어 집안에서 쫓겨날 처지가 되고 말았다.

또 한번은 정씨 집에서 물건이 없어졌다.

"그 물건이 어디로 갔으며 누구 소행인지 아십니까?"

귀신은 서슴없이 목소리를 들려주었다.

"돌쇠란 하인 놈이 도둑질했다."

그 말에 돌쇠가 버럭 화를 내며 소리쳤다.

"저, 저 귀신이 생사람 잡는군!"

"틀림없노라!"

돌쇠는 귀신에 씌어 있는 계집종에게 달려들어 행패를 부리려 했다.

"이 못된 귀신이 왜 하필 이 댁에 붙어서 지랄이야?"

돌쇠는 주먹을 쥐고 덤벼들려 했는데, 갑자기 소리를 꽥 지르더니 그 자리에 쓰러지고 말았다.

"멀쩡한 애가 이게 웬일이야?"

"귀신이 해코지를 했나?"

모두들 당황하여 술렁거렸고, 돌쇠는 그로부터 한참이 지나서야 겨우 정신을 차리며 길게 숨을 내쉬었다.

"휴우!"

"자네 대체 어찌 된 일인가?"

의아해하는 사람들에게 돌쇠가 말했다.

"내가 막 달려들려고 하니까 난데없이 수염이 긴 사내가 내 머리를 때리지 않겠어? 그 바람에 정신이 아찔해져서 쓰러지고 말았지."

그 말에 사람들은 한결같이 눈을 동그랗게 뜨고 서로를 바라보았다. 아무도 그 수염 긴 사내를 보지 못했던 것이다. 돌쇠는 보았고 맞기까지 했다는데 다른 사람의 눈에는 보이지 않은 것이 기이했다. 여태까지는 목소리만 들리던 귀신이 마침내 그 정체를 드러낸 것이라고 여겨져 더욱 오싹한 느낌마저 들었다. 그때까지 집안에는 아무런 해도 끼치지 않았기에 그저 그러려니 여겨온 식구들도 그 후로는 두려움에 사로잡혔다.

그 정씨 집안에 높은 벼슬을 한 정공이라는 사람이 있었다. 귀신은 평소 정공이 나타나면 자취를 감추는 듯 목소리가 전혀 들리지 않았다. 그러다가 정공이 나가고 나면 다시 목소리가 들리곤 했다.

이래저래 귀신이 꺼림칙했던 식구들은 정공에게 집 안에 달라붙어 있는 귀신을 제발 좀 쫓아달라고 부탁했다.

"잘 아시겠지만, 이젠 지긋지긋합니다. 어떻게 해주십시오."

"흠!"

"공이 집 안에 계시면 변이 없고, 공께서 출타할 때마다 괴이한 일이 생기니 아마도 공께 귀신을 쫓아버릴 힘이 있는 것 같습니다 만……."

식구들의 간곡한 호소에 정공이 귀신에 씌어 있는 계집종 앞으로 다가갔다. 계집종은 허탈한 표정으로 앉아 있었고 귀신의 목소리는 들리지 않았다.

"듣거라. 보아하니 넌 나를 싫어하는 듯싶구나. 하지만 오늘은 내 너에게 할 말이 있으니 피하지 말고 들어오너라."

정공이 점잖게 말하자 얼마 지나지 않아 허공에서 귀신의 음성이 들려왔다.

"무슨 일입니까?"

"허, 왔는가? 내 너에게 할 말이 있느니라."

정공이 한바탕 헛기침을 하고 나서 말했다.

"자고로 사람과 귀신은 각기 그 머물 곳이 다른 법이다. 그런데 넌 어째서 이 집에 이토록 오래 머무는 것이냐? 썩 물러가지 못하겠 느냐!"

잠시 머뭇거리던 귀신이 말문을 열었다.

"하지만 난 이 집에 머문 지가 벌써 오래되었고, 또 그동안 이 집 안에 복을 불러들여주었습니다. 단 한 번도 해를 끼치거나 못된 짓 을 한 적이 없는데 물러가라니 너무하시는군요."

귀신의 목소리는 자못 애원조였으나 정공은 듣지 않았다.

"허! 그게 무슨 소린고? 꼭 재앙을 내려야겠다는 협박처럼 들리지 않는가. 당장 썩 물러가지 못할까!"

"정 그러하다면 어쩔 수 없죠. 제가 물러가겠습니다."

한바탕 귀신의 통곡 소리가 들려왔고 이내 잠잠해졌다. 그 후 다시는 정씨 집안에 귀신의 목소리가 들리지 않았다고 한다.

허공에서 목소리가 들리고 흔히 무당에게 씌어 길흉을 말하는 것을 '태자귀신'이라고 부른다.

_『용재총화(慵齋叢話)』

아랑 전설

밀양에 사는 윤 부사에게는 아랑이라는 아름다운 딸이 있었다.

아랑은 일찍이 모친을 여의고 유모의 손에서 자랐다.

그런데 관아에 총각인 통인(通引)이 있었는데, 아랑의 미모에 반해 자꾸만 욕심이 생겼다. 그래서 아랑을 꾈 온갖 궁리를 하다가 먼저 그녀의 유모를 유혹했다. 그러고는 밤에 아랑을 유인해주면 많은 돈을 주겠다고 약속했다.

어느 날 저녁, 아랑이 별당에서 책을 읽고 있는데 유모가 다가왔다.

"아씨, 오늘 달도 좋은데 영남루 구경이나 갈까요?"

"옳아, 오늘이 보름이지!"

아랑은 솔깃했다.

혼기가 다 된 처녀가 함부로 나다니면 안 된다고 주의를 주는 아버지 때문에 늘 별당에서 혼자 지내던 터였다. 아랑은 두려움 반, 설렘 반으로 유모와 함께 영남루로 향했다.

보름달이 훤한 영남루의 밤경치는 일품이었다. 아랑은 들뜬 기분을 억누르지 못한 채 주위의 정취에 흠뻑 빠져들었다.

아랑 전설의 무대인 밀양 영남루

때마침 영남루 옆 대나무 숲에서 음흉한 미소를 지으며 몸을 숨긴 자가 있었으니 바로 통인이었다. 통인이 눈짓을 보내자 유모는 슬며시 뒷걸음쳐 아랑 곁을 떠나버렸다.

아랑이 넋을 놓고 달구경을 즐기는 사이 통인이 조용히 아랑의 뒤로 접근했다. 아랑이 수상한 기척을 느끼고 돌아보니 유모는 없고 통인이 서 있었다. 순간 아랑은 불길한 낌새를 알아채고 자리를 피하려 했다. 그러나 통인이 앞을 가로막았고, 아랑은 당황하여 어찌할 바를 몰랐다.

"무슨 짓이냐?"

"제 신분으로는 아씨를 어찌할 도리가 없으니 이 방법밖에 없지 않습니까? 딱 한 번 품어보자는 것인데 어찌 이리도 화를 내십니까?"

통인의 방자함이 도를 넘고 있었다. 다급해진 아랑은 소리를 지르려 했지만 통인은 아랑의 입을 우악스럽게 틀어막았고, 그녀를 번쩍 안아 들어 대숲으로 향했다.

아랑은 필사적으로 저항했지만 힘센 사내의 손아귀에서 벗어날 수는 없었다. 그래도 아랑은 몸부림을 멈추지 않고 소리를 지르며 통인을 노려보았다. 통인이 겁박하려고 가져온 칼을 꺼내 겨누었지만 아랑은 결사적으로 저항했다. 아랑의 저항이 더욱 심해지자 통인도 당황하여 어찌할 바를 몰랐다. 그렇다고 아랑을 그냥 놓아주자니 당장 부사의 손에 목숨이 떨어질 판이었다. 이에 겁을 먹은 통인은 그만 칼로 아랑을 살해하고 말았다. 그러고는 땅을 파서 아랑을 묻고 서둘러 집으로 돌아갔다.

이튿날, 아랑이 보이지 않자 부사가 유모를 찾았지만 그녀는 이미 통인이 쥐어준 돈을 갖고 도망간 뒤였다. 관원 한 명이 밤에 유모와 아랑이 밖으로 나가는 것을 보았을 뿐 도무지 행방을 알 수 없었다. 며칠 동안 관아 부근을 수색했지만 단서조차 찾을 수 없었다.

결국 부사는 밤 나들이를 나간 아랑과 유모가 호랑이한테 당한 것이 아닌가 하고 수색을 포기하고 말았다. 그 뒤 부사는 딸을 잃은 슬픔을 견디지 못해 괴로워하다가 관직을 버리고 고향으로 돌아갔다.

그런데 그후 이상한 일이 벌어지기 시작했다. 새로 부임하는 부사마다 첫날 밤에 변사체로 발견되는 것이었다. 흉흉한 소문이 돌면서 도성에서는 밀양으로 부임하는 것을 꺼리게 되었다. 그때 한 사람이 용감하게 밀양 부사를 자청하고 나섰다.

신임 부사는 어둠이 깔리기 시작하자 마당에 불을 밝히게 하고 방 안에서 글을 읽었다. 그런데 밤이 깊어지자 갑자기 세찬 바람이 불어왔다. 뒤이어 마당의 불이 모두 꺼져버리고 화들짝 방문이 열렸다. 그러더니 산발한 아랑이 피를 흘리며 들어왔다. 부사는 겁이 났지만 정신을 바짝 차리고 큰 소리로 꾸짖었다.

"옳아, 네가 부사들을 죽인 요물이로구나. 너는 사람이냐, 귀신이냐? 대관절 무슨 곡절이 있기에 감히 부사의 방에 침범하여 사람을 죽인단 말이냐?"

아랑이 부사 앞으로 다가와 절을 하고 고쳐 앉았다.

"저는 구관(舊官) 윤 부사의 딸 아랑입니다. 억울한 죽임을 당하여 원을 풀지 못하다가 새로 부임하는 부사님을 찾아왔던 것입니다. 그런데 다들 저의 끔찍한 몰골을 보고 놀라 지레 죽어버리는데 어찌 모두 저의 소행이라 하십니까? 부사님께서는 누구보다도 담대하신 분인 듯하니 부디 제 말씀 좀 들어주십시오."

그러고는 억울하게 죽은 자신의 사연을 들려주고 나서 말했다.

"내일 관원들을 모두 한자리에 모아주십시오. 그러면 제가 범인을 지목하겠습니다."

이튿날 아침, 관원들은 관을 하나 준비해서 나타났다. 신임 부사가 으레 죽었거니 생각한 것이었다. 그런데 방 안에서 부사가 멀쩡하게 걸어 나오자 다들 화들짝 놀라 자빠졌다.

"부사님, 간밤에 별고 없으셨습니까?"

"왜? 내가 죽기를 기다린 것이냐?"

이윽고 부사가 관원들을 한자리에 불러 모으자 때아닌 나비 한 마리가 나타나 통인의 머리 위로 날아다녔다.

'흠, 저놈이로구나!'

부사는 즉시 통인을 붙잡아 결박시켰고, 얼마 후 그의 자백을 받아냈다. 그리고 아랑의 시신을 유기한 장소를 추궁한 다음 영남루 옆 대숲에서 찾아냈는데, 죽은 지 3년이 지났음에도 시신이 썩지 않고 그대로였다. 관원이 아랑의 몸에서 칼을 빼내니 사르르 살이 녹아 없어지고 뼈만 남았다.

부사는 억울하게 죽은 아랑을 장사 지내주었고, 그녀의 혼백을 달래기 위해 아랑각(阿娘閣)을 지어 매년 제사를 지내게 했다.

그날 밤 아랑이 생전의 아리따운 모습으로 다시 부사를 찾아와 절을 하고 돌아갔고, 그 후로 밀양 땅에는 다시 평화가 찾아왔다.

「청구야담(靑邱野談)」

귀신을 쫓아낸 밀본

신라 선덕여왕이 병들어 일어나지 못했다. 좋다는 약을 다 써봐도 소용없었고 용하다는 흥륜사 법척 스님까지 불러왔지만 별다른 효험이 없었다. 이에 왕궁에서는 당시 신라 최고의 법사인 밀본까지 불러들여 여왕의 병을 살피게 했다.

밀본법사가 정좌하고 약사경을 낭송하자 문밖에 세워둔 지팡이가 침실 안으로 날아들더니 붉은 여우 한 마리와 법척을 찔러 뜰아래로 내동댕이쳤다. 여왕이 깜짝 놀라 병상에서 벌떡 일어났는데, 바로 그 순간 그 깊었던 병이 나아버렸다.

한번은 이런 일도 있었다.

훗날 승상이 되는 김양도가 어릴 때 갑자기 입이 붙고 몸이 뻣뻣해지더니 석상처럼 굳어버렸다. 양도가 가만히 누워 살펴보니 큰 귀신 하나가 작은 귀신 여럿을 거느리고 집 안에 들어와 음식을 죄다 맛보는 것이었다. 이에 그 집에서는 무당을 불러 귀신들을 내쫓으려 했다. 하지만 이를 눈치챈 귀신들이 먼저 무당에게 달려들어 온갖 욕설을 퍼붓는 통에 무당도 내몰리고 말았다. 누워 있던 양도는 이런 사실을 알리고 싶었지만 입이 붙어 말도 못하고 답답해 죽을 지경이었다.

김양도의 아버지가 이번에는 법류사의 스님을 불러들여 불경을 낭송해달라고 부탁했다. 그러나 큰 귀신이 쇠방망이로 스님의 머리를 한 대 내리쳐서 죽여버렸다.

이에 참다못한 양도의 아버지는 밀본법사를 모셔오라고 사람을 보냈다. 이 사실을 안 귀신들은 안절부절못했다. 아니나 다를까. 갑자기 대역신들이 나타나 귀신들을 꽁꽁 묶어렸고, 뒤이어 수많은 천신이 나타나 공손히 예를 취하고 기다리자 밀본법사가 도착했다. 그러자 김양도는 그 자리에서 병이 낫고 붙었던 입도 떨어졌다.

이 일을 계기로 김양도는 흥륜사 미륵본존과 보살상을 만들고 금색 벽화를 조성하는 등 일생 동안 부처님의 공력을 떠받들었다.

이런 밀본법사에게 함부로 덤볐다가 큰코다친 이가 또 있었다.

밀본이 금곡사에서 수도할 때, 김유신의 일가친척인 수천이라는 사람이 괴질에 걸려 고생이 심했다. 유신이 이 소식을 전해 듣고 금곡사의 밀본에게 왕진을 부탁했다.

밀본이 도착했을 때 마침 그곳에는 수천의 친구인 인혜라는 승려가 와 있었다. 그가 밀본의 행색을 힐끗 한번 보고는 이렇게 조롱했다.

"생김새를 보아하니 간사하기 그지없군! 그런데 무슨 재주로 남의 병을 고친단 말인가?"

밀본은 대수롭지 않다는 듯이 대꾸했다.

"그러게요. 유신 공의 부탁을 받고 어쩔 수 없이 왔지요."

그러자 인혜는 더욱 기가 살아서 자신의 신통력을 보여주겠다며 향로를 받들고 주문을 외웠다. 그러자 그의 머리 위에서 오색구름이 떠돌고 허공에서는 형형색색의 꽃가루가 흩어져 내렸다.

밀본이 빙그레 웃고 나서 말했다.

"스님의 신통력은 정말 불가사의하군요. 보잘것없는 재주나마 저도 한번 시험해보겠습니다. 스님께서는 잠시만 제 앞에 서주십시오."

그러고는 손가락을 한번 가볍게 튕기자 인혜의 몸이 한 길이나 튀어 올랐다가 머리를 바닥에 거꾸로 박은 채 떨어져서는 꼼짝도하지 못했다. 밀본은 그런 인혜를 그대로 놔둔 채 횡하니 나가버렸고, 인혜는 결국 땅바닥에 박힌 채 꼬박 하룻밤을 지새워야 했다. 밀본은 이튿날 김유신이 사람을 보내 풀어달라고 사정하고 나서야 비로소 풀어주었다. 밀본에게 크게 혼쭐난 인혜는 그 후로 절대 자신의 하찮은 재주를 자랑하지 않았다.

『삼국유사(三國遺事)』

퇴마사 황철

조선 중기 최고의 퇴마사로 황철이란 사람이 있었는데, 젊은 날 여러 절을 유람했다.

그가 어느 사찰에 머물 때, 오랫동안 병환을 앓던 한 노승도 그곳 객사에 머물고 있었다.

어느 날 밤이 깊고 사위가 고요할 때 갑자기 사슴 우는 소리가 들려왔다. 절 근처까지 내려와 우는 듯 그 소리가 제법 시끄러웠다.

"어휴, 저놈의 사슴이 왜 하필 여기까지 와서……."

옆에 누워 있던 승려들이 짜증을 냈다.

"산짐승이 우는 걸 어쩌겠소? 속 끓이지 말고 그만 주무시오."

"소리가 하 시끄러워서 말이오."

"글쎄, 어쩔 수 없지 않소. 정 듣기 싫으면 나가서 쫓아버리던가."

바로 그때, 옆에 누워 있던 노승이 갑자기 큰 소리로 말했다.

"하늘이 내린 도사님이 예 있거늘, 어찌 감히 사악한 소리를 내는가!"

그러고는 옆에서 자고있던 사미승을 깨워 말했다.

"네가 내일 아침에 나가보거라."

그런데 이튿날 아침에 빗자루를 들고 나갔던 승려들은 절 문밖에 죽어 있는 사슴 한 마리를 발견했다.

"……!"

황철은 그 일을 매우 기이하게 여기고 그 노승에게 제자 되기를 청했다. 그래서 이런저런 술법을 전수받았는데, 괴기하고 놀라우면서도 영험 있는 일이 많았다.

한번은 그가 이렇게 말했다.

"내가 전에 보니 세상에는 사람과 귀신이 뒤섞여 산다. 길에 나다니는 귀신이 어찌나 많은지 마치 종루(鐘樓) 거리에 붐비는 행인만큼이나 많다. 그럼에도 귀신은 사람을 피하지 않고 사람은 그들을 보지 못하더라."

그 말을 들은 사람들은 한결같이 질겁하고 놀랐다.

그래서 혹 귀신에 씌거나 집에 괴기한 일이 생기면 황철을 찾았다. 그럴 때마다 황철은 마다하지 않았고, 그가 한번 나서면 반드시 효험이 있었다.

한번은 좌랑 벼슬을 하는 김의원이 사람을 보내왔다.

"무슨 일이 있는가?"

하인이 말했다.

"저희 댁 나리의 조카뻘 되는 어른 댁에 기괴한 일이 많고 온 식구가 까닭 모를 병을 앓고 있습니다."

"흠, 그런 일이 있는가?"

황철은 선선히 심부름꾼을 따라나섰다.

김의원의 조카 집에 이르자 과연 식구들이 모두 이름 모를 병을 앓고 있었다. 아무리 약을 써봐도, 무당이 푸닥거리를 해도 소용없다고 했다.

"부디 도사께서 우리 식구들을 좀 살려주십시오. 대체 무슨 까닭에 이런 흉사가 난 걸까요?"

황철은 먼저 집 안을 한 바퀴 휘휘 돌아보고 나서 말했다.

"썩 어려운 일은 아닙니다. 이것은 이 집안의 원수가 사람의 해골 가루를 집 안 곳곳에 뿌렸기 때문이오. 그의 귀신이 사람을 해치는 것이오."

"저런!"

집주인은 놀라워하면서 혀를 찼다.

"별일 아닙니다. 집 안 곳곳에 부적을 붙이고 주문을 외면 없앨 수 있소."

그날 밤 황철은 붉은 부적을 만들어 집 안 곳곳에 붙이고 입으로 주문을 세 번 외웠다. 그러자 얼마 후 집 안에서 작은 불꽃이 너울너울 춤을 추었다. 그것은 반딧불이었다.

바라보고 있던 식구들 모두 깜짝 놀랐다.

"허! 이 엄동설한에 반딧불이라니?"

"정말 알 수 없는 일일세그려!"

여기저기서 너울거리며 춤을 추던 반딧불이 집 담장 한쪽 끝으로 모여들었고, 담 밑에 이르러 서로 뒤엉키더니 큼직한 덩어리가 되어 바닥에 툭 떨어졌다. 횃불을 켜고 살펴보니 마치 해골 같은 모양이었다. 가루가 되어 집 안 도처에 흩어져 있던 것을 황철이 도술을 부려 원래 모습으로 되돌린 것이다. 황철은 그것을 거둬 깨끗한 땅에 묻어주고 주문을 외웠다. 그러자 그 뒤로는 괴이한 일이 벌어지지 않았고 식구들의 병도 말끔히 나았다.

또 한번은 안효례라는 선비한테서 연락이 왔다.

"제 주인의 유모 되는 사람이 금년에 칠십이 되었는데, 근래에 학질에 걸려 쉽게 낫지를 않습니다. 아무래도 귀신이 조화를 부리는 것 같으니 한번 봐주셨으면 합니다."

황철은 잠시 말없이 앉아 있더니 이내 고개를 끄덕였다.

"그냥 돌아가시오."

"네?"

"내가 갈 것까지는 없으니 말이오."

"그게 무슨 말입니까?"

황철이 말했다.

"내일 정오가 되면 반드시 꿈속에서 이상한 일이 보일 것이오. 그러고 나면 병이 저절로 나을 것이오."

"그래요?"

심부름 온 사람은 도통 무슨 말인지 알 수가 없어서 머뭇거리다가 그냥 돌아갔다.

이튿날 정오, 안효례의 유모는 몸이 너무 아픈 나머지 정신이 몽롱해졌다. 그런데 꿈속에 한 여인이 나타나더니 유모의 등 뒤에 숨어 애걸했다.

"저를 좀 살려주십시오!"

유모는 영문을 몰라 어리둥절했다.

"제발 저를 좀 숨겨주세요."

"네……?"

그때 푸른 옷을 입은 사내가 나타났다.

"요년이 어딜 숨으려고!"

그 사내는 유모의 등 뒤에 숨은 여인을 우악스럽게 잡아채더니 밧줄로 꽁꽁 묶어 어디론가 사라져갔다.

유모는 놀라서 꿈에서 깼는데, 학질이 말끔히 나아버렸다.

또 언젠가는 황철이 귀신을 붙잡아 상자에 넣고 봉해버렸다. 상자 속에서 괴성이 들리고 상자가 들썩들썩했다. 이에 황철이 상자에 돌을 매달아 강에 던져버리자 도깨비가 사라졌다.

_「어우야담(於于野談)」

귀신과의 동침

사천감 이인보가 경주도제고사(慶州道祭告使) 임무를 맡았는데, 경상도 지방의 여러 산천에 두루 제사를 지내는 일이었다.

그가 임무를 마치고 귀경하는 길에 영주 부석사에 이르렀다. 마침 날도 저물어 그곳에서 하룻밤 묵어가기로 했다. 때아닌 빈객인데도 주지스님은 객사를 정갈히 치우고 반겨 맞아주었다.

"어서 안으로 드십시오."

"주지스님, 고맙소이다."

이윽고 객방에 들어선 이인보는 열린 창문 너머로 바깥을 내다보았다.

"한적한 것이 과연 속세를 떠난 곳이로군."

고즈넉한 절간에 숲도 적막한 것이 마치 깊은 산속에 홀로 앉아 있는 듯한 기분이었다. 한동안 그렇게 적막감을 즐기고 있는데 문득 희끗희끗한 것이 눈에 띄었다.

"저건 뭐지?"

자세히 살펴보니 어둠 속 마당 끝에 소복 차림의 한 여인이 서 있는데, 무슨 미련이 있는 듯 자꾸만 이쪽을 힐끔거리는 것이었다.

"험!"

이인보는 괜히 헛기침을 한번 해보았다. 절간에 있는 묘령의 여인이라면 아마도 근처 어느 고을의 수령이 자기를 위해 기생을 골라 보낸 것쯤으로 여겼던 것이다.

"흠! 뉜지는 몰라도 제법 풍류를 아는지고!"

그러면서 이인보는 자신도 모르게 입가에 미소를 머금었다.

아니나 다를까. 이쪽을 몇 번 힐끔거리던 여인은 천천히 발걸음을 옮기더니 이내 이인보의 방 앞에 이르러 날아갈 듯 큰절을 하며 예를 차렸다. 이인보는 점잖게 헛기침을 흘렸다.

"흠!"

여인을 살펴보니 천한 기생 같아 보이지는 않았다. 어딘지 모르게 기품이 엿보이고 그 자태가 마치 하강한 선녀처럼 고왔다. 그녀는 이인보가 채 뭐라 입을 떼기도 전에 툇마루를 지나쳐 방 안으로 들어왔다.

이인보는 눈앞에 다소곳이 앉은 여인을 뜯어보았다. 난생처음 보는 절색이었다. 그런데 희다 못해 푸른 기운이 감도는 얼굴은 마치 귀신처럼 느껴졌다. 그는 기이한 분위기를 떨쳐버릴 수 없었다. 그래서 여인을 그대로 둔 채 뜰로 내려서서 주위를 한번 둘러보았다. 특별히 이상한 점은 없었는데, 단지 낡은 우물 하나가 눈에 띄었다. 이인보는 왠지 그 우물이 미심쩍었다.

'혹시 저 여인이 우물과 무슨 관련이 있는 건 아닐까?'

이인보는 다시 방으로 들어갔다. 그러고는 기괴한 느낌에 사로잡혀 여인을 바라보았다.

그때 마침 어색한 분위기를 풀어주려는 듯 뜰에 젊은 승려가 나타났다.

"대감, 괜찮으시면 안으로 드시랍니다."

"음……?"

"스님께서 차(茶)를 내어 먼 길의 노고를 조금이나마 위로하시겠답니다."

"알았네!"

젊은 승려가 돌아가고 이인보가 자리에서 일어나자 잠자코 있던 여인이 입을 열었다.

"제가 모시겠습니다."

"모시다니, 어딜?"

"어디든지요."

"그만두게나!"

여인은 한사코 따라가겠다고 했지만 이인보는 끝내 뿌리치고 홀로 방을 나섰다. 그러고는 주지스님과 차를 나눠 마시고 밤이 깊어서야 객사로 돌아왔다. 그러자 아까의 그 여인이 또다시 모습을 드러냈다.

"허, 또 왔는가?"

이인보는 두 번째로 보는 터라 제법 친밀한 목소리로 물어보았다.

"자네, 무슨 사연이라도 있는가?"

여인이 말했다.

"제 집이 여기서 멀지 않습니다. 전 단지 대감의 높으신 뜻을 사모하여 찾아왔을 따름입니다."

"허, 그런가?"

여인의 말에 기분이 좋아진 이인보는 한결 마음을 놓고 그녀를
바라보았다. 그녀의 마음이 그렇다는데 굳이 마다할 필요는 없을
듯싶었다.

"그럼 이리 가까이 오게나."

"……."

이인보는 여인의 손목을 덥석 감아쥐었고 그녀는 뿌리치지 않
았다.

뜻하지 않게 미녀를 얻은 이인보의 얼굴은 희색이 만면했다. 그
래서 애초에는 그 절에서 하룻밤만 묵을 예정이었지만 여인과의 정
에 이끌려 연사흘을 묵었다.

"나는 이제 떠나야겠구나."

"예."

"정에 이끌려 연연했지만 더 이상은 머물 수가 없구나. 그리 알

거라.”

이인보는 그렇게 여인에게 작별을 고하고 길을 떠났다.

부지런히 발걸음을 재촉한 이인보는 그날 저녁 어느 고을의 객사에서 묵게 되었다. 그런데 막 자리를 깔고 누우려는데 불쑥 방문이 열리더니 부석사에서 만났던 여인이 들어왔다.

“아니, 자네는?”

이인보는 깜짝 놀라 두 눈이 휘둥그레졌다.

“너와는 오늘 아침에 헤어졌거늘 어찌 또 나타났는가?”

“왜 못 오나요?”

“이미 작별했거늘 또 나타남이 괴이하지 않은가?”

그런데 여인은 이렇게 말하는 것이었다.

“제 배 속에 이미 대감의 씨가 생겼습니다. 이제 또 하나를 더 깃들게 하고자 찾아왔을 따름입니다.”

“허!”

여인의 말은 기괴하고 도무지 사리에 맞지 않았지만 이인보는 피식하고 웃어넘겼다. 그만큼 헤어지기가 싫어서 또 찾아온 것이려니 여긴 것이다. 여인은 머뭇거림 없이 그의 품으로 파고들었고 이인보는 또다시 단꿈을 꾸었다.

이튿날 날이 밝자 이인보가 여인에게 말했다.

“갈 길이 바쁘니 너는 이제 돌아가거라. 집이 부석사 근처라면서 이렇게 멀리까지 오면 되겠는가?”

그 말에 여인은 말없이 사라져갔다.

이인보는 그날도 부지런히 걸어 저녁에 홍주라는 곳에서 묵게 되었다. 막 자려고 하는데 또다시 그녀가 나타났다.

"허!"

이인보는 정말 어이가 없어서 벌린 입을 다물지 못했다.

그는 매일 밤 똑같은 여인이 나타나자 정도 정이지만 장차 후환이 있을까 두려웠다. 차라리 매몰차게 정을 끊는 것이 낫겠다는 생각에 그녀를 보는 둥 마는 둥 했다. 이쪽에서 무시해버리면 저도 어쩔 수 없겠거니 했던 것이다. 그러자 한동안 이인보를 지켜보던 여인이 노기등등한 목소리로 이렇게 말하는 것이었다.

"좋아요! 절 이렇게 박대하신다면 저도 됐어요. 이젠 나타나지 않겠습니다."

여인은 그 말을 끝으로 방문을 박차고 나가버렸다. 그러자 별안간 모진 바람소리와 함께 여인의 뒷모습이 홀연 사라졌고, 묵고 있던 객사의 사립문과 뜰의 나뭇가지가 부러져 있었다. 마치 도끼로 잘라낸 것처럼 예리하게.

이인보는 간담이 서늘해졌다.

'정녕 귀물이었구나…… 계속 정을 나누었다간 큰일 날 뻔했어…….'

그는 크게 안도하면서 손으로 자기 목을 어루만져보았다. 하마터면 잘려나간 것이 나뭇가지가 아니라 자기 목일 수도 있었겠구나 생각하면서.

_「보한집(補閑集)」

신장이 궁녀를 희롱하다

경주 하지산 북쪽에 커다란 바위가 있는데, 사방이 깎아지른 듯해서 오르기가 힘들었다. 그러나 일단 한번 오르면 장정 100명이 한꺼번에 앉을 정도로 큰 너럭바위였고, 겹겹이 싸인 산과 먼 바다가 바라보이는 천하의 절승지였다. 신라 때 김유신 장군이 이곳에서 보리로 술을 빚고 잔치를 벌여 전장에 나가는 군사들의 사기를 북돋워주었다고 한다. 그리고 이 너럭바위 서쪽에 주암이라는 동굴이 숨어 있었다.

옛날 이 주암 동굴에 한 도인이 정좌해 수련하고 있었다. 도인이 오랜 연마 끝에 득도하자 마침내 여러 신장(神將)을 자유자재로 부릴 수 있는 경지에 이르렀다.

"흠, 이 정도면 도를 닦았다 할 수 있을 것이다. 그러나 이쯤에서 만족할 수는 없는 노릇⋯⋯."

그렇게 도인은 스스로를 질책하며 계속 도를 닦았다. 그러면서 자문해보았다.

"이만하면 세상의 어떤 물욕에도 흔들리지 않고 웬만한 욕망도 눈감아버릴 수 있다. 그런데 아리따운 궁녀라면 어쩔 것인가? 그때도 흔들리지 않을 수 있을까? 감히 확신할 수 없으니 더욱 정진해야 할 것이다."

도인은 눈을 감고 다시 깊은 명상에 잠겼다.

그때 도인의 주변에 머물고 있던 신장들은 갑자기 궁금해졌다. 그 신장들은 그의 중얼거림을 듣고 자기들끼리 속닥거렸다.

"궁녀라는 게 뭐야?"

"대궐에 살고 있는 여인들이지."

"그 여인들이 그렇게나 아름다운가? 그렇다면 한번 보고 싶군."

"맞아! 이토록 훌륭한 도인께서도 혹할지 모른다고 하니 대체 얼마나 아름다울까?"

신장들은 그렇게 서로 수군거리며 궁녀란 존재에 대한 호기심을 부풀렸다.

"대궐이란 곳은 또 어딘데?"

"여기서 멀지 않아."

"그래? 그렇다면 우리가 가서 그 궁녀를 데려다 놀아보는 건 어떨까?"

"그거 정말 좋은 생각인데!"

신장들은 그렇게 도인 몰래 수작질을 벌이기로 했다.

신장들은 허공을 날아 바람을 타고 순식간에 서라벌 대궐에 이르렀다. 궁궐 안에서는 수많은 궁녀가 저마다 할 일을 하고 있었는데, 과연 다들 선녀처럼 아름다워서 보기만 해도 애간장이 녹는 듯했다.

신장들은 곧 재주를 부려 그녀들 중 한 명을 공중으로 끌어올렸다. 그러자 이를 본 다른 궁녀들은 모두 질겁했다. 그녀들의 눈에는 신장이 보이지 않았기 때문이다. 공중에 떠오른 궁녀는 이내 허공 속으로 사라져 보이지도 않았다. 벌건 대낮에 궁궐에서 그런 일이 벌어지자 청천벽력이 아닐 수 없었다.

"어머나! 사람이 갑자기 날아가버리다니!"

"세상에나! 이게 웬일이야?"

신장들은 허공으로 끌어올린 궁녀를 주암 근처로 데려가 요리조리 희롱하고 노리개 삼아 가지고 놀았다. 그런 다음 싫증이 나자 다시 궁궐 뜰에다 데려다놓았다.

그 일로 재미를 붙인 신장들은 이후로도 계속 행패를 부렸다. 아침에 사라졌던 궁녀가 저녁에 나타나기도 했다. 그런 일이 수시로 되풀이되자 신장들은 즐거웠지만 궁녀들은 전전긍긍할 수밖에 없었다. 급기야 이 소문은 임금의 귀에까지 들어갔다.

"괴이한 일이 아닌가! 당장 그런 행패를 부리는 놈을 붙잡아 목을 쳐버려라!"

화가 난 임금은 많은 군사를 풀어 대궐 안팎을 엄중히 경계하라고 명했다. 그러나 바람을 타고 허공을 날아다니는 신장들을 막아낼 방도는 없었다. 사람의 눈으로는 신장들을 볼 수조차 없으니 언제 왔다가 언제 사라지는지도 알 수 없었다.

"대체 뭣들 하고 있느냐? 눈만 멀뚱멀뚱 뜨고 당하다니!"

임금이 펄쩍펄쩍 뛰었지만 무기력한 피해만 되풀이될 뿐이었다. 이에 임금은 그 알 수 없는 요물을 처단하기 위해 온갖 궁리를 하다가 마침내 한 가지 묘안을 떠올렸다.

"궁녀들을 모두 불러 모아라!"

얼마 후 수많은 궁녀가 한자리에 모였고, 궁궐 뜰에는 안료로 쓰이는 단사(丹砂) 가루가 놓여 있었다. 임금이 자못 심각한 어조로 말했다.

"너희는 지금부터 이 단사를 항상 몸에 지니거라. 그러다가 그 요물에게 납치되는 일이 생기면 그 요물이 머무는 곳에다 슬쩍 이 단사 가루를 뿌려두는 것이다."

신출귀몰하는 신장을 붙잡을 수 없으니 단사 가루가 뿌려진 곳을 찾아내어 처단하려는 계획이었다. 신장들은 임금의 계책을 알지 못했다. 그래서 그 후로도 궁녀들이 계속 납치되어갔다.

"이번에는 필히 이 요물을 붙잡는다!"

임금은 곧 수많은 군졸을 풀어 단사 가루가 뿌려진 곳을 찾게 했다. 궁궐에서 가까운 곳과 성안은 물론이고 멀리 떨어진 산야까지 샅샅이 살피게 했다. 그렇게 백방으로 살펴봐도 요물의 행방은 여전히 오리무중이었다.

"하늘로 솟지 않은 바에야 어찌 단사 가루가 뿌려진 곳이 없단 말이냐!"

노기충천한 임금은 더 많은 군졸을 풀어 산속 깊은 곳까지 두루 살펴보게 했다. 그러던 중 하지산 기슭 주암 근처에서 단사 가루를 발견했다는 보고가 들어왔다.

"전하, 드디어 알아냈습니다."

"그래, 어디더냐?"

"하지산 기슭입니다."

"그곳에 정말 요물이 있더냐?"

"예, 단사 가루가 뿌려진 근처에 바위 동굴이 하나 있는데 그 안에 가사 차림의 늙은이가 앉아 있었습니다."

"그놈이 바로 요물이니라!"

임금은 확신에 찬 표정으로 고개를 끄덕인 뒤 주먹을 불끈 쥐었다. 그는 그간 무엄한 행패를 일삼은 요물을 자기 손으로 직접 처단하고 싶었다. 그래서 마치 전쟁터에라도 나가는 듯 친히 앞장서 그곳으로 향했다.

"늙은 중의 형상을 하고 있다고 하나 요물임에 틀림없으니 각별히 조심해야 한다."

얼마 후 하지산에 도착한 임금은 먼저 군졸들로 하여금 산을 포위하게 했다. 그런 다음 날랜 군졸 몇 명을 거느리고 앞으로 나아갔다. 과연 듣던 대로 바위 동굴 안에는 늙은 승려가 앉아 있었다.

"흠!"

단정히 앉아 있던 도인이 눈을 뜨고 침입자들을 보았다. 그는 군졸들을 보고도 전혀 놀라는 기색 없이 도로 지그시 눈을 감고 합장하며 주문을 외우기 시작했다. 그러자 동굴 안에 한바탕 서늘한 바람줄기가 지나갔다.

"허, 이런!"

잠시 멈칫하던 임금은 눈앞에 펼쳐진 광경을 보고 깜짝 놀랐다. 갑자기 어디선가 수많은 병사가 나타난 것이다. 그 병사들의 투구는 이 세상의 것이 아닌 듯했고 들고 있는 칼과 창도 무섭게 번쩍거렸다. 얼굴은 이글이글 불타는 듯했고 눈에서도 불을 뿜고 있었다. 임금이 거느리고 온 군졸은 1,000여 명에 불과했는데, 갑자기 나타난 병사들은 수만을 헤아릴 것 같았다.

"이, 이런……!"

임금은 놀랍고도 두려워서 슬금슬금 그 자리에서 물러나고 말았다. 자칫하다간 목숨을 부지하기도 힘들 것 같았기 때문이다.

"다들 물러서라!"

임금은 그렇게 황망히 군졸들을 거둬 대궐로 되돌아와야 했다.

궁궐로 돌아온 임금은 연신 고개를 갸웃거렸다.

'그 중은 필시 보통 사람이 아닐 것이다. 단번의 주문으로 그렇게 많은 병사를 갑자기 나타나게 할 정도니 도통한 인물임에 틀림없다.'

임금이 이번에는 어진 신하 몇 명을 골라 그 산으로 보냈다. 정중히 예를 갖춰 궁궐로 모셔오기 위해서였다. 때마침 도인도 그 청을 뿌리치지 않고 신하들과 함께 대궐로 들어왔다. 임금이 도인을 반겨 맞으며 말했다.

"저번에는 고명하신 분을 몰라보았소이다. 부디 과인의 허물을 탓해주시오."

도인이 가볍게 미소 지으며 합장했다. 그는 이미 도통하여 완전히 탈속한 상태로, 아리따운 궁녀를 만날 때는 어떨까 하고 스스로를 경계하던 단계를 이미 오래전에 넘어서 있었다.

"불초한 소승을 이렇게 예까지 차려 불러주시니 황공할 따름입니다."

도인이 말했다.

"그간 대궐에서 일어난 불미스런 일들은 소승이 신장들을 잘 다스리지 못한 탓입니다. 소승이 수련에 전념해 있는 사이에 신장들이 저지른 일이니 부디 용서해주십시오. 크게 벌을 주었으니 차후로는 절대 그런 일이 없을 것입니다."

임금이 고개를 끄덕이고 나서 말했다.

"그렇다면 다행입니다. 더없이 고마울 따름이오. 고승께 청하오니 과인을 위해 국사(國師)가 되어주실 수는 없겠는지요?"

"소승 미력하나마 성심을 다하겠습니다."

그렇게 임금의 청을 받아들인 도인은 국사가 되어 나랏일을 도왔다. 그 후로 궁녀가 납치되는 것 등의 불미스런 일은 단 한 번도 없었고, 하지산에는 주암사라는 절이 세워졌다.

_「신증동국여지승람(新增東國輿地勝覽)」

귀신의 겁간과 두 개의 구슬

옛날 강원도 횡성에서 있었던 일이다.

혼인한 지 얼마 안 된 신혼부부가 곤히 자고 있는데 갑자기 인기척이 느껴졌다. 놀란 신부가 눈을 떴는데 방문이 쓱 열리더니 키가 6척이나 되는 사내가 방 안으로 들어왔다. 여인은 소스라치게 놀라 옆에 있는 신랑을 깨우려 했지만, 사내는 그 틈도 주지 않고 덮쳐들었다. 너무나 뜻밖이고 삽시간에 당한 일이라 어쩔 수가 없었다.

"저, 저런……!"

신랑이 눈을 뜬 것은 낯선 침입자가 욕정을 다 채우고 난 뒤였다. 눈이 뒤집힐 일이었지만 낯선 사내는 이미 손을 써볼 겨를도 없이 사라지고 말았다.

시집온 지 얼마 안 된 신부가 누군지도 모르는 사내한테 일을 당하자 집안이 물 끓듯 시끄러웠다. 옆에서 신랑이 버젓이 자고 있는 와중에 당한 일이라 더더욱 망측스러웠다.

"집안이 망하려니까!"

마을 노인들마다 혀를 찼고 신랑은 이를 갈았다. 당사자인 신부는 고개도 들지 못하고 그저 죽어버리고 싶을 따름이었다.

그런데 그 낯선 사내가 이튿날 또 나타났다. 옆에 있던 신랑이 이번에는 주먹질로 그자를 때려눕히려 했다. 그러나 아무리 용을 써봐도 목구멍에서는 고함도 나오지 않았고 뭔가에 짓눌린 듯 팔다리가 움직이지 않았다.

"어허, 이이익……!"

낯선 사내는 유유히 여인을 강간했고 신랑은 두 눈을 멀뚱멀뚱 뜬 채로 그 망측한 꼴을 지켜봐야 했다. 그리고 날이 밝자 전날보다 더 큰 소동이 벌어졌고 마을 사람들은 난리가 아니었다.

"세상에나! 그런 해괴망측한 일이 또 벌어졌단 말인가?"

그날 저녁 집안에서 힘깨나 쓰는 젊은이들이 방문 밖에 진을 쳤다. 그들의 손에는 도끼며 낫이 들려 있었다.

"이 죽일 놈, 어디 또 나타나기만 해봐라. 박살을 내고 말 테다!"

그러나 밤이 되자 또다시 낯선 사내가 나타났고, 망을 보던 젊은이들은 혼이 빠진 듯 멀거니 서 있다가 사내가 사라진 뒤에야 겨우 정신을 차렸다. 그들은 기가 막힌다며 서로 수군거렸다.

"아무래도 이건 귀신의 짓이야."

"그래, 사람이고서야 어찌 이럴 수가 있나!"

그제야 신부는 사내한테 당할 때 도무지 힘을 쓸 수가 없었노라고 고백했다. 사람들은 그 말로 미루어 귀신인 게 분명하다고 장담했다.

"귀신의 짓거리가 맞다면 사람의 힘으로 어찌 막는단 말인가?"

급기야 마을 사람들은 무당을 불러 굿판을 벌이기에 이르렀다. 그런데도 여전히 밤마다 낯선 사내가 출몰했고, 영험하다는 도사까지 불러 이런저런 수를 써봤지만 별다른 효험이 없었다.

귀신은 누가 있거나 말거나 거리낌 없이 나타났다. 심지어 벌건 대낮에도 나타나 여인을 괴롭혔다. 속수무책인 사람들은 땅이 꺼져라 한숨만 내쉬었다.

그러던 어느 날 여인의 오촌 당숙이 찾아왔는데, 그날도 어김없이 귀신이 나타났다.

"저, 저런 못된 놈 같으니라고……!"

그런데 귀신이 당숙을 보더니 머뭇머뭇하다가 돌아가버리는 것이었다. 귀신이 나타났다가 그냥 가버린 것은 이번이 처음이었다.

"허, 귀신이 이 어른을 무서워하나 보다."

"이럴 줄 알았으면 진작 어른을 집에 모셔올 걸 그랬어!"

가솔들은 오랜만에 안도의 한숨을 내쉬면서 다행스러워했다.

"이참에 아예 그 뿌리를 뽑아버릴 방법이 없을까?"

당숙은 고개를 갸웃거리다가 한 가지 묘안을 떠올렸다. 즉 귀신이 나타나면 그 귀신의 옷에 실을 꿴 바늘을 꽂으라는 것이었다. 그런 다음 실타래를 풀어주면 귀신이 어디로 가는지 알 수 있을 거라고.

당숙은 이런 계략을 일러주고 잠시 몸을 피했다. 아니나 다를까, 그날 밤 귀신이 나타나 여인을 희롱했고 여인은 당숙이 일러준 대로 실을 꿴 바늘을 귀신의 옷자락에 꽂았다. 그리고 날이 밝자 여인의 당숙과 온 식구가 풀어진 실을 따라갔다. 그 실은 마을 앞 숲 속으로 이어지더니 끝부분이 땅속에 묻혀 있었다.

"이곳이 틀림없다!"

다들 덤벼들어 땅을 파기 시작했고, 얼마 후 자그마한 보랏빛 구슬이 나왔다. 그 광채가 어찌나 휘황한지 감히 구슬을 똑바로 쳐다볼 수 없을 정도였다. 사람들은 저마다 수군거렸다.

"아니, 이 구슬이 그런 짓을 했단 말인가?"

"아마도 그 귀신이 이 구슬로 모양을 바꾼 거겠지."

여인의 당숙은 서슴지 않고 보랏빛 구슬을 자기 소매 속에 넣어버렸다. 근원을 알아냈으니 얼마간 자신이 수중에 넣고 있어보자는 생각에서였다.

이상하게도 그 후로는 귀신이 여인을 탐하는 일이 벌어지지 않았고 식구들 모두 안심하고 지냈다.

그로부터 몇 달 후, 누군가가 여인의 당숙 집을 찾아왔다. 한밤중에 대문을 두드리는 소리에 나가보니 키가 6척이 넘는 사내가 공손히 절을 했다.

"뉘시오?"

"한 가지 청이 있어 찾아왔습니다."

"허, 청이라? 이 밤중에 말이오?"

"다름이 아니오라, 일전에 숲 속에서 파낸 구슬을 돌려주십시오."

그제야 당숙은 그 사내가 귀신임을 직감했다. 누구보다도 담이 큰 당숙은 조금도 놀라는 기색 없이 태연하게 말했다.

"댁이 뉘신지 모르겠으나 그렇게는 못하오."

"그 구슬이 소인한테는 꼭 필요한 물건입니다. 그러니 제발 돌려주십시오."

"글쎄, 그렇게는 못한다니까!"

당숙은 그렇게 언성을 높이고는 대문을 쾅 닫고 안으로 들어가버렸다.

그로부터 며칠 뒤 귀신은 또다시 당숙을 찾아왔다.

"무슨 일로 또 왔소?"

"예, 제발 그 구슬을 돌려주십시오. 그러면 무슨 소원이든 들어드리겠습니다."

"안 된다니까!"

당숙은 이번에도 매정하게 뿌리쳤다. 그러자 연신 허리를 굽히던 귀신이 품에서 구슬 하나를 꺼냈다. 당숙이 갖고 있는 구슬과 크기는 비슷했지만 그 빛깔은 검어 보였다.

"그 구슬을 돌려주시면 이 구슬을 드리겠습니다."

당숙은 어림없다는 표정이었다.

"바꿀 필요가 뭐 있소? 아무거나 가졌으면 됐지."

"제발, 이렇게 간곡히 부탁드립니다. 부디 돌려주십시오."

귀신이 매달렸지만 당숙은 냉정하게 쏘아붙였다.

"정말 귀찮게 구는군!"

"제발……."

당숙은 연신 머리를 조아리는 귀신이 들고 있던 검은 구슬마저 빼앗아버렸다.

"네놈이 귀신인 거 다 안다! 이것도 내가 가질 테니 더 이상 군소리 말고 썩 꺼지거라!"

검은 구슬까지 빼앗긴 귀신은 그 자리에서 한참 동안 통곡하다가 어디론가 사라져버렸다.

한편 검은 구슬까지 빼앗은 당숙은 다른 사람에게 두 개의 구슬을 자랑했지만, 그것이 무엇인지 제대로 알지 못했고 어디에 쓰는 것인지도 몰랐다.

그 후 품속에 구슬들을 넣고 다니던 당숙은 언젠가 술에 취해 길에서 쓰러져 잠이 들었는데, 깨어나보니 갖고 있던 구슬 두 개가 감쪽같이 사라지고 없었다. 사람들은 귀신이 구슬을 도로 찾아간 것이라고 말했다.

_『계서야담(溪西野談)』

죽어서 뱀이 된 비구니

훗날 절도사가 된 홍생이란 사람이 한양으로 가는 길에 산속을 지나게 되었다. 급한 일도 없는 터라 두루 경치를 즐기며 걷던 홍생은 갑자기 빗방울이 떨어지자 당황하기 시작했다.

"이런! 산에서 비를 만났으니 어찌하면 좋을꼬?"

난감해진 홍생은 발걸음을 서둘렀고 빗방울은 더욱 굵어져갔다.

얼마나 지났을까. 허둥지둥 걷는 홍생의 눈에 자그마한 외딴집이 보였다. 그는 반가운 마음에 얼른 뛰어가 집주인을 찾았다.

"주인장 계시오?"

그런데 한참 만에 인기척과 함께 밖으로 나온 이는 젊은 비구니였다. 삭발을 했지만 얼굴 윤곽이 보기 드문 미인이었다. 그녀의 미모에 혹한 홍생은 자신이 비를 맞고 있다는 사실조차 까먹고 빤히 쳐다보았다.

"그러고 보니 여긴 암자였군요."

"예, 그렇습니다."

비구니는 목소리도 꾀꼬리처럼 고왔다.

"산길을 가던 행인이 비를 만나 잠시 쉬어갈까 하오만."

"안으로 드십시오."

홍생은 비구니의 안내를 받아 암자 안으로 들어섰고, 급히 젖은 두루마기를 벗어 말리면서 화롯불 가에 쭈그리고 앉았다.

비구니의 고혹적인 자태에 넋이 빠져 있던 홍생은 문득 의아한 생각이 들었다. 비록 작은 암자이지만 비구니 말고는 아무도 없었기 때문이다.

"산속에 암자가 있는 거야 당연하지만, 어찌 스님 혼자 계십니까?"

비구니가 대답했다.

"셋이 암자에 머물고 있습니다. 마을로 시주 나간 두 분은 아직 돌아오지 않았지요."

"혼자 계시면 적적하시겠습니다."

"예. 한번 시주를 나가면 빨라야 사나흘, 늦으면 이레나 여드레가 걸리기도 하니까요."

밖에서는 빗소리가 요란했다. 빗소리에 섞여 이따금 천둥소리도 들려왔고 산골짝에서 흘러내리는 물소리도 시끄러웠다.

저녁때가 되자 비구니는 찬은 없으나 깔끔한 나물밥상을 내왔다. 홍생은 달게 받아먹고 피곤을 풀고자 자리에 누웠지만 잠이 오지 않았다. 부처님을 모시는 비구니이긴 해도 젊고 아리따운 여인과 단둘이 한방에 있다는 사실만으로도 가슴이 콩닥거렸다. 참다못한 홍생은 벌떡 일어나 비구니에게 다가갔고, 놀란 비구니가 그를 올려다보았는데 그 모습도 기가 막히게 아름다웠다.

"용서하시오. 도무지 참질 못하겠소이다."

홍생은 비구니의 손목을 덥석 움켜잡았다. 그러자 비구니는 고개를 숙여 외면할 뿐 뿌리치지는 않았다. 이에 용기를 얻은 홍생이 두 팔로 비구니의 허리를 감았고 비구니는 두 눈을 감은 채 홍생의 품에 안겼다. 두 사람은 그렇게 하룻밤을 보냈다.

이튿날, 날이 갰지만 홍생은 쉽사리 암자를 떠나지 못했다.

"비가 맺어준 인연이로다."

비구니가 홍생의 무릎을 잡고 애원했다.

"나리와 하룻밤을 보냈으니 저는 이미 속인이 된 몸입니다. 그러니 부디 저를 데려가주십시오."

홍생이 흔쾌히 응낙했다.

"당연한 일, 내 어찌 그대를 저버릴 수 있겠소! 하지만 내 지금은 한양으로 올라가는 길이라 데려갈 수 없고, 내년 이달 이날에 다시 찾아오리다. 다 준비해서 데리러 올 테니 딱 1년만 참고 기다려주시오."

"예, 그렇게 약조하시니 믿고 기다리겠습니다."

그날 밤 서로 끌어안고 다시 잠자리에 들었을 때 비구니는 재차 다짐을 받았다.

"나리, 1년 후에는 꼭 데리러 오셔야 해요."

"물론이오."

"만일 그러지 않으시면 아마도 이 몸은 죽어버릴 것입니다."

"이런, 별 흉측한 소릴 다 하는군."

"나리를 기다리다가 원통하게 죽으면 아마도 뱀이 될 거예요."

홍생은 손가락으로 비구니의 입을 막았다.

"허…… 점점 더 끔찍한 소리를!"

홍생은 그렇게 꽃 같은 비구니와 사흘을 보내고 나서야 길을 떠나게 되었다. 암자의 다른 비구니들이 돌아오기 전에 떠나야 했고 또 갈 길도 멀었다. 비구니는 배웅 길을 따라오며 연신 눈물바람이었다.

"나리, 틀림없이 약조를 지켜주십시오."

"염려 마시오. 틀림없이 내년 이달 이날에 돌아오리다."

"나리……."

홍생은 그렇게 돌아서지지 않는 발걸음을 간신히 떼어놓았다.

그러나 홍생은 얼마 지나지 않아 그 비구니와의 연정을 까마득히 잊어버렸다. 홍생과 약속한 비구니는 1년을 꼬박 기다렸고, 그래도 홍생이 나타나지 않자 시름시름 앓아누웠다. 그렇게 병이 들어 자리에 누워서도 오매불망 홍생만 기다리다가 결국 숨을 거두고 말았다.

그 후 홍생은 과거에 합격해 벼슬길에 올랐고 절도사가 되어 남쪽 지방으로 부임했다.

어느 날 홍생은 자기 방 안으로 들어온 도마뱀 한 마리를 발견했다. 그가 밖을 향해 소리쳤다.

"여봐라. 방 안에 웬 뱀이 다 들어왔느냐!"

그 즉시 하인이 달려와 도마뱀을 잡아다 마당에 내던지고 밟아 죽였다.

그런데 그 이튿날에는 실같이 가는 뱀이 나타났다.

"허, 괴이한 일이로다!"

다음 날에도 똑같이 방에 뱀이 들어왔는데, 전날 것보다 조금 커져 있었다. 이번에도 하인을 불러 잡아 죽이게 했는데, 홍생은 문득 의아한 생각이 들었다.

'그러고 보니, 전날 내가 산속 암자에서 비구니와 사흘을 보낸 일이 있었구나. 그때 그 사람이 날 기다리다 죽으면 뱀이 될 거라고 했는데…….'

불현듯 잊고 있던 과거의 일이 떠오르자 모골이 송연해졌다. 그래서 두려웠던 나머지 하인들을 모두 불러놓고 말했다.

"뱀이란 뱀을 보거든 그 즉시 모두 밟아 죽여라."

그 이튿날도 뱀이 나타났고 하인들이 달려들어 죽여버렸다. 그런 일이 며칠간 계속되었는데, 매일같이 나타나는 뱀은 날이 갈수록 점점 커져만 갔다.

'대체 이를 어쩐담?'

날마다 없애버려도 소용없자 홍생은 깊은 탄식에 사로잡혔다.

'모두 죽여 없앨 수도 없고 막을 수도 없다면 대체 이를 어쩐단 말인가! 차라리 방 안에 들여놓으면 근심을 덜 수 있을지도 모르지.'

홍생은 방 한구석에 궤짝을 마련하고 그 안에 뱀을 넣어두게 했다. 그러자 날마다 나타나는 뱀을 없애려고 법석을 떨지 않아도 되었다. 하지만 그날부터 홍생은 점점 정신이 혼미해지기 시작했다.

홍생의 방 안에는 늘 뱀이 든 궤짝이 놓여 있었고, 어디 갈 일이라도 있으면 하인을 시켜 그 궤짝을 메고 뒤따르게 했다. 그래서 그는 어느덧 '뱀 절도사'로 불리게 되었다.

"참으로 괴이한 일이 아닌가!"

"어떤 여인에게 못된 일을 저질러서 저 꼴이 됐다는군. 아녀자가 한을 품으면 오뉴월에도 서리가 내린다지 않던가."

"허, 망측한 일일세!"

홍생은 날이 갈수록 정신이 혼미해졌고 얼굴도 야위어 눈만 퀭했다. 음식도 잘 먹지 못했고 산 사람다운 기력도 찾아볼 수 없었다. 그러다가 결국 조용히 숨이 끊어지고 말았다.

_「용재총화」

이항복을 찾아온 복성군

오성 이항복은 조선 선조 때 영의정까지 오른 명신이다. 여러 야담에 등장하듯 그는 어려서부터 담력이 세고 귀신을 두려워하지 않았다.

그가 젊은 시절에 겪은 일이다. 어느 날 밤 호롱불 아래서 책을 읽고 있는데, 문득 방문이 열리더니 한 소녀가 불쑥 안으로 들어왔다. 그러고는 아무 말도 없이 항복의 얼굴을 빤히 쳐다보았다.

'무슨 아이가 이 밤중에……?'

매우 괴이한 일이었지만 항복은 별 신경을 쓰지 않고 독서에만 몰두했다.

그런데 며칠 뒤 비가 오는 날 밤, 그 소녀가 또다시 항복의 방을 찾아왔다. 비를 흠뻑 맞고 들어와서는 여전히 아무 말 없이 항복을 쳐다보았다. 그제야 항복은 책장을 덮고 소녀를 찬찬히 살펴보며 물었다.

"넌 대체 누구냐?"

소녀가 기다렸다는 듯이 대답했다.

"소녀는 이웃에 사는 무당입니다."

"한데 이 야심한 밤에 무슨 일로 찾아왔느냐?"

"아뢰옵기 황송하오나, 제가 모시는 영가께서 도련님을 뵙고자 해서 이렇게 찾아왔습니다. 도련님께서 허락하시면 그분의 혼령을 불러오고 싶습니다."

보통 사람 같으면 이 무슨 소린가 하고 기겁할 일이지만 어려서 부터 누구보다도 담력이 센 이항복은 달랐다.

"마침 심심하던 차에 잘됐구나. 어서 그 영가를 모셔오너라."

그러자 소녀는 조용히 물러나 사라졌다.

잠시 후 비가 그치고 방 안에 달빛이 그윽하게 비쳤다. 항복은 책장을 덮고 툇마루로 나갔는데 홀연히 그 소녀가 다시 나타났다. 이번에는 그 소녀의 뒤에 잘생긴 장부 영가가 서 있었다. 낯빛이 희고 검은 눈썹에 이목구비가 또렷했으며 푸른 도포 자락에 붉은 띠를 두르고 있었다. 항복은 필시 귀한 넋임을 알아보고 황급히 뜰로 내려가 공손히 그를 맞았다.

"이승과 저승의 경계가 뚜렷하거늘 무슨 까닭에 저를 보고자 하시는지요?"

그 말에 잘생긴 영가는 자못 비애 어린 얼굴로, 그러나 조금도 위엄을 잃지 않고 말했다.

"지금은 비록 이렇듯 혼령인 처지이나 생전의 내 이름은 복성군이미라고 하오."

복성군이라면 이항복이 태어나기 훨씬 전에 죽은 왕자였다. 중종의 아들로 경빈 박씨의 소생이었다. 중종 22년(1527년) 세자의 처소에서 사지가 잘리고 눈, 입, 귀를 불로 지진 쥐가 발견되었다. 이것을 본 신하들은 세자의 간지가 쥐띠이므로 쥐를 잡아 괴이한 만행을 저지른 것이 세자를 저주하기 위함이라고 주장했고, 이것이 경빈 박씨와 복성군의 소행이라고 모함했다. 두 사람은 결백을 주장했지만 위조된 증거들과 조정 대신들의 무고로 경빈 박씨와 복성군은 폐서인이 되고 결국 사약이 내려져 사사되고 말았다. 그러나 훗날 이 사건의 배후가 김안로와 그의 아들 김희였음이 밝혀졌고 두 사람의 신원은 회복되었다. 그렇게 억울한 죽임을 당한 복성군이 이항복을 찾아온 것이다.

"하 억울하게 죽어서 저승에서도 한이 맺혀 떠돌고 있소이다. 그래서 어떻게든 나에 대한 경위를 알아보려 했으나 만나는 사람마다 하나같이 심약하여 나를 대하기조차 두려워하더이다. 그래서 여태껏 마주할 사람을 만나지 못했소. 그러다가 그대는 비록 나이는 어릴지라도 기백이 대단하고 신의가 있어 보여 저 무당아이를 다리 놓아 이렇게 모습을 드러낸 것이오."

항복이 더욱 몸을 낮추며 말했다.

"두 분께서 억울한 누명을 쓰고 이승을 하직한 일은 만백성이 다 알고 있습니다."

복성군이 한숨을 내쉬고 나서 말했다.

"나도 제사를 통해 뒤늦게나마 진실이 밝혀진 것에 대해서는 잘 알고 있소. 다만 세상에 떠도는 공론이 어떠한지 궁금할 따름이라오."

그 말에 항복은 세상 사람들이 그들의 억울한 죽음에 대해 얼마나 비통해하고 애통해하는지 차근차근 설명해주었다. 그러자 복성군의 두 눈에서 갑자기 뜨거운 눈물이 흘러내렸다.

"진실로 그러하다면 내 몇 번을 더 고쳐 죽는다 해도 여한이 없겠소이다. 정말 고맙구려. 그간 힘들었던 내 마음의 한을 그대가 말끔히 씻어주었소."

복성군이 무당소녀를 돌아보고 말했다.

"얘야, 가지고 온 것을 건네드리거라."

무당소녀가 건넨 것은 과일이 가득 담긴 쟁반이었다.

"변변치 못한 것이나 내 이야기를 들어주고 또 위로해준 것에 대한 작은 보답이니 사양치 마시고 받아주시오."

항복이 두 손으로 쟁반을 받아놓고 그를 전송하려 했지만 소녀를 앞세운 복성군은 몇 걸음 가지 않아 홀연히 자취를 감추었다.

"허……."

그날 밤 이항복은 귀신에 홀린 듯이 복성군이 주고 간 과일 쟁반만 오랫동안 바라보았다. 그날 이후로 항복은 복성군 영가도, 이웃에 산다는 무당소녀도 다시는 볼 수 없었다.

그는 이 황당무계하게 들릴 일을 평생토록 얘기하지 않고 있다가, 만년에 북청으로 귀양 가 있을 때 동악 이안눌에게 심심풀이 삼아 말했다고 전한다.

_「독좌문견일기(獨坐聞見日記)」

귀신의 복수를 막은 이항복

어린 이항복은 이웃 재상집에 자주 드나들었다. 그 집 아들이 항복과 막역한 동무였기 때문이다.

하루는 재상의 아들이 중병에 걸려 자리에 눕게 되었다. 여러 가지 약을 써보았지만 차도가 없었고 승려를 불러 경을 읽어도, 무당을 불러 푸닥거리도 해봐도 소용이 없었다.

그러다가 장안에 명성이 자자한 맹인 점쟁이를 불러들였다. 점쟁이는 산통을 흔들어 점을 치고 육갑을 짚어보더니 길게 한숨을 내쉬었다. 재상이 채근했다.

"이것이 무슨 병이고, 어째서 걸린 것이며, 장차 어찌 되겠소?"

"휴우!"

"뜸 들이지 말고 속 시원히 말해보구려."

점쟁이는 한동안 머뭇거리다가 마지못한 척 입을 열었다.

"아마도 올해를 넘기지 못할 것입니다."

"뭐? 그게 무슨 소린가? 방도가 없단 말인가?"

"있긴 꼭 한 가지가 있습니다만……."

"그게 무어란 말인가?"

재상은 점쟁이의 손을 덥석 잡고 애걸했지만 눈먼 점쟁이는 쉽게 입을 열지 않았다.

"사람을 살린다는 것이 얼마나 갸륵한 일인데 그렇게 머뭇거리는가?"

"제가 그걸 모르는 바는 아니나……."

점쟁이가 입맛만 쩍쩍 다시자 재상은 더욱 몸이 달았다.

"내 아이를 살릴 수만 있다면 무슨 보답이라도 할 테니 어서 말해 보시게."

"일이 그렇게 어려운 것은 아닙니다만…… 댁의 아드님은 까닭이 있어 귀신이 노리는 바가 되었고, 소인이 회피할 방도를 실토하면 그 즉시 소인의 목숨이 위태로워질 것입니다."

"어허, 그건 또 왜 그런가?"

"그 귀신은 소인이 입을 놀려 제 뜻을 이루지 못함을 알 테고, 그러면 그 재앙이 어딜 가겠습니까?"

"흠!"

아들을 살리자니 맹인이 죽게 된다는 말에 재상은 팔짱을 끼고 신음 소리를 흘렸다. 아무리 다급해도 그렇지 네가 죽더라도 내 아들만은 살리라고 하기는 어려운 일이었다.

자기는 더 이상 할 수 있는 일이 없다는 듯, 점쟁이가 주섬주섬 산통 등 늘어놓았던 물건들을 챙기기 시작했다. 더 곤란한 청이 나오기 전에 일어나려는 생각에서였다.

그런데 점쟁이가 막 일어서려고 할 때 미닫이문이 벌컥 열리더니 한 여인이 안으로 뛰어 들어왔다. 그녀는 점쟁이의 멱살을 와락 움

켜잡았는데 한 손에는 시퍼런 단도가 들려 있었다. 그녀는 병자의
부인이었다.

"이놈!"

부인이 단도로 점쟁이의 목을 겨누며 호령했다.

"내 문밖에서 다 들었다."

창졸간에 벌어진 일이라 재상은 멍하니 쳐다보기만 할 뿐이었다.

"듣자 하니 너는 사람을 구할 방도를 알고 있으면서도 입을 봉하
고 있으니 괘씸하기 그지없구나. 네 비록 봉사이긴 하나 지금 내가
들고 있는 것이 칼임을 짐작할 것이다."

부인의 협박에 맹인은 몸을 부들부들 떨었다.

"자, 이 칼로 너 죽고 나 죽자. 넌 병자가 죽음을 면할 방도를 알면
서도 구하려 하지 않으니 내 손에 죽어 마땅하다. 또 난 지아비를 잃
게 되었고 사람 목숨도 해치게 되었으니 마땅히 죽을 것이다. 이 칼
로 너를 죽이고 나도 죽어버릴 것이다."

"자, 잠깐만……."

점쟁이의 낯이 흙빛이 되어 부들부들 떨면서 잠긴 눈을 연신 바
들거렸다.

"무슨 할 말이 있단 말이냐?"

"소인은 이래도 죽고 저래도 죽게 되었으니 결국 죽기는 매한가
지 일. 말을 안 하면 소인도 죽고 병자도 돌아갈 것이오, 말을 하면
소인만 죽고 병자는 살 테니 두 목숨보다는 한 목숨을 잃는 것이 낫
겠지요."

"그래서?"

병자의 젊은 부인은 여전히 점쟁이의 멱살을 놓지 않았다.

"다름 아니라, 댁의 바깥어른을 이항복 도련님과 함께 계시게 하면 액운을 뿌리칠 수 있을 것입니다. 병자를 노리는 귀신은 감히 이항복 도련님을 노리지는 못할 것이니 이 길만이 화를 모면할 길입니다."

말을 마친 맹인은 식은땀을 흘리며 기진맥진했고, 병자의 부인도 허탈함에 무너져 단도를 내려놓았다. 지아비를 구하려는 마음에 눈이 뒤집혀 잠깐 이성을 잃었지만 이내 실토를 받아내고는 온몸의 기운이 빠져버린 것이다.

그 이튿날 재상은 이항복의 집을 찾아가 사정을 말해보았다. 그러자 걱정했던 것과 달리 항복은 선선히 그러겠다고 나섰다.

"그거라면 일도 아니지요."

병자와는 막역한 동무 사이였다. 담대하고 겁 없는 항복에게 귀신이니 뭐니 하는 말은 씨알도 먹히지 않았다.

"자네가 그렇게 나서준다니 정말 고마운 일이네."

"어르신도 참! 제 동무를 위한 일인데 뭘 망설여요!"

항복의 사람 됨됨이에 재상은 진심으로 감동하며 연신 고마움을 표했다.

그날부터 항복은 병으로 앓아누운 친구와 함께 지내게 되었다. 낮에는 물론이고 밤에도 나란히 누워 함께 잠을 잤다.

그렇게 하루하루를 보내다가 드디어 점쟁이가 일러준 그날이 되었다. 식구들 모두 긴장한 나머지 잠을 이루지 못한 채 가슴을 졸여야 했다.

깊은 밤, 갑자기 음산한 바람이 불어오기 시작했다.

휘잉!

바람과 함께 음산한 기운이 미닫이문 사이로 스며들었고, 흔들리는 등잔불이 금방이라도 꺼질 것만 같았다. 그러더니 느닷없이 방한 귀퉁이에서 손에 칼을 든 귀신이 나타났다. 금방이라도 불을 뿜을 듯한 눈에 입은 귀까지 찢어졌으며 들고 있는 칼은 등잔불 밑에서 푸른 기운을 내뿜고 있었다. 귀신은 금방이라도 병자에게 달려들려고 하다가 옆에 있는 이항복을 발견하고는 멈칫했다.

"이보시오, 좀 비키시오."

그러나 상대가 누구인가! 이항복은 꿈쩍도 하지 않은 채 귀신을 빤히 노려보았다.

"넌 누구냐?"

귀신이 칼끝으로 한창 열에 들떠 누워 있는 병자를 가리키며 말했다.

"나는 전생에 저자와 큰 원한이 맺힌 사이요. 그래서 지금 밀린 복수를 하러 온 것이니 어서 저자를 내게 내어주시오. 만일 일을 방해한다면 당신까지 해치고 말겠소."

그러나 이항복은 조금도 물러서지 않았다.

"그럼 어디 맘대로 해보거라."

항복이 꿈쩍도 하지 않자 귀신도 더 이상 다가서지 못한 채 주위를 서성거렸고, 그사이에 점점 시간은 흘러갔다. 그러다가 새벽이 가까워지자 다급해진 귀신은 부득부득 이를 갈았다.

"감히 누가 이런 수작질을 일러준 거지? 내가 이항복만은 당해낼 수 없다는 걸 가르쳐준 건 아마 그 봉사 놈이렷다! 내 그놈을 그냥 내버려둘 순 없다!"

뿌윰히 새벽빛이 스며들자 일순간의 음산한 냉기와 함께 귀신은 자취를 감추었다.

　그렇듯 큰 탈 없이 날을 새운 식구들은 모두 안도의 한숨을 내쉬었고, 병자는 눈에 띄게 회복되었다. 그리고 그날 오후 맹인 점쟁이의 집에서 사람이 찾아왔다.

　"오늘 새벽에 돌아가셨습니다."

　그 말에 재상의 식구들은 점쟁이의 생전 예언을 떠올리며 또 한번 가슴을 쓸어내려야 했다. 재상은 재물을 후하게 풀어 점쟁이를 장사 지내주었고, 특히 전날 그의 목에 칼을 들이댔던 병자의 부인은 그 집 식솔들을 일생 동안 돌봐주었다.

_기이담(奇異談)

산신의 배필이 된 호경

　옛날에 스스로를 성골장군으로 자처하는 김호경이라는 사내가 있었다. 호기 어린 그는 산천을 두루 돌아다녔는데, 한때는 백두산 일대를 호령했다는 소문도 있었다. 활을 아주 잘 쏘았던 그는 사냥을 주업으로 삼으며 송악 부소산의 한 골짜기에 터전을 잡았다. 살림이 넉넉하여 곧 아내를 얻었지만 이상하게 아이가 생기지는 않았다.

　한번은 호경이 마을 청년 아홉 명과 함께 평나산으로 사냥을 나갔다가 날이 저물었다.

　"돌아가기는 글렀으니 오늘 밤은 어디서 쉬었다 가지?"

　"그래야겠어. 그런데 그럴 만한 데가 있을까?"

　일행은 주변을 살피다가 때마침 큼직한 동굴 하나를 발견했다.

　"마침 잘됐네! 여기서 하룻밤 지내도록 하지."

　"어째 분위기가 으스스한데, 혹시 산짐승들이 머무는 덴 아닐까?"

　굴 안을 살펴보니 다행히 아무런 흔적도 없고 제법 널찍해 보였다. 찬바람과 새벽이슬을 피할 수 있으니 하룻밤 보내기엔 안성맞

춤이었다. 일행은 마른 나뭇잎을 긁어다가 동굴 바닥에 깔고 서둘러 피곤한 몸을 눕혔다.

그런데 열 명의 사내가 막 잠이 들려고 할 즈음 갑자기 동굴 밖에서 으르렁거리는 소리가 들려왔다. 동굴을 무너뜨릴 듯한 맹수의 울음, 호랑이가 틀림없었다. 일행은 깜짝 놀라서 수군거렸다.

"큰일이군. 여기가 호랑이 굴인가 봐!"

"우릴 잡아먹으려고 할 텐데, 어쩌지?"

호랑이의 으르렁대는 소리가 한층 높아졌다. 일행은 모두 머리를 맞댔다.

"이대로 앉아서 당할 순 없고, 그렇다고 굴 입구도 좁은데 한꺼번에 뛰쳐나가 대적하기도 힘들고……."

그때 한 친구가 제안했다.

"아무래도 우리 중 누군가는 나가서 싸워야 할 게 아닌가! 그러니 시험 삼아 우리가 쓰고 있는 벙거지를 벗어 밖으로 던져보세. 그래서 호랑이가 무는 벙거지의 임자가 나가서 싸우기로 하지."

싸울 사람을 정하는 방법치고는 제법 그럴듯해 보였다. 그래서 다들 벙거지를 벗어 호랑이 앞으로 던졌다. 그러자 호랑이는 일말의 망설임도 없이 호경의 벙거지를 덥석 무는 것이었다. 일행은 모두 호경을 쳐다보았다.

"자네 것일세."

"그렇군!"

호경은 별로 놀라는 기색도 없이 태연하게 자기 활을 집어 들었다. 호랑이와 맞서는 것쯤은 두렵지 않았고, 일행들 모두 그의 실력을 믿어 의심치 않았다.

"자, 이 몸이 나가신다. 기다려라!"

호경은 당당하게 소리치면서 동굴 밖으로 뛰쳐나갔다.

그런데 밖으로 나가 활시위를 당기려 하는데, 여태껏 으르렁대던 호랑이가 보이지 않았다. 단단히 벼르고 뛰쳐나온 호경은 맥이 탁 풀려 활을 내리며 중얼거렸다.

"허, 이놈이 어딜 간 거지? 내가 나오는 걸 보고 겁이 나서 달아나 버렸나?"

그가 동굴로 되돌아가 일행에게 호랑이가 가버렸다고 말해주려 고 할 때였다. 갑자기 천지를 뒤흔드는 꽹음이 들려왔다. 그 바람에 놀란 호경은 움찔하면서 뒷걸음치다가 언덕 아래로 굴러떨어지고 말았다.

이윽고 호경이 가까스로 정신을 차리고 주위를 둘러보니 눈앞에 있던 산이 와르르 무너져 있었다. 방금 전 자신이 걸어 나온 동굴이 있던 산 전체가 허물어졌고, 그 동굴은 이제 흔적조차 보이지 않았다.

"아, 산이 통째로 무너지다니! 동굴에 있던 내 친구들이 모두 허 망하게 죽어버렸구나……!"

정말 한순간에 벌어진 믿기 힘든 일이었다. 하도 기가 차고 허망 하여 몸을 움직일 수가 없었다.

아무리 날랜 사냥꾼이라도 호랑이와 맞서려면 목숨을 걸어야 했 다. 내기를 해서 자신이 뽑혔고, 그 바람에 동굴에서 나온 자신만 혼 자 살아남은 것이다.

"정말 귀신이 곡할 노릇이다. 어서 마을로 내려가 알려야겠구나."

호경은 급히 마을로 내려가 사람들에게 이 놀라운 소식을 전했 다. 그리고 이튿날 죽은 아홉 친구의 식구들과 마을 사람들을 이끌고 동굴이 있던 곳으로 향했다. 얼마 후 호경이 동굴이 있던 곳을 가리키자 사람들은 한결같이 놀라워하며 혀를 내둘렀다.

"뜬금없는 산사태라니, 정말 믿기 힘든 일이로군!"

"아무래도 심상치 않은 일이야. 필시 산신령이 노하셔서 벌어진 일일 거야."

"장사 치르는 일보다 먼저 산신령께 제사부터 지내야 하네."

마을 사람들은 그렇게 의견을 모으고 곧 산신제를 올리기로 했다. 비록 약식으로나마 제사상을 차려놓고 다 같이 절을 올리는데, 그때 갑자기 주위에 안개가 끼고 향기가 진동하더니 위엄이 넘쳐 보이는 한 사람이 나타났다.

"나는 이 산에 머물고 있는 산신령이니라."

"오, 산신령님!"

사람들은 일제히 납작 엎드리며 감히 고개를 들지 못했다.

"내 너희에게 전할 말이 있노라."

"말씀하십시오."

모두들 엎드린 채 벌벌 떨면서 귀를 기울였다.

"나는 과부로서 이제껏 홀로 이 산을 다스려왔다. 그러던 중 이번에 성골장군을 만났으니 내 그를 배필로 삼아 함께 이 산을 다스릴까 하노라."

"예, 산신령님……."

모두들 고개를 들지 못했고, 호경만 겨우 고개를 들고 산신을 올려다보았다. 흐릿한 안개 너머에 서 있는 이는 틀림없는 여인의 모습이었다.

"나는 성골장군을 유인하기 위해 잠시 호랑이로 변신했다. 그리고 벙거지를 던져 상대할 사람을 고를 때 성골장군의 것을 물었고, 그래서 장군을 밖으로 유인한 다음 동굴을 무너뜨린 것이다.”

호경은 어제 당한 일이 새롭게 떠올랐고, 동굴 밖으로 나왔을 때 호랑이가 보이지 않았던 까닭도 비로소 알 수 있었다.

산신령의 말이 이어졌다.

“그러니 너희는 이제부터 성골장군을 이 산의 주인으로 떠받들도록 하여라.”

“예, 산신령님!”

이윽고 한 줄기 회오리바람과 함께 눈앞의 산신령은 자취를 감추었고, 동시에 호경도 어디론가 사라져버렸다. 사람들은 그제야 정신이 드는지 서로를 쳐다보며 놀라워했다.

“참 신기한 일이 아닌가!”

“그래, 정말 믿기 힘든 일이 벌어졌어!”

“김호경 그 사람 보통이 아니더니 결국 산신령의 배필이 되었군. 우리 산신령의 당부대로 받들어 모셔야 하지 않겠나?”

“암! 그렇고말고!”

마을 사람들은 곧 성골장군을 그 산의 대왕으로 모시기로 하고 사당을 지어 제사를 지냈다. 그리고 원래 평나산이라 했던 그 산을 아홉 사내가 굴에서 죽은 인연으로 구룡산이라 고쳐 부르기 시작했다.

한편 성골장군 김호경은 산신령의 남편이 되어 산을 다스리게 된 것에 대해 큰 불평은 없었다. 하지만 이 세상에 왔으면서도 아들 하나 남겨두지 못한 것이 항상 마음에 걸렸다.

‘사당까지 지어 떠받들어주니 이런 광영이 어디 있는가. 하지만

대를 이을 자식은 하나 있어야 하지 않겠는가!'

그렇게 생각한 호경은 곧 예전 아내의 꿈에 모습을 나타냈다.

"임자, 내가 왔소이다. 당신도 소문을 들어 알겠지만, 난 이미 산신과 더불어 산을 다스리는 몸이 되었소. 그래서 우리가 다시 만나기는 어렵겠네만, 그래도 옛정을 못 잊고 이렇게 찾아왔소이다."

호경은 그렇게 평소와 똑같이 아내를 위로해주고 잠자리를 함께한 다음 떠나갔다. 그의 아내가 놀라 잠에서 깨어나니 꿈이었다. 그날부터 태기가 있어 얼마 후 아들을 낳으니, 그가 훗날 신라에서 큰 벼슬을 하는 김강충이라고 한다.

_「고려사(高麗史)」

도깨비가 쌓은 제방

전북 임실 관촌마을의 옛 지명은 오원(烏院)인데, 이 마을에는 도깨비가 쌓았다는 제방이 남아 있다.

조선시대에 임실 고을의 좌수를 지낸 마씨 성을 가진 사람이 살았는데, 훗날 부원군을 지낸 인물이었다. 그 마 좌수가 아직 신분이 높지 않은 때의 일이다.

그날도 마 좌수는 여느 때처럼 냇가에 앉아 낚시로 소일하고 있었다. 온종일 죽치고 앉아 있어도 입질이 시원치 않자 슬슬 짜증이 났다.

"오늘은 허탕인가 보군."

그때 문득 찌가 움직였고 얼른 낚싯대를 채어보았다. 그러나 이번에도 물고기는 보이지 않았다. 대신에 작은 무언가가 낚싯바늘에 걸려 있었다.

"이게 뭐지?"

자세히 살펴보니 작은 주머니인데, 그 안에 작고 영롱한 오색 구슬 다섯 개가 들어 있었다. 난생처음 보는 구슬에 마 좌수는 입이 딱 벌어졌다.

"오색으로 빛나는 걸 보면 틀림없이 귀한 물건일 거야. 꿩 대신 닭이라고, 오늘은 물고기 대신 신기한 물건을 얻었군!"

마 좌수는 그 구슬 주머니를 품에 넣고 집으로 돌아갔다. 그러고는 궤짝 안에다 잘 넣어두었다.

그날 저녁 잠을 자던 마 좌수는 문득 인기척을 느끼고 잠에서 깨어났다.

"누구요?"

방문을 열고 대청마루로 나가보니 마당귀에 키가 훤칠한 사내가 서 있었다.

"이 밤중에 뉘시오?"

그 사내는 곧 마 좌수 앞으로 다가와 무릎을 꿇고 몸을 낮추었는데, 눈 부위가 움푹 꺼진 것이 여간 괴기스럽지 않았다.

"아니……!"

마 좌수는 소스라치게 놀라고 말았다. 그러고 보니 그런 사람이 한 명이 아니었다. 어두운 마당 끝에서 꾸역꾸역 나타나 꿇어 엎드리는 것이 마당은 물론이고 울타리 너머까지 빽빽하게 들어찼다. 마 좌수는 '아닌 밤중에 이게 웬일인가' 하고 덜컥 겁이 났지만 사대부 체면에 몇 번 헛기침을 하고 입을 뗐다.

"웬 놈들이냐! 대체 무슨 볼일이 있다고 이렇게들 몰려왔는가?"

그러자 그들 중 하나가 대답했다.

"우린 사람이 아니라 도깨비들이오."

'아뿔싸……!'

마 좌수는 정신이 아찔했지만 애써 태연한 척 물어보았다.

"도깨비라면 무슨 일로 산 사람을 찾아왔는가?"

"저희가 귀왕부(鬼王符)를 잃어버렸는데, 어르신께서 그걸 갖고 계시니 돌려주십사 하고 찾아왔습니다."

한 도깨비가 그렇게 말하자 나머지 도깨비들도 똑같이 따라 하며 사정했다.

"부디 귀왕부를 돌려주십시오."

마 좌수는 여전히 어리둥절했다.

"아니, 귀왕부라니? 대체 그게 무슨 소린가?"

"어르신이 낮에 물가에서 얻으신 다섯 개의 돌이 바로 귀왕부입니다."

마 좌수는 그제야 말뜻을 알 수 있었다.

'어쩐지…… 오색 빛깔이 영롱하더라니…… 예사 물건이 아니었구나!'

도깨비들은 한결같이 그 구슬을 내어달라고 간청했지만 마 좌수는 선선히 내어주기가 아까웠다. 그래서 어떻게든 거절할 궁리를 해보는데, 다급해진 도깨비들이 제안했다.

"어르신께서 원하시는 일이라면 뭐든 들어드리겠습니다. 그러니 부디 귀왕부만은 돌려주십시오."

그때 마 좌수는 장마철마다 오원천이 범람해 마을 사람들이 큰 피해를 입고 있다는 사실을 떠올리고는 이렇게 말했다.

"만일 너희가 하룻밤 새에 오원천에 둑을 쌓아주면 내 그것을 내어주도록 하마."

그러자 도깨비들이 일제히 머리를 조아리면서, 반드시 날이 새기 전에 제방을 완성하겠노라 약속하고 어둠 속으로 물러갔다. 마 좌수는 속으로 생각했다.

'말이야 쉽지. 제깟 것들이 무슨 수로 이 한밤중에 그 큰 둑을 쌓겠나……?'

그런데 이튿날 날이 밝아 오원천으로 나가보니 정말로 큼지막한 석축으로 쌓은 제방이 번듯하게 완성되어 있지 않은가!

'참으로 놀라운 일이다! 이렇게 큰 둑을 하룻밤 새에 쌓다니…….'

마을에서는 갑자기 나타난 제방 때문에 한바탕 소란이 일었고, 마 좌수는 주민들에게 간밤에 벌어진 일을 얘기해주었다. 이에 사람들은 자신들의 숙원 사업을 들어준 도깨비들에게 고마워하면서, 구슬을 돌려줄 때 혹시 원하는 것이 없는지 물어보라고 했다.

밤이 되자 또다시 도깨비들이 몰려왔고, 마 좌수는 약속대로 귀왕부를 내어주면서 말했다.

"약속대로 둑을 쌓아주니 이제 자네들 덕분에 물난리를 피할 수 있게 되었네! 고마운 마음에 그러니 뭐 원하는 일은 없는가?"

그러자 한 도깨비가 말했다.

"목적을 이루었으니 저희는 곧 저승으로 떠날 것입니다. 정 그러시면 이승 음식이나 한번 맛보게 콩 한 말만 삶아주십시오."

그 말에 마 좌수는 곧 하인을 시켜 누런 콩 한 말을 삶아 잔치를 베풀고 도깨비들의 노고를 치하했다. 도깨비들은 저마다 삶은 콩을 한 알씩 나눠 먹었다. 하지만 맨 마지막의 도깨비는 콩을 먹지 못했다. 도깨비 수에 비해 꼭 한 알이 모자랐기 때문이다.

"저런, 콩을 더 삶아줄 테니 잠시 기다리게나."

그러나 그 도깨비는 고개를 가로저었다.

"다시 또 콩을 삶다니요, 그걸 언제 기다립니까? 차라리 내 손으로 콩을 못 얻어먹은 값을 하지요."

삶은 콩을 먹지 못한 그 도깨비는 곧 심술을 부려 쌓아놓은 둑에서 돌 몇 개를 뽑아내어 구멍을 내놓았다.

"그놈 참, 성질머리 하고는!"

마 좌수는 어쩔 수 없이 하인을 시켜 그 빈 구멍을 막아두게 했다.

그 후 이 제방 덕분에 마을은 수해를 입지 않았고, 임실과 남원 일대의 논에 물을 공급할 수 있어서 큰 도움이 되었다. 도깨비들이 하룻밤 새에 쌓은 이 둑은 해마다 큰 장마를 겪었지만 400년이 지나도록 갓 쌓은 것처럼 멀쩡했다. 다만, 콩 한 알을 먹지 못한 도깨비가 심술로 빼낸 그 부분만은 아무리 단단히 메워도 홍수가 날 때마다 구멍이 뚫리곤 했다. 이에 사람들은 사람의 재주와 귀신의 재주는 엄연히 다르다고 한탄했다.

_「용재총화」

귀신을 쫓고 아내를 얻다

남이 장군의 어린 시절 이야기다.

소년 남이가 길가에서 놀다가 문득 이상한 광경을 보게 되었다. 어린 여종이 머리에 보자기로 싼 상자를 이고 가는데, 그 위에 분을 뽀얗게 바른 여자귀신이 올라앉아 있었다. 그런데 그 귀신이 다른 이들의 눈에는 보이지 않고 남이의 눈에만 보이는 것이었다.

호기심을 참다못한 남이가 슬금슬금 그 여종을 뒤쫓아가보니 어느 높다란 솟을대문 안으로 들어갔다. 남이가 이러지도 저러지도 못한 채 그 집 앞을 서성거리는데, 얼마 후 갑자기 곡소리와 함께 집 안이 소란스러워졌다. 때마침 밖으로 나온 여종에게 남이가 물어보았다.

"이 댁에 무슨 일이 있기에 갑자기 울음소리가 터져 나옵니까? 무슨 일이 났어요?"

여종이 대답했다.

"작은아씨가 갑자기 숨을 거두는 바람에 저럽니다요."

이에 남이는 그것이 방금 전에 본 여자귀신의 소행이라 짐작하고, 여종에게 말을 전해달라고 했다.

"내가 낭자를 살려낼 수 있습니다."

여종은 곧 집 안으로 들어가 안방마님께 그대로 전했다.

"대문 앞에 어떤 사내아이가 와 있는데, 작은아씨 이야기를 듣고는 자기가 아씨를 소생시킬 수 있다고 하는데요?"

그러나 안방마님은 일언지하에 거절했다.

"누군지도 모르는 외간 남자를 들일 수는 없느니라. 안 그래도 어수선한데 쓸데없는 소리 하지 말고 물러가라 해라."

여종이 집 밖으로 나와 그대로 전했다. 하지만 남이는 웃으면서 잠자코 그 자리에 서 있었다.

얼마 후 의원이 찾아왔다가 돌아가고, 또 다른 여러 사람이 어수선하게 들락거리더니 그 여종이 다시 남이를 찾았다.

"안방마님께서 도련님이 진정 우리 아씨를 살릴 수 있다면 안으로 드시랬어요."

남이가 여종을 따라 들어가자 아까 본 그 여자귀신이 낭자의 가슴에 걸터앉아 있다가 남이를 보고는 화들짝 놀라 달아나버리는 것이었다. 그러자 낭자가 크게 한 번 숨을 토해내면서 깨어났다. 그 모습을 확인한 남이는 곧 안심하고 그 집에서 나왔다.

그런데 대문쯤 나왔을 때 다시 집 안에서 큰 소리가 났고, 낭자가 또다시 숨이 막혀 죽어간다는 것이었다. 남이가 다급하게 안으로 들어가니 역시나 그 여자귀신이 낭자의 몸에 붙어 있다가 후다닥 달아났다. 낭자는 또 한 번 큰 숨을 내쉬면서 깨어났다.

남이가 문득 이상하게 여기고 물어보았다.

"아까 이 댁의 여종이 보자기로 싼 상자를 이고 오던데, 그 속에

뭐가 들어 있었는지요?"

"홍시예요."

나이 든 여종이 말해주었다.

"아씨가 보자기를 펼치고 하나 꺼내 먹자마자 갑자기 숨이 막힌다며 쓰러지지 뭐예요?"

이에 남이는 그것을 머리에 이고 갈 때 보니 분을 바른 여자귀신이 올라앉아 있었고, 그 여귀가 방금 전까지 낭자의 가슴 위에 있었다고 말해주었다. 그러고는 집안사람들과 상의해 귀신 쫓는 약을 한 첩 처방한 뒤 낭자를 완전히 소생시켜주었다.

그 댁은 좌의정 권람의 집이었다. 재상은 이야기를 전해 듣고 신기해하면서, 남이가 자기 딸과 인연이 있다고 믿어 두 사람을 혼인시키기로 마음먹었다. 그래서 부인한테 점을 한번 쳐보라고 말하고는 점쟁이를 불러들였다.

얼마 후 점쟁이가 말했다.

"이 소년은 제 명에 죽지 못할 운명입니다."

"허어, 그 무슨 해괴망측한 소린가?"

"장차 대역죄를 짓고 요절할 팔자를 갖고 태어났습니다. 절대 피할 수 없는 운명이지요."

듣고 있던 부인이 혀를 끌끌 차면서 이번에는 자기 딸의 점괘를 봐달라고 했다. 점쟁이가 한숨을 내쉬면서 말했다.

"따님 역시 명줄이 짧고 자식도 없습니다. 그러하나 사는 동안에는 복록을 누릴 것이고, 남편이 화를 당하기 전에 세상을 하직할 것이니 그 소년과 혼인시켜도 무방합니다."

그 말을 듣고 재상 부부는 딸의 비운을 슬퍼하면서도, 또 앞서 여

귀에 의해 죽었던 일을 상기하면서 훗날의 결과는 운명에 맡기기로 하고 두 사람을 혼인시켰다.

그 후 남이는 열일곱 살의 나이로 무과에 장원급제했고, 그 탁월한 담력과 용기는 누구도 따를 사람이 없었다. 북방의 이시애가 난을 일으켰을 때 출정하여 평정했고, 또 다른 정벌 때에도 선봉장이 되어 큰 공을 세웠다. 그때 남이가 출정지에서 돌아오면서 감개 어린 시를 지어 읊었다.

白頭山石磨刀盡(백두산 돌은 칼을 갈아 없이 하고)

豆滿江水飮馬無(두만강의 물은 말을 먹여 말렸네.)

男兒二十未平國(남아 이십대에 나라를 평정하지 못한다면)

後世誰稱大丈夫(후세에 누가 대장부라 칭하겠는가.)

그러나 당시 조정에는 간신배가 들끓었고, 바로 이 시를 빌미로 유자광에 의해 역모 죄를 쓰고 참형을 당하니 당시 그의 나이 스물여덟이었다. 그의 부인인 권람의 딸은 남이가 참수되기 몇 해 전에 이미 세상을 떴으므로 화를 입지는 않았다. 비범한 능력을 타고났지만 억울하게 죽은 남이 장군에 대해서는 많은 전설과 구전설화가 전해진다.

_「고금소총(古今笑叢)」

제 2장

도승과 말세우물

사찰 연기설화

도승과 말세우물

조선시대에 세조가 어린 조카 단종을 몰아내고 왕위에 오르자 하늘도 노했는지 몇 해째 가뭄이 계속되었고, 특히 한여름의 폭염은 산천을 불태워버릴 듯했다. 그래서 한낮이면 사람은 물론 가축들도 밖에 나오지 않았다.

어느 날 한 도승이 한낮에 충청도 증평 사곡리를 지나다가 우물을 찾았다. 무더위 속에 먼 길을 걸어오느라 갈증이 심했기 때문이다.

그런데 마을 한복판에 이르렀는데도 우물이 보이지 않았다. 당시에는 민가가 대여섯 채만 있어도 근처에 물을 긷고 빨래터로 쓰는 공동 샘터가 있게 마련이었다. 우물을 찾지 못한 도승은 어쩔 수 없이 어느 집 사립문을 밀고 들어갔다.

"주인장 계시오? 지나가는 객승이 물 한 사발 얻어 마실까 하오만."

잠시 후 방에서 그 집 안주인이 나오더니 말했다.

"날도 무더운데 마루에 앉아 잠깐 쉬고 계세요. 금방 물을 길어다 시주하겠습니다."

아낙은 길어다놓은 물이 떨어졌다면서 물동이를 이고 밖으로 나갔고, 도승은 아낙의 마음 씀씀이에 고마워하며 그 집 툇마루에 걸터앉아 땀을 식히고 있었다. 그런데 이상하게도 물을 길러 간 아낙이 한 시간이 다 되어도 돌아오지 않았다.

"허, 물을 길러 간 사람이 여태 돌아오지 않으니……!"

도승은 목마름도 잊은 채 아낙이 돌아오기만을 기다렸다.

그 집 아낙이 돌아온 것은 시간 반이 훌쩍 지나서였다. 아낙이 가쁜 숨을 몰아쉬고 한 손으로 이마의 구슬땀을 쓸어내며 이고 있던 물동이를 내려놓았다.

"스님, 오래 기다리게 해서 죄송합니다."

아낙이 사발로 물을 떠서 스님 앞에 내밀었다. 도승은 우선 그 노고에 진심으로 고마워하며 시원하게 한 사발 들이켰다. 그런 다음 궁금증을 풀려고 아낙에게 물어보았다.

"물을 길어 오는 데 한참이 걸리는 걸 보니 샘이 꽤 먼가 보오?"

아낙이 손을 내젓고 나서 말했다.

"아휴, 말도 마세요! 우리 동넨 샘이 없답니다. 물 한번 길어 오려면 10리나 가야 해요."

도승은 그제야 고개를 끄덕이며 말했다.

"아까 우물이 보이지 않더니 역시 그랬군요. 소승이 뜻하지 않게 폐를 끼쳤소이다."

"뭘요. 어차피 길어 와야 할 물인 걸요."

도승은 아낙의 수고를 거듭 치하해주었다. 그런 다음 무슨 생각에선지 짚고 온 지팡이로 그 집 마당을 세 번 두들겨보고 나서 말했다.

"허, 과연 이 마을은 물이 귀하겠구려."

"네?"

"층층이 암반으로 뒤덮인 땅이라…… 그러하나, 염려 마시구려. 내 비록 스쳐가는 객승에 불과하나 이것도 엄연한 인연이 아니겠소? 갈증을 덜어준 고마움에 보답하는 셈치고 우물 하나 선사하고 가리다."

말을 마친 도승은 그 집 울타리를 벗어나 마을 구석구석을 돌아다니며 살펴보았다. 얼마 후 동네 한복판에 이르러 큰 바위에 다가서더니 역시 지팡이로 세 번 두들겨보고는 고개를 끄덕였다. 그러고는 마을에 도승이 나타났다는 소문을 듣고 모여든 마을 청년들에게 말했다.

"우물을 원한다면 이 바위를 파시오."

청년들은 어이가 없었다.

"스님, 이건 바위가 아닙니까?"

청년들은 믿기 힘들다는 투였으나 도승의 표정은 자못 엄숙하기까지 했다.

"어서 이곳을 파시오. 그러면 한겨울에도 얼지 않는 따뜻한 물이 솟아날 것이고, 여름에는 입안이 얼얼한 냉수가 나올 것이오. 뿐만 아니라 이 물은 아무리 가물어도 마르지 않고 장마철에도 넘치지 않을 것이오."

청년들은 도승의 말에 압도되어 어안이 벙벙했는데, 이때 한 청년이 앞으로 나섰다.

"우리 스님의 말씀을 믿고 한번 파보자고."

"그래, 이 바위를 깨내서 정말 물이 나온다면야!"

청년들은 그 즉시 팔을 걷어붙였다. 마을의 곡괭이란 곡괭이는 죄다 가지고 나와 바위를 깨뜨리기 시작했다. 그러나 장정 10여 명이 사흘 밤낮으로 곡괭이질을 해도 소용이 없었다. 물줄기가 보이기는커녕 바위도 깨뜨리지 못했다. 그런데도 도승은 계속해서 파라고 독려했다. 청년들도 내친걸음이니 포기할 수 없어서 힘든 작업을 이어갔다.

그렇게 닷새쯤 곡괭이질을 계속하자 바위틈에서 희미한 물기가 비쳤다. 청년들은 믿기 힘든 사실에 감격하면서 미친 듯이 파내려갔고, 마침내 맑은 물줄기가 콸콸 터져 나오면서 금세 한 길 우물 높이가 되었다. 청년들은 감격에 겨워 서로를 얼싸안고 춤을 추었다.

바위에서 샘물이 터졌다는 소식에 온 마을이 발칵 뒤집혔다. 어른 아이 할 것 없이 그 샘물을 구경하러 몰려들었고 저마다 한 모금씩 들이켜며 즐거워했다. 마을 사람들에게 그 물은 꿀보다도 귀한 생명의 원천이었다.

한동안 그런 마을 사람들을 지켜보던 도승이 다시 입을 열었다.

"자, 조용히들 하고 소승의 말을 들어보시오."

청년들을 비롯한 사람들의 시선이 일제히 자신들의 은인인 도승에게 모아졌다.

"앞으로 이 우물은 넘치거나 줄어드는 일이 없을 것이오. 그러나 만일 이 우물이 넘치는 날엔 나라에 큰 변고가 생길 것입니다."

마을 사람들은 웅성거리며 동요했지만 도승은 애써 무시한 채 자신의 말을 이어갔다.

"지난날 수양대군이 어린 단종 임금을 폐하고 왕위에 오르는 일이 있었소. 만일 이 우물이 넘치는 날에는 그보다 몇 배나 더 큰 변란이 일어날 것이오."

그 말을 들은 마을 사람들, 그중에서도 특히 아낙들의 얼굴에는 두려움이 가득했다.

"스님, 이 우물이 그렇게 무서운 우물이라면 어떻게 마음을 놓고 살겠어요? 차라리 예전처럼 10리 밖 계곡물을 떠다 먹고 사는 편이 낫겠어요."

스님이 한바탕 너털웃음을 짓고 나서 말했다.

"허허, 너무 걱정들 마시오. 이 우물이 세 번 넘치는 날이면 이 세상은 이미 말세가 되어 있을 테니, 여러분은 그때 이곳을 떠나면 되는 것이오."

그 말을 마친 도승은 뒤도 돌아보지 않고 표연히 자취를 감추었다.

마을 사람들은 물맛 좋은 우물을 얻게 되어 무척 기뻤지만 마음 한편으로 두려움도 가시지 않았다. 그래서 서넛이 모이기만 하면 비슷한 말을 주고받았다.

"마을의 평생 숙원인 우물이 생겨서 좋구만……!"

"그러게 말이야, 바위에서 물이 솟아날 줄 누가 알았겠어? 정말 기이한 일이야."

"도승의 말이 꺼림칙하긴 해도 크게 염려할 필요는 없을 것 같으이."

그러나 날개 없는 소문처럼 빠른 것도 없다고, '우물이 세 번 넘치면 말세가 온다'는 말은 차츰 멀리까지 퍼져나갔다.

"도승의 말이 정말 사실일까?"

"우물이 넘친다면, 언제?"

그렇게 그 우물은 인근 마을은 물론이고 그 고장의 이야깃거리가 되었고, 어느덧 훌쩍 세월이 지나갔다.

그러던 어느 새벽, 우물에서 물을 긷던 한 아낙은 깜짝 놀란 나머지 그 자리에 털썩 주저앉고 말았다. 그날은 평소와 달리 우물물이 철철 넘쳐흐르고 있었던 것이다. 이 소식은 삽시간에 이웃 마을까지 번졌고, 고장 사람들은 곧 무슨 변고가 생기지 않을까 안절부절 못했다. 아니나 다를까, 그로부터 며칠 뒤 왜구가 침범해왔다는 소식이 전해졌는데, 이것이 곧 임진왜란이었다.

그 후로도 또 한 번 이 우물이 넘쳤는데, 1950년 6월 25일로 한국전쟁이 발발한 날이었다. 그날도 새벽부터 우물물이 철철 넘치고 있었는데, 마을 사람들은 그것이 민족동란의 비극을 암시하는 것이었다고 믿고 있다.

우물은 이미 두 번이나 넘쳐흘렀다. 지금은 아무 일 없다는 듯 늘 정량을 유지하며 조용히 샘솟고 있는 이 우물은 언제 또다시 넘칠 것인가? 도승의 예언대로 과연 세상의 종말은 찾아올 것인가?

지금도 증평 사곡리의 말세우물은 아무리 퍼내도, 또 가물거나 장마가 들어도 줄어들거나 넘치지 않은 채 한결같이 마을 사람들의 식수가 되어주고 있다. 마을에서는 이 우물이 지닌 전설을 자랑하며 자비로운 불심을 떠받들고 있다. 한 도승의 신통력과 예언은 신비로운 전설일 뿐만 아니라 삶의 자비로움과 부족하지도 넘치지도 않는 인생의 정도를 조용히 일깨워주고 있다.

_⟨증평군지(曾坪郡誌)⟩

관세음보살, 두 친구를 시험하다

옛날 백원산 자락의 한 마을에 노힐부득과 달달박박이라는 청년이 살고 있었다. 두 사람 모두 지혜롭고 인광이 범상치 않은 인물로, 속세를 초월한 높은 이상을 지니고 있었다. 그들은 스무 살이 되는 해에 함께 출가하기로 결심하고 그길로 마을 밖 절을 찾아가 머리를 깎고 승려가 되었다.

그 후 노힐부득은 회진암에, 달달박박은 유리광사에 터를 잡고 고향의 처자를 데려와 밭을 일구며 계속 수양했다. 두 집이 서로 왕래하며 오순도순 살았지만 두 사람은 탈속하려는 마음을 잠시도 버리지 못했다.

"처자와 함께 지내고 의식이 풍족해서 좋긴 하나, 연화장 세계에서 여러 부처가 즐기는 것만 하겠는가! 더구나 이미 불도를 이루기 위해 머리를 깎은 몸이니 마땅히 얽매임을 뿌리치고 정진해야 할 것이네."

그해 가을 추수를 끝낸 두 사람은 장차 깊은 산골짜기로 들어가 수도에 전념할 것을 다짐했다.

그날 밤 두 사람은 꿈을 꾸었다. 서쪽에서 백호의 빛이 다가오더니 그 빛줄기 속에서 금빛 팔이 내려와 두 사람의 이마를 쓰다듬어 주는 상서로운 꿈이었다. 이튿날 아침 두 사람은 꿈 이야기를 주고받다가 서로 똑같은 꿈을 꾸었음에 놀라움을 금치 못했다. 두 사람은 곧 백월산 무등계곡으로 들어갔다. 박박은 북쪽에 판잣집을 지어 살면서 아미타불을 염송했고, 부득은 남쪽 고개에 돌집을 지어 살면서 성심껏 아미타불을 구했다.

그렇게 3년이 지난 성덕왕 8년(709년) 초파일, 해가 뉘엿뉘엿 질 무렵 스무 살쯤 되어 보이는 아리따운 낭자가 그윽한 난향(蘭香)을 풍기며 박박 스님의 판잣집에 찾아들었다. 그녀는 말없이 글을 지어 박박 스님에게 올렸다. 이에 박박 스님은 일말의 여지도 없이 딱 잘라 거절하며 말했다.

"절은 깨끗해야 하므로 그대가 머물 곳이 못 되오. 지체 말고 어서 다른 곳으로 가보시오."

박박 스님에게 거절당한 낭자가 이번에는 부득 스님이 머무는 남암을 찾아갔다. 그리고 박박 스님에게 그랬던 것처럼 하룻밤 묵어가게 해달라고 청했다.

부득 스님이 말했다.

"이곳은 본래 여자가 머물 곳이 못 되나, 깊은 산골짜기에서 날이 저물었으니 어찌 모른 체할 수 있겠소. 어서 안으로 드시지요."

밤이 깊어지자 부득 스님은 자세를 바르게 하고 희미한 등불이 어른거리는 벽을 마주한 채 고요히 염불삼매에 들었다.

새벽녘이 되자 낭자가 부득 스님을 불러 말했다.

"스님, 제가 산고가 있으니 짚자리를 좀 마련해주십시오."

부득 스님이 불쌍히 여겨 자리를 마련해주고 나서 등불을 비추자 낭자는 이미 해산을 끝내고 다시 목욕하기를 청했다. 부득 스님은 부끄러움과 두려움이 일었지만, 곧 물을 데우고 나서 낭자를 통 안에 앉혀 목욕을 시키기 시작했다.

"어엇……!"

부득 스님은 문득 번쩍하고 자기 신체에 큰 변화가 있음을 실감했다.

그가 놀라워하자 낭자가 조용히 미소를 지으며 말했다.

"스님께서도 함께 목욕을 하시지요."

낭자의 말에 마지못해 함께 목욕을 한 부득 스님은 또 한 번 번쩍 놀랐다.

"이, 이런…… 아……!"

갑자기 정신이 청쾌해지더니 자신의 살결이 점차 은은한 금빛으로 물드는 것이 아닌가! 어느새 그 옆에는 연화대좌가 놓여 있었다. 낭자가 부득 스님에게 그 연화좌에 앉기를 권하면서 말했다.

"나는 관세음보살의 현신이오. 대사를 도와 대보리를 이루게 하기 위해 찾아온 것입니다."

그 말을 마친 낭자는 홀연히 자취를 감추었다.

한편 북암의 박박 스님은 날이 밝자 이렇게 생각했다.

'지난밤 뜻하지 않게 낭자를 맞은 부득은 필시 계를 범했을 것이다. 내 가서 실컷 비웃어줘야겠구나.'

그러고는 남암을 찾아갔다.

그런데 이게 어찌 된 일인가. 부득이 미륵존상이 되어 연화좌 위에서 빛을 발하고 있지 않은가. 박박은 자신도 모르게 몸을 조아려 절을 하면서 물어보았다.

"어떻게 해서 이리되셨습니까?"

부득이 어젯밤에 벌어진 일을 얘기해주자 박박은 자신의 미혹함을 탄식하며 무너져 내렸다.

"아, 나는 미혹하여 부처님을 알현하고도 미처 알아보지 못했구려. 먼저 성불하신 그대여, 부디 옛정을 잊지 마시고 옛 친구를 굽어봐주소서."

_「삼국유사」

황소로 둔갑한 도승과 오백나한

옛날 영천 영산전에 한 도승이 살고 있었다.

도승은 어느 날 마을로 탁발을 가다가 산밭에 앉아 잠시 휴식을 취했다. 산 아래 마을을 내려다보는 스님의 눈가에 아스라이 이슬이 맺혔다.

'가난의 업보를 타고난 백성들이 언제쯤에나 주린 배를 채울 수 있으려나……..'

얼마 후 일어나 발걸음을 서두르려던 스님은 깜짝 놀랐다. 방금 전 자신이 앉았던 자리에 조 이삭 세 개가 부러져 있었던 것이다. 가난한 농투성이가 손바닥만 한 산밭이라도 일궈 애지중지 가꾸는 조를 부러뜨린 것이다. 얼른 손으로 세워보았지만 이미 꺾인 조 이삭을 되돌려놓을 수는 없었다.

"허, 이런 민폐가 다 있나!"

망연자실한 스님은 한동안 그 자리에서 어찌할 바를 몰랐다.

스님은 어떻게든 그 밭의 주인에게 보상을 해줘야겠다고 결심했다. 그래서 농부의 집으로 찾아가서는 주문을 걸어 자신을 황소로

영천 거조암 오백나한상

둔갑시켰다. 자신이 부러뜨린 세 개의 조 이삭을 보상하기 위해 그 집에서 3년간 일을 해주기로 한 것이다.

농부는 갑자기 집 앞에 나타난 황소를 보고 깜짝 놀랐다.

"뉘 집 황소가 여기 와 있지?"

농부는 즉시 황소를 앞세우고 주인을 찾아나섰다. 그러나 아무리 수소문해도 소를 잃어버렸다는 집을 찾을 수 없었고, 결국 농부는 임자가 나타날 때까지 그 황소를 자신이 거두기로 했다.

고삐도 매지 않은 황소는 무척이나 온순했고, 말 못하는 짐승이 사람보다 낫다는 소릴 들을 정도로 수레도 잘 끌고 밭도 잘 갈았다.

그로부터 석 달 후, 험상궂게 생긴 사내가 농부를 찾아왔다.

"내가 잃어버린 황소를 당신이 가지고 있다고 해서 찾아왔소."

"아, 그래요? 그간 소를 잃어버리고 얼마나 마음고생이 심하셨소? 안 그래도 기다리고 있던 참입니다."

마음씨 착한 농부는 두말없이 황소를 내주었다.

그런데 놀랍게도 소가 한 걸음도 움직이려 하지 않았다. 아니, 오히려 완강히 버티면서 낯선 사내를 들이받을 듯이 위협했다. 사내는 결국 머쓱해져서 되돌아가버렸다.

그 후로도 이렇게 찾아온 사람이 수백 명이나 되었지만, 황소가 꿈쩍도 하지 않고 버티는 바람에 모두 빈손으로 돌아갔다. 그러는 사이에 훌쩍 3년이 흘러갔다.

황소가 농부의 집을 찾아온 지 3년째 되는 어느 가을날, 아침 일찍 들에 나가려던 농부는 소가 이전과 달리 매우 의젓하게 자신을 쳐다보고 있음을 깨달았다. 이상한 느낌이 들어 가까이 다가가보니 놀랍게도 황소가 말을 걸어오는 것이었다.

"주인님, 이제 헤어져야 할 때가 된 것 같습니다."

"오, 말 못하는 짐승인 줄 알았거늘!"

황소가 말했다.

"그간의 제 품삯을 쳐주시는 셈치고 날을 골라 큰 잔치를 열고 사람들을 불러 모아주십시오."

농부는 흔쾌히 동의했다.

보름 뒤 잔칫날이 되자 마을 사람들은 물론이고 인근 마을에서도 사람들이 몰려왔고 풍악과 함께 푸짐한 잔치 음식과 술잔이 곁들여졌다. 그리고 한창 흥이 올랐을 때 황소가 콧김을 불어 짙은 안개를 내뿜더니 눈빛이 형형한 도승으로 변신했다. 깜짝 놀란 사람들은 일제히 몸을 엎드리며 스님께 합장했다.

"오, 세상에나!"

"나무아미타불……!"

"나무아미타불……!"

스님이 말했다.

"지난 3년간 나를 찾아와 자기 집 소라고 우겼던 자들은 썩 앞으로 나오라."

추상같은 불호령에 다들 서로 눈치를 살피다가 엉금엉금 앞으로 기어 나왔는데, 그 수가 자그마치 500명이나 되었다.

스님의 불호령이 이어졌다.

"나는 너희가 백성들을 괴롭히는 산적의 무리임을 잘 알고 있다."

"……!"

"이승의 업보를 덜려면 그간의 잘못을 속죄해야 하거늘 나처럼 소가 되어 죗값을 치르겠느냐, 아니면 출가하여 성불을 하겠느냐?"

이에 500명의 산적 모두가 도승을 따라 머리를 깎겠다고 약속하고 입산했는데 그곳이 바로 거조암이고, 500명이 성불하여 오백나한상이 되었다고 한다.

불교에서는 부처님의 가르침을 받아 깨달은 이를 '나한(羅漢)' 또는 '아라한(阿羅漢)'이라고 한다. 영산전에 봉안한 오백나한은 석가모니불의 10대 제자와 16나한을 합친 526위의 나한을 일컫는다. 경전에 따르면 이들은 모두 저잣거리의 무뢰한이었는데, 부처님의 설법을 듣고 깨달음을 얻었다고 한다.

_은해사 연기설화

구룡사 전설

치악산 자락의 구룡사는 지금으로부터 1,300여 년 전에 의상대사가 창건했는데, 이 절터에 얽힌 연기설화가 있다.

옛날 한 스님이 영서의 명산인 치악산에 절을 짓고자 찾아들었다. 산자락을 휘휘 둘러보다가 지금의 구룡골로 접어드니 시루봉 아래 협곡의 풍치가 가히 절경이었다. 그런데 풍수를 살피고 절을 앉히면 좋겠다 싶은 곳을 보니 연못이었다. 스님은 그 연못을 메우고 전각을 세우려 했다.

이때 그 연못에 아홉 마리의 용이 살고 있었는데, 웬 스님이 난데없이 연못을 메운다고 하자 큰일이 아닐 수 없었다. 그래서 스님에게 항의했다.

"여태껏 살아온 우리의 터전을 메워 없애버리다니, 스님으로서 어찌 그렇게 무자비한 일을 감행한단 말이오?"

이에 스님은 선선히 물러서지 않았다.

"존엄한 부처님을 모시는 큰 불사이니라. 너희의 연못이 반드시 필요한데 그만 양보해줄 수 없겠는가? 너희야 다른 곳으로 옮겨가면 그만 아닌가."

"그래도 엄연한 우리의 터전인데요?"

스님과 아홉 마리의 용은 연못을 메워버린다, 안 된다 하며 한참 실랑이를 벌였고, 결국 용들의 제안으로 서로 실력을 겨뤄 이긴 쪽의 뜻에 따르기로 했다.

용들이 먼저 나섰다. 용들은 갑자기 먹장구름을 불러오더니 하늘로 치솟으면서 뇌성벽력과 함께 장대 같은 소낙비를 퍼부었다. 그러자 삽시간에 계곡물이 넘쳐 스님이 서 있는 자리까지 위태로워졌다. 실로 엄청난 상황이었지만 스님은 조금도 흔들리지 않았다. 용들의 재주를 짐작이라도 한 듯 시루봉과 천지봉 사이에 기다란 나룻배를 매어놓고 그 위에서 태연자약 낮잠을 즐기고 있는 것이었다. 용들 쪽에서 볼 때 도무지 어이가 없는 상황이었다.

"우리 공격을 저렇게 조롱하다니, 어찌 이런 일이 있는가?"

아홉 마리의 용이 당황해하자 스님이 말했다.

"이번에는 내가 한 수 부려볼까?"

스님은 적삼에서 종이와 붓을 꺼내더니 부적 한 장을 그려 연못에 던져 넣었다. 그러자 연못에서 김이 무럭무럭 나더니 갑자기 물이 부글부글 끓기 시작했다. 이에 용들은 뜨거움을 견디지 못하고 하늘로 날아올랐는데, 그중 눈먼 용 한 마리는 채 달아나지 못하고 근처 연못으로 옮겨가버렸다. 이에 스님은 애초의 계획대로 그 연못을 메우고 대웅전을 세움으로써 지금의 구룡사가 자리를 잡았다.

구룡사 마당에 서면 여덟 개의 골진 산봉우리를 조망할 수 있는데, 여덟 마리의 용이 급하게 도망칠 때 파인 것이라고 한다. 구룡사라는 절 이름도 이곳이 아홉 마리의 용이 살던 곳이라고 하여 붙여

치악산 구룡사 대웅전

진 것이다. 그리고 지금은 '아홉 구(九)' 대신 '거북 구(龜)' 자를 쓰는데, 이와 연관된 전설도 전해진다.

구룡사는 처음에 스님들의 수련도장으로 조성되었는데 오랜 세월을 거치면서 흥망성쇠에 따른 사연도 많았다. 특히 고려가 망하고 조선 왕조가 들어서면서부터 치악산에서 나는 산나물 중 대부분이 궁중에서 식재료로 쓰이게 되어 구룡사 주지가 공납 책임까지 도맡게 되었다.

그러자 일대에서 생산되는 모든 산나물이 구룡사 주지의 인증을 받아야 했는데, 인근 마을 사람들은 나물 값을 올려 받기 위해 뇌물을 바치기도 했다. 이렇게 되자 견물생심이라고, 아무리 부처님 같은 스님일지라도 사사로운 욕심이 생겨나지 않을 수 없었다. 공납 일을 수행하면서 뒤로는 뇌물을 챙긴 것이다. 결국 구룡사는 겉으로 화려하고 물질적으로 풍성했지만 애초의 정신도장으로서는 퇴락의 길을 걸었다.

그 후 한 수행승이 구룡사를 찾아왔다가 절이 몰락한 것을 개탄하면서 이렇게 말했다.

"이 절이 흥하지 못하는 것은 거북바위 때문이니 그 바위를 쪼개버리면 좋을 것이다."

그러자 절에서는 그 스님의 말을 믿고 절 입구에 있는 거북바위를 두 동강으로 쪼개버렸다. 그 뒤로 어찌 된 일인지 절이 흥하기는커녕 신도들의 발길이 뚝 끊겨 절의 명성이 더욱 퇴락했고, 급기야 산문을 닫아걸어야 할 지경에 이르렀다.

바로 그때 또 다른 도승이 찾아왔다.

"절이 망해가는 데는 그만한 이유가 있소. 바로 이름이 맞지 않기 때문이오."

"그건 무슨 말씀이신지요?"

주지스님이 재차 물었고, 도승이 흰 수염을 한 번 쓰다듬고 나서 말했다.

"본래 이 절은 입구를 지키고 있는 거북바위가 운을 떠받들고 있었는데, 그 바위를 두 동강으로 쪼개 혈맥을 끊어버려서 운이 막힌 것이오."

"그럼 어찌하면 좋겠습니까?"

그러자 도승은 거북을 다시 살린다는 뜻에서 절의 이름을 '아홉 구(九)'에서 '거북 구(龜)' 자를 쓴 구룡사(龜龍寺)로 바꿔 쓰게 했다는 것이다.

_**구룡사 연기설화**

화랑으로 현신한 미륵불

신라 진흥왕은 민간에서 지혜롭고 아름다운 처녀를 뽑아 '원화 (原花)'라는 지위를 주고 그 아래 무리를 모아 충효의 도리를 선양코 자 했다. 왕은 처녀들 중에서 외모와 기량이 뛰어난 남모랑과 교정 랑을 원화로 선발하고, 두 처녀에게 400여 명의 무리를 통솔하게 했다. 그런데 뜻하지 않게 여자들 사이의 질투가 문제로 대두되었 다. 남모랑에 대한 교정랑의 질투가 극심했던 것이다.

교정랑은 어느 날 밤 술상을 들고 남모랑의 방을 찾았다. 자신을 시기하는 줄은 꿈에도 몰랐던 남모랑은 그녀를 반겨 맞았다.

"어머, 이 밤중에 웬일이야?"

"남모랑, 사실 나한테 고민이 좀 있어서…… 괜찮으면 내 이야기 좀 들어줬으면 해서…….''

남모랑은 그렇게 교정랑에게 속아 술상을 마주했다. 한 잔, 두 잔 교정랑은 자신의 고민을 털어놓는 척하면서 남모랑에게 계속 술을 권했다. 그런 다음 어느 정도 술기운이 오른 남모랑에게 바깥바람 이나 쐬자며 북천 시냇가로 유인했다. 그러고는 커다란 돌멩이로 남모랑의 머리를 쳐 죽인 다음 근처에 묻었다.

이튿날 남모랑을 따르던 무리는 그녀가 보이지 않자 이곳저곳으로 찾아다녔다. 그러나 며칠이 지나도록 남모랑의 행방을 찾을 수 없자 결국은 슬퍼하며 뿔뿔이 흩어져버렸다.

그런데 남모랑이 살해되던 날 밤, 교정랑이 술에 취한 남모랑을 북천으로 데려가는 것을 본 사람이 있었다. 사건의 전모를 알고 있던 그는 동요를 지어 아이들에게 퍼뜨렸다.

얼마 후, 아이들의 노랫소리를 듣고 기이하게 여긴 원화들이 북천에 나갔다가 냇물에 쓸려 드러난 남모랑의 처참한 시신을 발견했다. 그들은 사건의 내막을 파악하는 데 큰 어려움이 없었다. 남모랑을 따르던 원화들은 곧장 교정랑이 있는 곳으로 쳐들어가 그녀를 처단해버렸다.

그 후 사건의 전말을 알게 된 진흥왕은 원화 제도를 폐지해버렸다. 그러나 나라를 부흥시키려면 풍월도(風月道), 즉 젊은이들의 훈육이 더없이 중요하다고 판단하여 이번에는 남자들로 구성된 화랑도를 만들었다. 훌륭한 귀족 가문의 자제들 중에서 덕행 있는 청년들을 뽑아 '화랑(花郎)'이라 하고 그중 가장 빼어난 사내를 골라 국선(國仙)으로 칭했는데, 이때 맨 처음 국선으로 뽑힌 이가 바로 선원랑이었다. 화랑들은 그를 중심으로 서로 어울려 도의를 연마하고 함께 산수를 즐기며 수행했다.

시간이 흘러 진지왕 때의 일이다. 흥륜사에 진자라는 승려가 있었는데, 아침저녁으로 미륵불 앞에 나아가 발원하기를 게을리하지 않았다.

"미륵부처님, 부디 화랑이 되시어 세상에 현신하여주옵소서. 그러면 제가 늘 가까이서 떠받들겠나이다."

지극한 정성으로 불공을 드리던 어느 날 밤, 그의 꿈속에 노승이
나타나 말했다.

"웅천 수원사에 가보거라. 거기 가면 미륵선화를 만날 것이니라."

꿈에서 깬 진자는 무척 기뻐하며 곧장 그곳으로 떠났다.

열흘 만에 도착한 그는 수원사 앞에서 자신을 미소로 반기는 소
년을 만났다. 진자가 물어보았다.

"나를 모를 터인데, 어째서 이렇듯 반기십니까?"

소년이 대답했다.

"저는 단지 먼 길을 오시는 스님을 환영할 따름입니다."

"고맙습니다."

진자는 참 좋은 아이로구나 했을 뿐 특별히 이상하게 여기지는
않았다.

수원사에 도착한 진자는 그곳 승려들에게 자신이 먼 길을 찾아온
사연을 이야기하고 나서 이렇게 말했다.

"제가 이곳에 머물면서 미륵선화를 기다려도 될는지요?"

이에 승려들은 그의 신실한 모습에 감동하며 이렇게 말해주었다.

"여기서 남쪽으로 가면 천산이라는 곳이 있는데, 예로부터 현인
이 많고 신앙심이 두텁다고 합니다. 거기로 가보시는 것이 좋을 듯
합니다."

진자가 그 말을 좇아 천산 아래에 이르자 산신령이 노인으로 변
해 맞으면서 물었다.

"뭘 하러 예까지 찾아왔는가?"

진자가 말했다.

"미륵선화를 만나려고 합니다."

노인이 말했다.

"이미 수원사 앞에서 보지 않았는가?"

그 말에 깜짝 놀란 진자가 즉시 수원사로 되돌아가보았지만 이미 그 소년은 흔적도 찾을 수 없었다.

얼마 후 이런 사연은 진지왕의 귀에까지 들어갔다. 미륵불이 현신했다는 소리에 왕은 즉시 백방으로 사람을 풀어 찾으라고 했다. 그러나 누구보다도 헌신적으로 미륵불을 찾는 데 매달린 이는 바로 진자였다. 무리를 풀어 곳곳을 두루 살피게 하니, 수려하게 생긴 한 소년이 영묘사 근처 나무 밑에서 놀고 있다는 소식이 들려왔다. 진자는 즉시 그곳으로 달려가 마침내 그 소년과 마주했다.

진자는 자신도 모르게 소리쳤다.

"오, 이분이야말로 거룩한 미륵선화이시다!"

진자가 소년에게 물어보았다.

"낭(郞)의 집은 어디며 성씨는 어떻게 되십니까?"

소년이 대답했다.

"제 이름은 미시(未尸)이고, 부모는 어렸을 때 여의어 성을 모릅니다."

진자는 그 소년을 가마에 태워 궁궐로 안내했고, 진지왕은 그를 경애하여 국선으로 삼았다.

미시화랑, 즉 미시랑은 용모뿐 아니라 행실도 반듯해 모든 화랑의 모범이 되었다. 하지만 그렇게 7년이 지난 어느 날 홀연히 자취를 감추고 말았다.

미시랑이 사라지자 진자는 말로 표현하기 힘들 정도로 슬펐다.

그로부터 얼마 후에는 그 역시 자취를 감추어버렸다.

이 이야기에 따르면 미시랑은 미륵불의 화신이며, 미시(未尸)라는 이름도 미륵에 가탁한 것이라고 하는데, '미(未)'는 '미(彌)'와 소리가 가깝고 '시(尸)'는 '역(力)'과 글자 모양이 비슷하기 때문이다.

화랑은 국선으로도 불렸고, 도솔천의 미륵보살을 도솔대선가(兜率大仙家)로 표기하기도 했다. 여기서 국선의 '선(仙)'은 신선이 아니라 미륵불을 의미하며, 미륵불을 주불로 모신 단석산 신선사(神仙寺)의 '선(仙)'도 미륵을 의미한다.

_「삼국유사」

현덕왕후, 그리고 세조와 상원사 이야기

　단종의 어머니 현덕왕후 권씨는 세종 13년 열세 살의 나이에 입궐했다. 이때 이미 세자빈이 있었지만 권씨가 세자를 모셨고, 그 후 세자빈이 쫓겨나자 권씨가 세자빈이 되었다.

　권씨는 첫째로 딸을 낳고, 세종 27년에 아들을 낳으니 그가 바로 단종이다. 그러나 권씨는 안타깝게도 산고에 시달리다 출산 사흘 만에 죽고 마니 그때 나이 스물넷이었다. 궁에서는 그녀를 안산에 안장하고 그 무덤을 소릉이라 칭했다.

　그 후 세종이 승하하자 문종이 즉위했고, 문종 역시 왕위에 오른 지 2년여 만에 세상을 뜨고 말았다. 왕위는 이제 열두 살밖에 되지 않은 단종에게 승계되지만 얼마 지나지 않아 숙부인 수양대군에게 빼앗기고 만다.

　왕위 찬탈에 격분한 성삼문, 박팽년, 하위지 등은 저항하며 단종 복위에 앞장섰다. 그러나 결국 실패로 끝나고 모두 죽임을 당하니 이들이 소위 '사육신'이다. 모반에 가담한 사람들을 모두 처형한 세조는 현덕왕후의 동생과 어머니마저 관련되어 있다 하여 죽여버렸다. 그리고 이미 죽은 현덕왕후의 아버지 화산부원군의 지위도 서민으로 강등시켰다.

어느 날 밤, 세조의 꿈속에 죽은 현덕왕후가 나타났다. 현덕왕후가 원한 맺힌 눈으로 세조를 노려보았다.

"네놈이 죄 없는 내 자식을 죽였으니 나도 네 자식 놈을 죽이겠다."

그러고는 세조의 얼굴에다 침을 뱉었다. 세조는 깜짝 놀라 깨어났는데, 놀랍게도 곧 동궁에서 와병 중이던 세자가 죽었다는 기별이 왔다. 화가 난 세조는 안산에 묻힌 현덕왕후를 서민으로 강등하고 소릉을 파헤치라고 명했다.

그날 밤, 한밤중에 소릉에서 왕후의 울음소리와 함께 이런 목소리가 들려왔다.

"내 집을 다 파헤치려 하니 장차 이를 어쩔꼬?"

또 어떤 스님은 이런 목소리를 들었다.

"왕이 미쳤거늘 누가 감히 막겠는가? 참으로 분하고 원통하구나."

그래서 그랬을까? 소릉으로 몰려간 병사들이 현덕왕후의 석실을 열었지만 도무지 관이 움직이지 않았다. 곧이어 하늘이 컴컴해지더니 느닷없이 비바람이 몰려왔다. 화들짝 놀란 병사들과 인부들은 달아나기에 바빴다.

이튿날, 왕후의 울음소리를 들은 스님이 살펴보니 석실 밖으로 삐져나온 관이 바닷가에 떠 있었다. 놀란 스님이 바삐 염불을 외며 관을 언덕으로 옮겼다. 그런 다음 인근 백성들을 불러 함께 향을 피우고 제사를 지내자 비로소 관이 움직이기 시작했다.

한편 현덕왕후의 저주에 시달리던 세조에게 또 다른 고통이 찾아왔다. 왕후가 침을 뱉은 자리마다 종기가 돋아난 것이다. 그 종기는 차츰 온몸으로 번지더니 고름이 맺힐 정도로 악화되었다. 온 나라의 명의를 부르고 온갖 신약을 써봐도 차도가 없었다. 세조가 중전에게 말했다.

"백약이 무효이니 내 원죄가 크기 때문일 것이오. 아무래도 부처님 전에 나아가 죽은 원혼들을 달래줘야겠소."

"그렇게 하시지요. 문수도량인 오대산 상원사가 좋을 듯합니다."

왕은 곧 조출한 행장을 꾸린 뒤 오대산으로 향했다.

월정사에서 참배하고 나서 상원사로 가던 중 웅장한 산세와 맑은 계곡물에 반한 세조는 산간벽수에 몸을 담그고 싶었다. 그는 그때까지도 온몸에 종기를 앓는 추한 모습을 내보이고 싶지 않았다. 주위를 모두 물린 왕은 비로소 어의를 벗고 홀로 계곡물에 몸을 담갔다.

그런데 얼마 후 숲 속에서 작은 동자승이 나타났다. 세조가 그를 불렀다.

"얘야, 이리 와서 등이나 좀 밀어주지 않으련?"

"좋아요."

동자승이 선선히 내려와 고사리 같은 손으로 임금의 등을 밀어주었다. 왕은 고맙다는 인사말과 함께 단단히 주의를 주었다.

"누구한테도 임금의 옥체를 보았다고 말해서는 안 된다."

그러자 동자승은 이렇게 응수하는 것이었다.

"대왕께서도 어딜 가서 문수보살을 친견했다 하지 마시오."

"……?"

동자승은 홀연히 자취를 감추었고, 놀란 왕은 주위를 두리번거리다가 문득 자기 몸의 종기가 씻은 듯이 나았다는 사실을 알았다.

그 일로 크게 감동한 왕은 궁궐로 돌아온 뒤 화공을 불러 자신이 만난 문수동자를 그리게 했다. 기억을 더듬어가며 몇 번의 수정을 거친 끝에 동자상이 완성되자 그것을 상원사에 보내 봉안토록 했다. 현재 상원사 문수전에는 국보로 지정된 문수동자상이 봉안되어 있다.

그 이듬해 세조는 또다시 상원사를 찾았다. 법당에서 막 불공을 드리는데 갑자기 고양이 한 마리가 나타났다. 그런데 이상하게도 고양이가 세조의 옷자락을 물더니 자꾸 바깥으로 잡아끄는 것이었다. 불길한 느낌에 왕은 곧 법당 밖으로 나왔다. 그러고는 수행한 병사들을 불러 법당 안팎을 샅샅이 뒤지게 했다. 아니나 다를까, 불전 밑에 자객 셋이 숨어 있었다. 왕을 시해하려고 시퍼런 칼을 숨긴 채 기회를 노리고 있었던 것이다. 자객들을 붙잡아 끌어내는 사이에 그 고양이는 어디론가 사라져버렸다.

세조는 자신의 목숨을 구해준 고양이를 위해 강릉에서 가장 기름진 논 500섬지기를 상원사에 하사했다. 그리고 매년 고양이를 위한 제사를 지내도록 명했는데, 절에서는 이때부터 묘답(猫畓)과 묘전(猫田)이라는 말이 생겨났다. '공양미'라는 말도 '고양이를 위한 쌀'에서 유래했다는 일설이 있다. 궁궐로 돌아온 세조는 한양 근교의 여러 사찰에 묘전을 설치해 고양이를 키웠고, 전국에 고양이를 잡아 죽이는 일이 없도록 하라고 명했다. 지금도 상원사에 가보면 전설을 입증하기라도 하듯 문수전 입구 왼쪽에 두 기의 고양이 석상이 세워져 있다.

_『한국민속문학사전(韓國民俗文學辭典)』

태무덤을 옮기고 살아남다

예로부터 사람들은 빛고을 광주의 지형이 이무기가 용이 되어 여의주를 물고 하늘에 오르는 '화룡승천'의 형국이라고 했다.

무등산의 영봉은 광주 시가지 쪽으로 두 줄기 지맥이 뻗어 있는데 그중 하나는 원효사 뒤의 화암봉을 지나 지산동 쪽으로 장원봉을 이루고, 다른 하나는 증심사 뒤쪽으로 뻗어 있다. 이 두 산맥은 두 마리의 뱀 형국으로 실제로 옛날에는 지산동을 단사동, 즉 '붉은 뱀골'이라고 했다. 이 뱀들은 오랜 세월을 인내하여 이무기가 되고 용이 되어 여의주를 물고 하늘에 오르는데 그 여의주가 바로 태봉산이라는 것이다.

야트막한 태봉산은 아담하고 둥근 모습이 마치 여의주처럼 보이는데, 이 동산이 태봉으로 불리게 된 데는 사연이 있다.

1624년 평안병사 이괄이 반란을 일으켜 한양으로 쳐들어오고 있었다. 인조는 분기탱천했다.

"이 무례한 놈이 감히 날 배반하고 난을 일으키는가!"

그도 그럴 것이, 함께 반정을 일으켜 광해군을 축출해낸 이괄이 이번에는 자신에게 반기를 든 것이었다. 그를 믿었던 만큼 그에 대한 실망감도 컸다.

인조의 상황은 좋지 않았다. 즉위한 지 2년밖에 되지 않아 아직 왕권이 안정되지 못했고, 민심도 여전히 혼란스러웠으며 모든 것이 안심할 수 없었다. 결국 인조는 김류 등 신하들의 권유를 받아들여 충청도 공주 땅으로 몽진하게 되었다.

그런데 인조와 함께 공주로 피난한 뒤 인열왕후에게 문득 태기가 있었다. 그로부터 열 달 후 옥동자를 낳으니 아지대군이었다. 피난 중이지만 왕자를 얻게 된 인조는 물론이고 신하들 모두 기뻐했다. 신하들은 왕자의 태를 태합에 담아 계룡산의 볕 좋은 자리에다 정성껏 묻었다.

그 기쁨도 잠시뿐, 갓 태어난 왕자가 자꾸 앓는 것이었다. 인열왕후는 약도 제대로 쓸 수 없는 갓난아기를 품고 근심하다가 절을 찾아 부처님 전에 불공을 드리기로 했다.

그날도 몸을 단정히 하고 부처님 전에 나아가려 하는데, 갑자기 법당 문이 열렸다. 왕후가 놀라서 돌아보니 붉은 도포 차림에 백발인 노승이 아무 머뭇거림 없이 안으로 들어섰다. 아무리 도통한 스님일지라도 왕후가 머무는 법당에는 함부로 출입할 수 없는 법이었다.

"아니, 노스님께서 어인 일로 여기까지……?"

백발 노승이 왕후에게 예를 차리고 나서 말했다.

"소승은 계룡산에 머물고 있는 객승입니다. 마마께서 어린 왕자님 때문에 심려가 크신 줄 알고 결례를 무릅쓰고 찾아왔습니다."

그러면서 이렇게 말했다.

"소승이 생각건대, 왕자께서는 이 세상에 나올 때 시(時)를 잘못

잡으셔서 액운이 끼었습니다."

인열왕후는 여전히 미심쩍어하면서도 애원조로 물어보았다.

"그러면 스님, 대체 어떻게 하면 그 액운을 물리치고 왕자가 건강을 회복할 수 있겠는지요?"

노승이 말했다.

"지금 이 상태로는 왕자께서 돌을 넘기기 어렵습니다. 왕자님의 태를 묻은 곳이 인연에 맞지 않으니 어서 다른 곳으로 옮기셔야 합니다. 왕자님의 태를 묻기에 좋은 곳은 무등산 자락의 무등벌인데, 옛날 도선국사께서 절터로 잡아두었던 곳입니다. 당시 국사께서는 그 표식으로 그곳에다 은행나무 한 그루를 심어놓았습니다. 해마다 붉은 은행이 주렁주렁 열리고 있습지요. 그 은행나무를 베어내고 그곳에 왕자님의 태를 묻으면 장수를 누리고 산의 정기를 얻어 영특하심이 탁월할 것입니다."

백발 노승은 그렇게 말해주고 밖으로 나갔다. 왕후가 정신을 차리고 황급히 뒤따라 문밖으로 나가보았지만 이미 노승은 자취를 감춘 뒤였다.

"참 신기한 일이기도 하지. 어떻게 노스님께서……."

인열왕후는 즉시 이 사실을 인조에게 말해주었고, 왕은 지리에 밝은 신하 셋을 무등산 아래 고을로 보냈다. 신하들은 고을의 이곳 저곳을 수소문한 끝에 얼마 후 그 은행나무를 찾아냈다. 과연 수백 년 된 은행나무 한 그루가 서 있는데 해마다 붉은 은행이 주렁주렁 열린다고 했다. 신하들은 즉시 돌아가 인조에게 아뢰었다.

"무등 고을에 있는 은행나무를 확인하고 돌아왔습니다."

"오, 그게 정말인가!"

인조는 크게 기뻐하며 스님이 말한 대로 그 은행나무를 베어낸 다음 흙을 북돋아 작은 동산을 만들었다. 그리고 계룡산에 묻은 왕자의 태를 옮기기 위해 사람들을 시켜 왕자의 태합을 캐냈는데, 돌함지에 꺼멓게 죽은 이끼가 끼어 있고 수많은 개미떼가 달라붙어 있었다.

그날 밤 인열왕후의 꿈에 그 백발 노승이 나타났다.

"소승이 일러드린 대로 왕자님의 태를 옮기게 되어 다행입니다. 그런데 태합을 새로이 묻을 때 반드시 손바닥만 한 금을 함께 묻으십시오. 그것이 땅속의 잡귀를 막아줄 것입니다."

왕후는 그 의견을 좇아 왕자의 새 태무덤에 손바닥만 한 금괴를 함께 넣도록 했다.

그렇게 태를 옮겨 묻고 나자 왕자는 별 탈 없이 잘 자라났고, 이괄의 난도 곧 평정되어 임금 일행은 한양으로 돌아갈 수 있었다.

이 태무덤은 오랜 세월 동안 전설로만 전해졌는데, 어느 해인가 심한 가뭄이 들자 그 지역 사람들은 이 태무덤 때문에 가뭄이 심하다고 여겨 그곳을 파헤쳤다. 이때 그 태무덤에서 여섯 구의 유골이 함께 나왔는데, 그곳이 명당자리라고 여겼던 사람들이 몰래 자기 조상의 시신을 암매장했기 때문이다.

_「한국민속문학사전」

백련선사와 가야산 호랑이

어느 겨울밤, 백련선사는 칠흑 같은 어둠을 뚫고 해인사 큰절에서 작은 암자로 향하고 있었다. 선사는 가야산의 깊은 골짜기에 암자를 세워 백련암이라 칭하고 동자 하나를 데리고 수도에 전념하고 있었다. 큰절에서는 주무시고 가라고 만류했지만 선사는 암자를 비울 때마다 홀로 암자를 지키는 동자가 눈에 밟혔다.

선사는 장갑도 끼지 않은 맨손으로 바위를 잡고 다른 손으로 나뭇가지를 붙잡으며 미끄러운 길을 기어올랐다. 살을 에는 혹한이 두 볼을 할퀴었다.

"허, 날씨 한번 맵구먼."

가파른 길을 기어오르자 평소 한 번씩 쉬어가는 너럭바위가 나왔다. 그런데 가쁜 숨을 몰아쉬며 그 바위 위로 올라선 백련선사는 깜짝 놀랐다. 눈앞에 시뻘건 불덩이 두 개가 이글거리고 있었다. 스님을 향해 어슬렁거리며 다가오는 그 물체는 온 산이 쩌렁쩌렁 울리도록 포효했는데, 바로 그 가야산의 제왕 호랑이였다.

선사가 애써 놀란 가슴을 쓸어내리며 호랑이를 쏘아보았다.

"이놈이 왜 갑자기 앞을 가로막는 것이냐!"

"어흥!"

"허, 이놈이!"

백련선사가 두어 번 헛기침을 하고 나서 엄하게 꾸짖었다.

"너는 본래 산중의 왕이요, 영물 중의 영물이거늘 어째서 이런 오밤중에 나타나 사람을 놀라게 하느냐? 썩 물러서지 못할까!"

그러나 호랑이는 연신 "어흥, 어흥!" 하면서 쉽게 길을 터주지 않았다.

"허, 그러지 말고 어서 비키래도."

호랑이는 그래도 앞을 내어주지 않았고, 선사는 언제까지 그렇게 대치할 수도 없고 해서 호랑이를 밀쳐버리려고 앞으로 조금 다가섰다. 그러자 호랑이가 자신의 몸을 납작 엎드려 등을 낮추는 것이었다. 어서 올라타라는 듯이 말이다.

"오호, 기특한지고! 그런 뜻이라면 진작 일러줄 일이지!"

선사는 별 망설임 없이 호랑이 등에 올라탔고 호랑이는 말 그대로 한달음에, 눈 깜짝할 사이에 암자에 도착하여 스님을 내려주고는 어둠 속으로 사라졌다.

그런데 이튿날 아침 그 호랑이가 다시 나타났다.

"너 또 무슨 일이냐? 어서 돌아가지 못할까?"

백련선사가 호통을 쳤지만 물끄러미 법당 앞에 꿇어앉은 호랑이는 꿈쩍도 하지 않았다. 그 큰 덩치가 마치 온순한 강아지마냥 엎드린 채 스님과 동자의 눈치만 살필 뿐이었다.

처음에는 무서워하던 동자가 호랑이에게 조심스레 다가가 공양 그릇을 내밀었다.

"너, 배고프지 않아?"

호랑이는 고개만 가로저을 뿐이었다.

"어디 아픈 거야?"

호랑이는 여전히 고개를 가로저었다.

호랑이는 오후가 되어 산그늘이 져도 꼼짝하지 않았다. 그 이튿날 아침에도, 또 그다음 날에도 어김없이 나타나 법당 앞에 꿇어앉았다. 그런 호랑이를 바라보며 동자는 그만 가엾은 마음이 들었다.

"스님, 호랑이가 외로운가 봐요. 그냥 우리와 같이 살면 안 될까요?"

"허, 엄연한 맹수이거늘 어찌 같이 산다 하느냐?"

"그치만 이렇게 순하기만 한 걸요."

동자가 하도 졸라대니 어쩔 수 없었다. 스님이 호랑이에게 물어보았다.

"너, 우리와 함께 살고 싶은 것이냐?"

"어흥!"

호랑이가 기다렸다는 듯이 눈물을 흘리며 고개를 끄덕끄덕했다. 선사는 잠시 고민하고 나서 마침내 함께 살아도 좋다고 허락했다.

"네 뜻이 정 그러하다면 좋다. 하지만 이제부턴 너도 불제자가 되었으니 절대 살생을 범해서는 안 된다. 알겠느냐?"

호랑이는 "어흥, 어흥!" 크게 울고는 기쁨에 겨운 듯이 긴 혀로 동자의 손등을 핥아주었다.

그렇게 백련암의 새 식구가 된 호랑이는 동자승과 친형제처럼 정이 들었다. 동자는 나무에 기어 올라가 맛있는 열매를 따다 주었고, 떡 한 조각이라도 남겨서 호랑이한테 주었다. 선사가 큰절에 내려갔다가 늦으면 둘이 마중을 나가 모셔오기도 했다.

그러던 어느 여름날, 백련선사는 해인사에 가고 호랑이와 함께 땔감을 마련하러 간 동자는 낫질을 하다가 그만 손을 베고 말았다. 상처에서 빨간 피가 흘렀다. 상처가 쓰리고 아팠는데 동자는 흘러내린 피가 아까웠다.

"옳지! 기왕 흘린 거니 호랑이한테 먹여야지."

동자는 아픔을 참고 호랑이한테 자기 손가락을 내밀어 빨아 먹으라고 했다. 호랑이는 고개를 설레설레 흔들었다.

"괜찮아. 이건 살생이 아니야."

동자가 재차 권했지만 호랑이는 선뜻 먹지 않았다.

"이 아까운 피를 그냥 버리란 말이야? 자, 그러지 말고 어서 먹어……."

호랑이는 어쩔 수 없다는 듯이 동자승의 피를 살짝 핥아보았다. 그런데 그렇게 난생처음 사람의 피 맛을 본 호랑이는 점점 제정신이 아니었다. 동자의 손가락까지 깨물어버렸고, 동자가 "아이쿠, 아파!" 하고 비명을 질렀지만 끝내 맹수의 본성을 드러내어 동자를 먹어치우고 말았다.

얼마 후 포만감에 푹 늘어지게 자고 난 호랑이는 그제야 자신의 잘못을 뉘우치고 구슬피 울기 시작했지만 동자의 모습은 찾을 수가 없었다.

그날 밤 암자로 올라온 백련선사는 사태의 전모를 한눈에 파악했다. 선사는 크게 노하여 도끼로 호랑이의 한쪽 발을 잘라낸 다음 절에서 내쫓아버렸다. 호랑이는 구슬피 울면서 한동안 암자 주위를 배회하다가 어디론가 사라져버렸다.

호랑이는 지금도 절대 사람 눈에 띄지 말라는 백련선사의 말에 따라 산속 깊숙이 숨어 살고 있으며, 그때 도끼에 한쪽 발이 잘리는 바람에 눈밭에 찍히는 발자국도 외길로 나타난다고 한다.

_〈합천군지(陜川郡誌)〉

낙산사의 관음보살과 정취보살

　당나라에서 불경을 공부하고 돌아온 의상대사는 동해 양양의 해변 동굴에 관음보살의 진신이 머물고 있다는 말을 들었다.

　그래서 바닷가를 찾아가 7일간 목욕재계한 후 기다리자 불법을 수호하는 용천팔부의 시종들이 나타나 그를 굴속으로 안내했다. 그가 허공을 향해 참배하자 수정 염주가 내려왔고, 동해 용왕이 준 여의주까지 받아 가지고 나왔다. 의상은 다시 7일간 더 재계하고 굴속으로 들어가 관음의 진용을 보았다.

　관음보살이 말했다.

　"내가 앉은 산꼭대기에 대나무 한 쌍이 솟아날 테니 그곳에 암자를 지으면 좋을 것이다."

　얼마 후 과연 그곳에서 대나무가 솟아났다. 의상이 그곳에 금당을 짓고 관음불상을 모셨는데, 살짝 미소 짓는 얼굴이 마치 하강한 선녀처럼 아름다웠다. 의상은 그제야 그곳에 관음의 진신이 머무른다는 사실을 실감할 수 있었다. 의상은 그 절을 관세음보살이 사는 서역의 보타낙가산(寶陁洛伽山)의 이름을 빌려 '낙산사'라 칭하고, 받아온 구슬 두 개를 불전에 모셔두고 떠났다.

훗날 원효대사도 이 낙산사를 찾아와 예불하고자 했다.

원효가 절 남쪽에 이르렀을 때, 흰옷 차림의 여자가 논 한가운데서 벼를 베고 있었다. 원효가 심심풀이 삼아 그 벼 이삭을 조금 달라고 하자 여자는 이삭이 아직 영글지 않았다고 농을 받았다.

원효가 조금 더 가다가 어느 다리 밑에 이르자 이번에는 한 여인이 핏빛이 밴 옷감을 빨고 있었다. 원효가 목이 말라 물 한 모금을 청하자 여인은 바가지로 빨래하던 물을 떠주는 것이었다. 원효는 그 물을 엎질러버리고 다시 맑은 냇물을 떠 마셨다. 바로 그때 들판에 서 있는 소나무 위에서 파랑새 한 마리가 말했다.

"머리는 깎았으되 아직 불성을 모르는 중이로고!"

그 말을 들은 원효가 둘러보았으나 새는 이미 보이지 않았고, 다만 소나무 밑에 신발 한 짝만 떨어져 있었다.

원효가 낙산사에 이르렀는데, 관음보살상 아래에 아까 보았던 신발 한 짝이 놓여 있었다. 그제야 원효는 물을 떠주었던 여인이 관음의 진신임을 깨달았다. 원효가 관음보살을 친견하고자 굴로 찾아갔지만 계속해서 풍랑이 일어 안으로 들어가보지도 못한 채 떠나야만 했다.

훗날 굴산조사 범일이 당나라로 건너가 개국사에 이르렀을 때였다. 승려들 중 맨 끝에 앉아 있는, 왼쪽 귀가 잘린 사미승이 말을 건넸다.

"저 역시 신라인이고, 집이 명주 익령현 덕기방입니다. 조사께서 귀국하시면 꼭 제 집을 지어주십시오."

조사는 별 뜻 없이 그러겠다고 대답했다.

그 후 범일은 큰절들을 두루 돌아다니다가 염관으로부터 법을 얻고 귀국하여 굴산사를 창건하고 불교를 널리 전파했다.

그로부터 10여 년이 지난 어느 날 꿈을 꾸는데, 낯익은 사미승이 창문 아래로 찾아와 말했다.

"예전에 명주 개국사에서 절을 지어준다 약조하고는 어찌 이다지도 늦는단 말입니까?"

조사는 깜짝 놀라 꿈에서 깼다. 그는 이튿날 수십 명을 거느리고 익령으로 가서 그 사미승의 집을 찾았다.

낙산 아래 마을에 한 여자가 살고 있었는데 그녀의 이름이 덕기였다. 그녀에게는 여덟 살 된 아들이 있었는데, 늘 마을 남쪽 돌다리 근처에서 놀았다. 그 아들이 어머니에게 말했다.

"나랑 노는 아이들 중에 몸에서 금빛이 나는 아이가 있어요."

옆에서 그 말을 들은 조사는 놀라워하면서 즉시 그 다리 밑으로 가보았다. 그러자 물속에 돌부처 하나가 가라앉아 있는데, 꺼내보니 왼쪽 귀가 떨어진 것이 예전에 중국에서 만났던 사미승과 똑같았다. 이것이 바로 정취보살(正趣菩薩)의 불상이었다. 이에 조사는 낙산 위에 세 칸짜리 절을 짓고 그 불상을 모셨다.

그로부터 100여 년 후 들불이 낙산까지 번졌는데, 관음보살과 정취보살을 모신 불전만 화마를 면하고 나머지는 모두 불타버렸다.

병자호란 이후 두 불상의 진용과 보물을 양주성으로 옮겼는데, 몽골군이 밀어닥쳐 성이 함락될 지경에 이르렀다. 당시의 주지 아행이 두 보물을 은함에 넣어 가지고 도망치려고 했지만 절의 시종 걸승이 빼앗아 땅속 깊숙이 묻으며 맹세했다.

"내가 이 전란 통에 죽어버리면 두 보물은 끝내 세상에 나오지 못

할 것이고, 만약 살아남는다면 당연히 나라에 바칠 것이다."

얼마 후 성이 함락되고, 아행은 죽었지만 걸승은 살아남았다. 적군이 물러가자 걸승은 보물을 파내어 명주 감창사에게 바쳤고, 감창사 이녹수는 감창고에 보관하고 단단히 지켰다.

무오년(1258년)에 지림사 주지 각유선사가 왕께 아뢰었다.

"낙산사의 두 보물은 국가의 신보입니다. 양주성이 함락될 때 걸승이 성안에 묻어두었다가 감창사에게 바쳐서 지금은 명주 군영 창고에 보관되어 있습니다. 이제는 궁궐로 모셔오는 것이 마땅할 줄 아옵니다."

왕이 허락하고 야별초 열 명을 보내 명주성에 있는 보물을 서라벌로 가져오게 했다.

_『삼국유사』

일곱 산적이 머리를 깎고 득도하다

덥수룩한 얼굴에 행색이 추레한 사내가 마실 물을 찾아 헤맸다. 들판에는 마실 물이 전혀 없었다. 사내는 어쩔 수 없이 흐르는 물이라도 찾아보려고 계곡으로 들어갔다.

얼마나 지났을까. 사내의 눈에 문득 땅속에서 솟아오르는 환한 빛줄기가 보였다.

"아니, 저게 뭐지……?"

사내는 혹시 귀한 물건이 아닐까 하는 기대감에 부풀어 부랴부랴 그쪽으로 향했다. 아니나 다를까. 그토록 찾아 헤매던 옹달샘이 있었고, 그 바닥에 노란 금덩이까지 있는 게 아닌가! 사내의 입에서 탄성이 터져 나왔다.

"이럴 수가! 갈증을 덜고 금덩이까지 얻는 횡재를 하는구나!"

사내는 황급히 옹달샘에 손을 뻗어 찬란한 빛을 내뿜는 금덩이를 움켜쥐었다. 그런데 그것은 금으로 된 쪽박이었다. 사내는 그것을 신기하게 뜯어보다가 물을 떠 한 모금 마셔보았다.

"햐! 물맛 한번 기가 막히네!"

맑은 물로 갈증과 허기를 달랜 사내는 자신의 손에 들어온 금바가지를 보며 흐뭇해했다. 주변을 둘러보니 다행히 본 사람이 아무도 없었다. 그는 금바가지를 허리춤에 찬 보따리에 단단히 쟁여 넣고 계곡을 벗어나 무리가 모여 있는 곳으로 돌아갔다.

사내는 산적의 일원이었다. 차령산맥을 근거지로 봇짐장수와 나그네를 상대로 강도질을 해왔다. 늙수레한 사내들로 구성된 산적단은 모두 일곱 명이었는데, 아미산 너머에 산채를 갖고 있었다. 언뜻 화전민처럼 보였지만, 그들의 본업은 엄연한 도적질이었다.

뒤늦게 돌아온 사내를 발견하고도 일행은 별 관심을 보이지 않았다. 사내는 속으로 안도의 한숨을 내쉬었다.

그날따라 산길을 지나는 행인이 한 명도 없었다. 숨어서 길손을 노리던 산적들은 한탕도 하지 못했다. 길목을 지키는 일쯤이야 이력이 났지만 무더운 한낮의 기다림처럼 나른하고 지겨운 것도 없었다. 그래서 한 명씩 물을 마시러 자리를 벗어났고, 운 좋게 금바가지를 얻은 사내가 동료들에게 옹달샘의 위치를 일러주었다. 사내는 은밀한 횡재에 대해서는 일절 발설하지 않기로 마음먹었다. 그래서 더욱 미안해진 마음에 목이라도 축이라며 샘의 위치라도 알려줘야 했다.

그 사내를 시작으로 일곱 사내가 차례대로 옹달샘을 찾아가 물을 마셨다. 그런데 물을 마시고 돌아와서는 하나같이 말수도 없고 심드렁한 표정을 짓는 것이었다.

"오늘은 건수도 없는데 돌아가 낮잠이나 즐길까?"

그래도 좀 더 기다려보자는 사내가 있었지만, 일행 모두가 옹달샘을 찾아가 물을 마시고 돌아온 뒤에는 "그래, 가서 잠이나 퍼 자자고!"하고 의견이 모아졌다.

그 일곱 명의 산적은 은밀한 비밀을 하나씩 갖고 있었는데, 저마다 찾아간 옹달샘에서 똑같이 금바가지를 하나씩 챙기는 횡재를 했다. 그런 터에 굳이 뜨내기의 군내 나는 푼돈이나 노리자고 산중에 머물러 있을 필요가 없었던 것이다.

그러나 그들의 횡재는 산채로 돌아간 순간 더 이상 횡재가 아니었다. 분명히 다들 야무지게 챙겨 돌아왔거늘 금바가지가 온데간데없이 사라져버렸다.

"이상하다? 분명히 가지고 왔는데……?"

"허! 올 때까지만 해도 허리춤이 묵직했는데, 이게 무슨 조화란 말인가……?"

그들 각자의 의구심은 곧 공포심으로 변해 있었다. 한낱 도적일 뿐인 자신들의 처지로 볼 때 산신령이 큰 벌이라도 내릴 것 같은 암시처럼 느껴졌다. 또 어떻게든 획득한 물건은 동료들과 공평하게 나눠야 했거늘 그 의리를 배신했다는 죄책감도 가슴을 짓눌렀다.

그래서인지 산적들은 누가 먼저랄 것도 없이 맨 처음 옹달샘을 발견한 사내의 집으로 모여들기 시작했다. 딱 보기에도 그저 무료함이나 달래자고 찾아온 눈치가 아니었지만 누구도 먼저 입을 열지 못했다. 그러다가 맨 처음에 샘을 발견하고 금바가지를 챙긴 사내가 입을 뗐다.

"사실 말은 안 했네만, 내가 큰 죄를 지었네. 자네들을 속였지."

"……?"

"자네들한테 일러준 그 옹달샘에서 금바가지를 하나 주웠는데 욕심이 나서 몰래 챙겼지 뭔가? 그런데 그 금바가지가 집에 돌아와

보니 감쪽같이 사라져버린 거야. 아무래도 자네들을 속인 내가 천벌을 받을 모양일세."

두려운 얼굴로 자신의 잘못을 실토하자 다른 사내들도 하나같이 뒤로 나자빠질 듯이 놀랐다. 그 일이 사실은 나머지 모든 일행들의 일이었던 것이다.

"사실은 나도 그랬다네. 죄짓고 사는 놈은 기어이 천벌을 받는 것 같으이. 나도 무서워서 이렇게 온 걸세."

일곱 사내는 그렇듯 똑같은 일을 겪었고, 한결같이 양심의 가책을 느끼면서 천벌을 두려워하는 처지가 되었다.

"그럼 이제 이 일을 어찌하면 좋겠나? 지금부터라도 죄짓지 말고 농사나 지으며 살아야겠어. 다행히 천벌을 내리지 않는다면 말이야."

"아니야. 이미 글렀을 걸세! 우리가 저지른 도적질이 이미 한두 해가 아닌데…… 아마도 우린 저 아미산 깊은 곳으로 끌려가 두 번 다시 세상 구경을 못할 거야."

하나같이 침울해하며 이런저런 말을 주고받는데, 그때 한 명이 이렇게 말했다.

"아미산에 들어간다니까 생각나는 것이 있구먼. 낮에 본 옹달샘 근처에 암자가 하나 있지 않은가?"

"그렇지."

"얼마 전 그 절에 스님이 새로 오셨는데 도력이 대단하다더군. 언뜻 듣기로는 왕사까지 하셨다는 거야. 우리가 그런 귀한 스님이 계신 절 근처에서 강도짓을 하려 했으니…… 아마도 그 스님이 도술을 부려 시험하려는 게 아닐까?"

"그렇다면 더욱 무서운 일이 아닌가?"

그들은 밤늦도록 그런 이야기를 나누다가 날이 밝으면 당장 그 스님을 찾아가 자신들의 잘못을 뉘우치기로 했다.

아미산 암자에 머물던 이는 정현 스님이었다. 일찍이 광교사에서 출가하여 칠장사 융철 스님으로부터 유가학을 배웠고, 미륵사의 승과 시험에도 합격한 명민한 인물이었다. 게다가 현종, 덕종, 문종으로 이어지는 왕가의 숭배를 받아 왕사와 국사를 지냈고 이제 나이가 들자 젊은 시절에 수행하던 암자로 되돌아와 있는 참이었다.

"스님, 계십니까?"

일곱 명의 시커먼 산적이 찾아가자 노스님은 기다렸다는 듯이 안으로 맞이했다. 일행은 하나같이 기이했던 어제의 일을 털어놓으면서 말꼬리를 낮추었다.

"한 번만 자비를 베풀어주시면 다시는 못된 짓을 하지 않고 착하게 살겠습니다."

노스님이 염화미소를 지으며 말했다.

"자네들이 그런 일을 당했다니, 아마 모르긴 몰라도 부처님의 자비가 자네들의 가슴에 이미 넘치도록 충만해 있을 것일세."

"……?"

스님의 뜻밖의 말에 적잖이 안도한 사내들이 고개를 쳐드는 순간, 노스님이 벽력같이 소리쳤다.

"이놈들, 부정한 과거를 다 털어놓거라! 어서 그 못된 과거를 죄다 꺼내놓지 못할까!"

귀청이 떨어져나갈 듯 쩌렁쩌렁한 목소리와 뒤이은 침묵 속에서 일곱 명의 사내는 꺼이꺼이 울음을 터뜨렸다. 마치 지난날의 과오를 하나도 남김없이 토해낼 듯이……!

과거 생의 깊은 불가의 연이 한꺼번에 열렸는지, 산적이었던 그 일곱 사내는 그 자리에서 머리를 깎고 중이 되었다. 그리고 노스님의 가르침을 받아 열심히 수행 정진한 끝에 마침내 나한의 경지에 이르렀다.

사람들은 일곱 명의 산적이 과거 생의 인연을 돌이켜 한꺼번에 득도한 일을 기려 '아미산 칠현산(七賢山)'이라 했고, 암자의 이름도 '칠장사(七長寺)'로 고쳐 불렀다. 노스님은 입적 후 나라로부터 '혜소 국사'라는 시호를 받았다.

_칠장사 연기설화

무심천에 나타난 일곱 부처님

조선 고종 때 내당에서 잠자던 순헌귀비 엄씨는 참으로 괴이한 꿈을 꾸었다.

갑자기 천지가 진동하고 문풍지까지 흔들리는 바람에 놀란 엄비가 밖으로 나가 하늘을 올려다보았다. 순간 엄비는 깜짝 놀랐다. 오색영롱한 안개 속에서 선명한 일곱 색깔 무지개가 자신의 내당을 향해 뻗쳐 내리는 것이 아닌가.

엄비는 자신도 모르게 옷매무새를 가다듬고 방으로 들어가 정좌한 뒤 밖을 내다보았다. 그러자 이번에는 아름다운 풍악이 울려 퍼지는 가운데 일곱 미륵부처님이 선녀들의 보좌를 받으며 내당을 향해 다가오는 것이었다. 엄비는 얼른 자리에서 일어났다. 어디서 날아왔는지 주위에는 온갖 나비와 새들이 저마다 자태를 뽐내며 춤을 추었고 허공에서는 꽃비가 흩뿌렸다.

엄비가 부처님 일행을 향해 합장 삼배를 올렸다.

"그대가 불심 지극한 엄비인가?"

엄비는 떨리는 목소리로 간신히 대꾸했다.

"예, 그러하옵니다."

그러자 키가 제일 큰 부처님이 말을 이었다.

"부탁이 있어서 이렇게 찾아왔구나. 우리는 지금 매우 위태로운 처지에 놓여 있노라. 그러니 하루속히 우리를 구하고 절을 세워 안치해주길 부탁하네."

그렇게 말하는 부처님의 눈가엔 어느덧 눈물이 주르르 흘러내리고 있었다.

이에 엄비가 물었다.

"어느 곳에 계시며 무슨 까닭이신지 알려주셨으면 합니다만."

"그것에 대해서는 청주지사가 알고 있으니 물어보면 될 것이니라."

그렇게 당부의 말을 남긴 미륵부처님들은 다시 영롱한 안개를 일으키며 서쪽 하늘로 사라져갔다.

합장한 채 부처님이 사라진 쪽을 한동안 얼어붙은 듯 바라보던 엄비는 속이 타들어가는 듯했다. 어서 빨리 부처님을 구해드려야겠다고 생각했다.

"얼마나 힘드시고 다급했으면 저토록 눈물까지 흘리시며 당부하실까?"

그날따라 엄비는 여느 날과 달리 아침에 일어나는 시간이 늦었다. 이를 이상하게 여긴 시종 삼월이가 다가갔다가 눈물까지 흘리고 있는 엄비를 흔들어 깨웠다.

"거참, 이상한 꿈이로구나!"

엄비는 마치 꿈을 확인이라도 하듯 문밖으로 나가 일곱 부처님이 사라진 서쪽 하늘을 올려다보았다. 허공엔 아무런 흔적도 남아 있지 않았다. 엄비는 아무래도 그냥 넘길 일이 아니라고 생각했다. 그

청주 용화사에 안치된 무심천의 불상들

래서 임금을 찾아가 간밤의 꿈 이야기를 들려주고는 청주에 사람을 보내달라고 간청했다.

고종이 말했다.

"내 곧 청주지사에게 사람을 보낼 테니 안심하고 기다려보시오."

그날부터 엄비는 새벽마다 목욕재계하고 염불정진을 시작했다.

한편 엄비의 꿈 이야기와 함께 사실을 상세히 조사하여 고하라는 어명을 받은 청주지사 이희복은 깜짝 놀라지 않을 수 없었다.

"아니, 사흘 전에 내가 꾼 꿈과 똑같은 꿈을 엄비마마께서도 꾸시다니……."

엄비가 꿈속에서 일곱 부처님을 친견하던 날 밤, 이희복은 잠결에 스르르 방문 열리는 소리를 들었다. 그러더니 갑자기 장삼이 온통 흙탕물에 젖은 스님이 바로 옆에 와 앉는 것이었다. 놀란 이희복은 스님을 자세히 살펴보았다. 이마에선 피가 흐르고 목에는 이끼가 끼어 있었다.

"너무 놀라지 마시게나. 내 지금 서쪽의 큰 늪에 빠져 헤어날 길이 없어 도움을 청하러 왔네. 부디 귀찮게 여기지 말고 도와주시오."

그 말을 마친 스님은 홀연히 서쪽으로 사라졌고, 이희복은 그쪽을 향해 합장하며 머리를 조아리다가 잠에서 깨어났다.

아무래도 뭔가 심상치 않다고 생각하던 중 어명까지 받은 청주지사는 그날로 사람을 풀어 서쪽의 큰 늪을 조사하도록 했다. 그러자 그날 오후 조사하러 나갔던 나졸들이 큰 발견을 한 듯 달려와 말했다.

"서쪽에 무심천이라 부르는 황량한 개울이 있는데, 그 주변에 머리 부분만 밖으로 나와 있는 돌부처가 잡초에 묻혀 있었습니다."

지사는 급히 무심천으로 달려갔다. 그런데 가보니 패랭이를 쓴 낚시꾼이 석불에 걸터앉아 낚시를 하고 있는 게 아닌가.

지사는 불호령을 내렸다.

"아무리 늪에 묻혀 있을지언정 부처님이시거늘 어찌 이토록 무례할 수가 있는가!"

"유심히 살펴보지 못해 미처 몰랐습니다. 차후로는 절대 이런 일이 없을 테니 부디 용서하십시오."

얼굴이 붉어진 낚시꾼은 황망히 도구를 챙겨 자리를 떴고, 지사 일행은 조심스럽게 부처님을 파냈다. 석불은 이마 부분이 손상되어 있었다.

그날부터 청주지사는 사람들을 동원해 무심천의 물을 퍼내기 시작했다 그렇게 7일 동안 물을 퍼내고 나서 살펴보니 무심천 바닥에서 일곱 분의 미륵부처님이 나타났다. 이희복은 너무도 기쁜 나머지 급히 궁궐에 상고문을 올렸다.

왕실에서는 이 신기한 사실에 놀라워하고 엄비의 불심을 높이 칭송하는 한편, 청주지사 이희복에게 많은 재물을 내려 절을 세우고 일곱 부처님을 모시도록 했다.

그 절이 바로 오늘날 청주시 사직동 무심천변에 있는 용화사인데, 신라 선덕여왕 때 창건되었다가 대홍수로 부처님이 개울에 묻힌 지 1,000여 년 만에 복원된 것이다. 용화사가 복원된 뒤로 청주지역에는 그토록 잦았던 홍수 피해가 없어졌다고 한다. 무심천(無心川)은 '부처님의 흔적을 찾지 못한 채 무심한 세월만 흘렀다' 하여 붙여진 이름이다.

_〈충청북도지(忠淸北道誌)〉

조신 이야기

옛날 명주 땅 내리군에 세달사의 농장이 있었는데, 절에서 승려 조신을 농장 관리인으로 임명했다.

농장으로 온 조신은 어느 날 우연히 만난 태수 김흔공의 딸을 연모하게 되었다. 이에 조신은 수시로 낙산사 관음보살 앞에 나아가 그녀를 얻게 해달라고 기원했다.

그런데 안타깝게도 얼마 후 그녀에게 다른 남자가 생겼다. 이에 조신은 불당 앞에서 관음보살이 자기 소원을 들어주지 않는 것을 원망하고 슬피 울다가 잠이 들었다. 그런데 꿈결에 김씨 낭자가 활짝 웃는 얼굴로 말했다.

"저도 일찍이 스님을 뵙고 마음속 깊이 흠모했습니다. 한시도 잊은 적이 없으나 부모님의 명에 쫓기어 어쩔 수 없이 잠시 다른 이를 따르게 되었지요. 하지만 지금은 부부가 되고자 이렇게 찾아왔습니다."

그런데 꿈이 아니었다. 울다 잠든 조신 곁에 어느새 그녀가 와 있었고, 조신은 뛸 듯이 기뻐하며 그녀와 함께 고향으로 돌아갔다.

두 사람은 그 후 40년간 함께 살며 슬하에 자식 다섯을 두었다. 그러나 가진 것이라곤 네 벽뿐인 집 한 채가 전부여서 끼니를 해결하기가 힘들었다. 결국 몰락하여 식솔들을 이끌고 사방을 떠돌아다니며 겨우 풀칠이나 할 뿐이었다. 그렇게 10년이나 지나자 넝마처럼 기워 입은 옷가지는 몸뚱이를 가리기도 힘들었다.

명주 해현령을 지날 때 열다섯 살 된 큰아이가 갑자기 죽어서 길가에 묻었다. 남은 네 자식을 이끌고 우곡현에 도착해서 길가에 초가집을 짓고 살았는데, 이때는 이미 부부가 다 늙고 병들어 자리에서 일어서기도 힘들었다. 열 살 난 계집아이가 구걸하러 다니다가 개한테 물린 곳이 도져 앓아누웠다. 늙은 부부는 하 서러워 눈물을 줄줄 흘렸는데, 문득 부인이 눈물을 훔치고는 독하게 말했다.

"제가 당신을 처음 만났을 때는 어여쁘고 젊었으며 옷도 여러 벌에 깨끗했지요. 맛있는 음식이라도 생기면 함께 나눠 먹었고, 따뜻한 옷감이라도 있으면 당신과 함께했어요. 함께 산 50년 동안 정들고 거슬림이 없었으며, 은혜와 사랑이 두루 얽혔으니 두터운 인연이라 할 만하지요. 하지만 근래 들어 쇠약해져서 병이 더욱 심해지고 굶주림과 추위가 나날이 심해지는데, 사람들은 변변찮은 음식조차 내어주지 않습니다. 추위에 떨고 굶주리는 아이들도 보살필 경황이 없는데, 어느 겨를에 사랑하고 아껴주는 부부의 정을 나누겠어요? 돌아보면 분홍빛 얼굴에 예쁜 웃음은 한때의 이슬이었고, 난초처럼 향기로운 약속도 바람에 흩날리는 버들가지에 불과했어요. 당신은 내가 있어서 걱정되고 나는 당신이 있어서 근심이 됩니다. 이제 와 지난날의 즐거움을 떠올려보니 우환으로 오르는 사다리였어요. 당신과 내가 어쩌다가 이 지경이 되었단 말입니까? 가고 멈추는 것은 사람이 어쩔 수 없는 일이요, 헤어지고 만나는 것도 운수가 따르는 법입니다. 우리 이쯤에서 그만 헤어집시다."

그 말을 듣고 조신도 크게 고무되는 바가 있었다. 그래서 서로 두 아이씩 나눠서 각자 길을 떠나려고 할 때 부인이 말했다.

"나는 고향 땅을 향해 갈 테니 당신은 남쪽으로 가세요."

부부가 그렇게 이별하여 길을 떠날 때 갑자기 꿈에서 깼다.

"……!"

다 꺼져가는 등불이 희미한 여명을 토하고, 어느덧 날이 밝고 있었다. 아침이 되어 조신이 세수를 하려다 보니 수염과 머리털이 온통 하얗게 세어 있었다. 갑자기 인간 세상에 아무런 뜻도 없어졌고 괴로운 생애에도 싫증이 났다. 자연 세속을 탐하려는 마음도 눈 녹듯이 꺼져버렸다. 마치 일생의 고통을 한꺼번에 모두 맛본 것 같았다. 부끄러운 얼굴로 관음보살상을 올려다보니 참회하는 마음이 끝이 없었다.

돌아오는 길에 조신은 해현 땅에 들러 큰아이를 묻었던 곳을 파보니 돌미륵이 나왔다. 조신은 돌미륵을 물로 깨끗이 씻어 이웃 절에 잘 모신 다음 명주로 돌아가 농장 일을 그만두었다. 그리고 재산을 모두 긁어모아 정토사를 창건하고 숨이 끊어지는 날까지 부지런히 선업을 닦았다.

_「삼국유사」

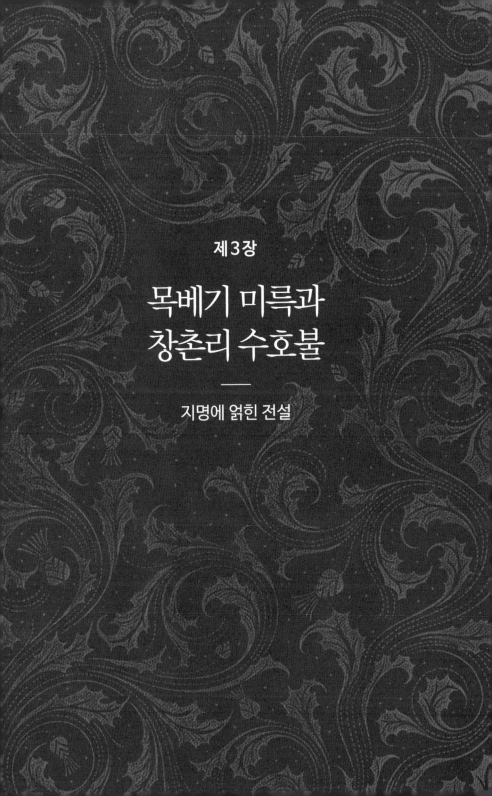

제 3장

목베기 미륵과
창촌리 수호불

—

지명에 얽힌 전설

무학대사와 간월도

옛날 서산 간월도 인근에서 어리굴젓을 파는 여인이 있었다. 출산을 앞둔 그녀는 장에 가다가 갑자기 배가 아파 복당리 부근에서 홀로 해산을 했다.

여인은 갓 출산한 몸인데도 가난했으므로 젓갈을 팔러 다녀야 했다. 아이를 업고는 일을 할 수가 없어 해당화나무 밑에 칭얼대는 아이를 내려놓고 젓갈을 팔았다. 그런데 장사를 하다가 보니 웬 날개 달린 짐승이 아이를 감싸고 있지 않은가? 깜짝 놀란 여인이 뛰어가 보니 아이를 감싸고 있던 커다란 학이 하늘로 날아올랐다. 때마침 아이의 이름을 고민하고 있던 여인은 그 인연으로 '무학'이라 이름 지으니, 이 아이가 훗날 조선의 왕사가 되는 무학대사였다.

무학이 한양에 조선의 도읍을 정하고 궁궐터를 정할 때의 일이다. 괴이하게도 궁궐을 지을 때마다 번번이 무너지는 것이었다. 마음이 무거워진 무학이 바람이나 쐴 겸 산길을 걷다가 낯선 노인을 만났는데, 대뜸 대사에게 욕을 해대는 것이었다.

"이 무식한 중놈아! 천년 왕궁의 터를 그렇게 함부로 정해서야 쓰

145

느냐?"

무례하기 그지없는 노인이었지만 무학은 왠지 외면하기가 힘들었다.

"부디 가르침을 주십시오."

그가 인내심을 갖고 청해 들으려 하자 노인이 말해주었다.

"학의 형상인 한양 땅에 궁궐터를 잡으려면 먼저 그 터를 빙 둘러서 성을 쌓아 학의 양 날개를 눌러야 하네. 그런 다음 사대문을 세우고 그 안에 궐을 앉혀야 하지. 그럼에도 자넨 미련하게 무턱대고 궐부터 지으려 하잖나?"

무학은 자신의 무지를 일깨워준 노인에게 거듭 절하여 고마움을 표했다.

대사가 노인의 말에 따라 성벽을 쌓고 사방에 문을 낸 다음 궁을 지으니 과연 대궐이 건재했다.

이때 성문에 쓸 돌쩌귀를 만들 쇠가 필요했는데, 불가사리라는 괴물이 쇠붙이란 쇠붙이를 모두 먹어치워 쇠를 구할 수가 없었다. 이에 무학이 괴물을 붙잡아다 불을 놓고 풀무질을 하자 불가사리가 벌겋게 달아올라 몸이 녹으며 사방으로 불똥을 튀기고 달아났다. 그 바람에 크게 불이 나 마을 민가를 불태웠다. 무학은 그 잿더미 속 불똥들을 모아 돌쩌귀를 만들어 성문을 달았다.

훗날 무학대사는 동자 하나를 데리고 간월도에 들어가 토굴을 파고 살았는데, 그때 달을 바라보며 득도했다고 하여 섬 이름이 '간월도(看月島)'가 되었다.

간월도의 무학은 시주를 일절 받지 않았는데, 섬에 쌀이 흘러나오는 작은 샘이 있었기 때문이다. 그 샘에서는 아주 적은 양의 쌀이 떨어졌는데 하루를 받아 모으면 무학과 동자가 죽을 끓여 겨우 연명할 정도였다.

어느 날 무학은 동자승만 남겨둔 채 길을 떠나게 되었다. 절 뒤에는 커다란 떡갈나무가 서 있는데, 대사가 이때 간월도를 떠나면서 심은 것이라고 한다.

"저 나무가 죽으면 내가 죽은 줄 알고, 잎사귀가 피면 내가 산 줄 알아라."

무학대사가 떠나고 얼마 뒤 그 떡갈나무가 죽어서 잎을 피우지 못했다. 이에 사람들은 대사가 죽었다고 생각했다.

그 후 한 화주승이 시주하러 간월도에 왔다가 쌀이 나오는 샘이 있다는 사실을 알게 되었다. 이에 화주승이 동자에게 함께 지내자며, 샘이 좁아 쌀이 적게 나오니 샘을 키우자고 제안했다. 그래서 쌀이 나오는 구멍을 크게 뚫었더니 그 뒤로는 단 한 톨도 흘러나오지 않았다.

그 후 한양 조씨가 간월도에 묏자리를 썼는데 집안에 병환이 끊이지 않았다. 그래서 점쟁이에게 점을 쳐보라 하니 묘를 옮겨야 병환이 그친다 했고, 그 말에 따라 이장하려고 묘를 팠더니 명당 중의 명당이라 시신에 꽃이 활짝 피어 있었다. 그 자리에 서부 안씨가 다시 묏자리를 쓰니 안씨 집안은 크게 흥했다고 한다.

훗날 죽어 있던 떡갈나무에서 새잎이 나고 생기를 되찾자 사람들은 대사가 환생했다고 여겼다. 이에 관에서는 안씨의 선산을 옮기게 하고 무학대사가 수도하던 절을 복원하니, 그때 지은 절이 지금의 무당사다.

_〈서산시지(瑞山市誌)〉

숯쟁이 노인과 아기장수

송탄은 예로부터 참나무 숯이 유명했고 일제 강점기까지 많은 농가가 숯을 구워 팔았다. 그때 큰 숯막이 있었던 곳을 '숯고개'라 불렀는데, 이곳에 '숯쟁이 노인과 아기장수 전설'이 전해온다.

일가 피붙이도 없이 홀로 살아가는 숯쟁이 노인에게 소중한 물건이 하나 있었는데, 바로 숯막 나무 벽에 붙여놓은 초상화였다. 이목구비가 또렷한 아기장수가 말을 타고 있는 모습으로, 노인은 삼시세끼마다 그 초상화 앞에 밥상을 차려주고 예의범절을 가르쳤다. 그러자 신기하게도 그림 속 아기장수가 점점 자라났고, 얼마 후에는 새벽마다 그림 속에서 빠져나와 홀로 무술을 연마하고 아름다운 산천을 휘휘 한 바퀴 돌고 나서 그림 속으로 들어가는 것이었다. 그리고 노인은 숯을 내다 판 돈으로 보검과 장창, 석궁 같은 무기를 사다가 초상화 앞에 놓아주었다.

세월이 흘러 그림 속 아기장수는 어엿한 청년이 되었고, 세상 누구보다도 뛰어난 무술 실력을 갖추었다. 청년은 매달 보름밤마다 숯고개 인근의 참나무 가랑잎을 모아 병사로 둔갑시키고 훈련시켰다. 그러면 숯쟁이 노인은 그 장수와 병사들에게 투구와 갑주를 마련하여 입혔다.

얼마 후 나라에 큰 전란이 났고, 청년은 마침내 때가 되었다고 생각했다. 그는 자신이 둔갑시켜 훈련시킨 수만의 군사들을 모아놓고 포효했다.

"우리 산천이 저 간악한 오랑캐의 발굽 아래 신음하고 있다. 자, 이제 우리가 나설 때다!"

"와!"

수만의 병사들이 환호했고 그들은 곧 오랑캐를 물리치기 위해 전쟁터로 향했다. 숯막을 기점으로 일시에 삼각산, 금강산, 묘향산 상공을 날아 두만강과 압록강을 건너 요동으로 휘몰아치기로 한 것이다. 병사들은 하나같이 충성을 약속하고 군호를 정한 뒤 살아서 다시 만나자고 기약했다.

그러나 안타깝게도 이런 기밀은 새어나갔고, 오랑캐는 장수를 붙잡기 위해 전국에 첩자를 풀고 엄청난 상금과 높은 벼슬자리를 내걸었다. 백성들 누구도 그 일을 입 밖에 내지 않았다. 하지만 숯막에서 잔심부름을 하던 더벅머리 총각은 상금과 벼슬에 눈이 멀었다. 그래서 오랑캐 첩자를 찾아가 초상화에 얽힌 아기장수 비밀을 털어놓았다.

"네 말이 사실이라면 그 초상화를 찢어버리거라. 그러면 충분한 보상이 따를 것이다."

이에 총각은 오랑캐가 시키는 대로 낫으로 아기장수 초상화의 목을 찔렀다. 순간 천지를 뒤흔드는 비명과 함께 초상화에서 새빨간 피가 솟구쳤다. 그 피는 하늘 높이 뻗어 올라 흰 구름을 붉게 물들였고 소낙비가 되어 사흘 밤낮을 내리퍼부었다.

이때의 피눈물이 오늘날 진위천의 시원이 되었으며, 찢긴 아기장수의 시체도 송탄 하늘에 뿔뿔이 흩어져 사흘을 맴돌다가 검은 바위가 되어 떨어지니 부락산 장수바위가 그것이다. 또 그림 속 용마들은 장수가 죽던 날 하늘을 향해 길게 세 번 울부짖고 나서 영천못으로 들어갔는데, 그때 용마의 양쪽 겨드랑이에서는 금빛 날개가 돋아났다고 한다.

한편 배신과 깊은 슬픔에 사로잡힌 숯쟁이 노인은 야속한 세상을 다시는 보지 않겠노라 다짐하고 스스로 목숨을 끊었다. 지금도 송탄의 어느 산기슭에서 이 숯쟁이 노인이 천년 세월 동안 깊은 잠을 자고 있다고 전한다.

_「한국민속문학사전」

경양방죽과 흰쌀을 물고 온 개미떼

광주광역시 계림동과 중흥동 일대에서는 경양방죽 이야기가 전해진다.

조선 세종 때 김제군수 김방이 광주목사로 새로 부임해왔다. 그의 조부는 일찍이 김제군수로 있을 때, 벽골제를 중수하여 김제평야를 곡창지대로 만든 인물이었다.

당시의 광주는 우람한 무등산 줄기에서 뻗어 내린 평원지대인데도 해마다 가뭄이 심각해 흉년이 계속되고 있었다. 봄 파종기가 되면 백성들은 하늘을 우러러 비를 내려주기만을 빌었지만 대지에는 먼지만 풀풀 날렸다.

상황이 이러하자 신임 목사 김방의 마음은 한없이 무겁고 답답했다. 가뭄에 시달리는 백성들을 도울 수 있는 방법이 없을까 골몰하던 김방은 묘안을 떠올렸는데, 무등산에서 흘러내린 물을 모아 대지를 적셔줄 큰 저수지를 만드는 일이었다.

그해에도 가뭄이 계속되어 백성들의 굶주림이 더욱 심해졌고, 큰 저수지를 만들어야겠다는 김방의 갈망도 더욱 높아졌다. 그러나 저수지를 축조하려면 엄청난 경비와 노동력이 필요했다. 그가 계획한 것은 그 일대에서 규모가 가장 큰 저수지였기 때문이다.

드디어 공사를 시작하여 아침저녁으로 산신령 앞에 물을 떠놓고 빌며 제방을 쌓아나가는데, 아니나 다를까 곧 커다란 난관에 봉착하고 말았다. 가뭄과 노역에 시달리는 백성들을 먹일 식량이 바닥난 것이었다.

그날도 있는 힘껏 백성들을 고무하면서 축조 공사를 감행하는데, 땅을 파다가 문득 커다란 개미굴을 건드리게 되었다. 그 규모가 어찌나 큰지 가히 개미총이라 할 정도로 엄청났다. 무너진 개미굴에서 수십만 마리의 개미떼가 쏟아져 나왔다. 김방은 뜻하지 않게 힘없는 곤충들의 집을 건드린 것이 몹시 미안했다. 그래서 졸지에 삶터를 잃은 개미떼를 측은히 여겨 즉시 작업을 중단하고 일꾼들을 시켜 개미집을 가까운 산기슭으로 고이 옮겨주었다.

그날 밤 김방의 집 장독대 뜰에 이상한 일이 벌어졌다. 어디서 몰려왔는지 헤아리기 힘들 정도로 엄청난 개미떼가 몰려든 것이었다. 그리고 이튿날 새벽 김방이 집 뒤 장독대로 기도하러 갔을 때 눈앞이 훤할 정도로 새하얀 쌀이 수북이 쌓여 있었다. 잘 찧어진 햅쌀이 장독대마다 그득했고, 장독과 장독 사이에도 수북하게 쌓여 있었다.

"아, 신령님께서 우리 백성들을 가엾이 여기시고 이렇듯 쌀을 내려주셨구나!"

김방은 산신령께 감사의 기도를 올렸다. 그리고 그날은 그 하얀 쌀로 밥을 지어 노역에 지친 백성들을 배불리 먹일 수 있었다.

그런데 이처럼 신기한 일은 한 번으로 그치지 않았다. 그날 밤에도 엄청난 개미떼가 몰려들었고 그 이튿날 새벽에도, 또 그다음 날에도 똑같은 양의 흰쌀이 그득히 쌓여 있었다. 김방은 그것이 백성들을 배불리 먹이라는 산신령의 뜻으로 여겼다. 그래서 그 쌀을 저수지 축조 공사에 동원된 백성들에게 골고루 나눠 주었다. 백성들은 하나같이 좋아라 하며 기꺼운 마음으로 축조 공사에 온 힘을 쏟았다. 이렇게 해서 김방의 숙원 사업이자 광주 지역 백성들의 오랜 바람이었던 경양방죽이 완성되었다.

거대한 저수지가 축조되자 무등산 줄기를 타고 흘러내린 맑은 물이 가득 고였고, 석양 무렵 잔잔한 수면에 비친 산 그림자는 여느 비경 못지않은 경관을 뽐냈다. 그 후로 가뭄에 시달리던 광주평야는 기름진 옥토로 변했고, 해마다 풍년가가 울려 퍼져 백성들의 삶이 나날이 윤택해졌다.

당시의 경양방죽은 그 규모와 설계에서도 매우 과학적이었다고 한다. 4만여 평이 넘는데다 깊이가 10미터나 되었고, 저수지 밑바닥과 4킬로미터에 이르는 수로를 백회와 황토로 다져 축조함으로써 물이 새지 않도록 방수 시설까지 갖추었다.

그러나 오늘날 도시 확장 공사로 이 경양방죽은 그 흔적을 알아보기 힘들다. 일제 강점기까지만 해도 김방의 공덕을 기리기 위해 세운 경호루라는 다락이 남아 있었지만 지금은 그 흔적조차 찾아볼 수 없다. 경양방죽과 개미떼에 얽힌 전설, 백성들을 아끼고 사랑하는 김방의 애민 정신만 전설로 전해질 뿐이다.

_「한국민속문학사전」

목베기 미륵과 창촌리 수호불

  순천시 주암면 행정리 사포마을은 들판이 살부(殺父)의 형국이라고 하여 '살부정' 혹은 '살부쟁이'라 불린다. 즉 '아비를 죽인 곳'이라는 뜻이다. 이 사포마을에 '목베기 미륵 전설'이 전해지고, 실제로 당산나무 아래에 그 돌미륵이 남아 있다. 불상은 왼쪽 어깨에서 오른쪽 허리 부분 아래까지 마치 톱질이 된 듯 잘려서 아랫부분만 원래 위치에 있고 상체는 조금 떨어져 널브러져 있다.

  옛날 이 마을에 짚신을 삼는 노인이 살았는데 늘그막에 아들 하나를 얻었다. 그 아들을 어찌나 애지중지했던지 잠시라도 아들을 보지 못하면 안달이 날 지경이었다.

  그 아들이 열 살이 되자 노인은 자기 나이를 생각하여 서둘러 장가를 보냈다. 신부는 인근 창촌마을의 열네 살 난 처녀였는데, 어린 신랑과 달리 제법 성숙한 티가 났다. 마음씨 고운 신부는 철부지 신랑을 하늘처럼 떠받들었고, 또 노인은 장가까지 들었어도 여전히 어린 티를 벗지 못한 아들을 늘 끼고 살았다.

  그날도 노인은 여느 날처럼 짚신을 삼고 있었는데, 그 옆에서 아

순천 행정리 당산나무 아래에 쓰러져 있는 목베기 미륵

버지가 연장으로 쓰는 칼을 갖고 놀던 아들이 나무 아래 돌무더기에서 미끄러지고 말았다. 자칫하면 아들이 크게 다칠 것만 같았다. 놀란 노인이 얼른 떠받친다는 것이 그만 아들이 쥐고 있던 칼에 찔렸고, 그 바람에 노인은 그 자리에서 절명하고 말았다.

그해 고을에는 극심한 가뭄이 찾아왔다. 논밭이 타들어가는 무더위가 계속되자 고을 사또는 민심을 다독거릴 희생양을 찾았고, 그 죄를 짚신 삼는 노인을 죽인 아들에게 물었다. 실수로 벌어진 일인데도 부친 살인죄를 물어 그 아들을 처형하기로 한 것이다.

마을 사람들이 관아로 몰려가 무죄를 탄원했지만 소용없었다. 누구보다도 놀란 사람은 그의 아내였다. 눈물바람으로 사또에게 애원해보았지만 어쩔 수 없이 남편의 처형 장면을 지켜봐야 했다. 사형을 집행한 뒤, 사또는 다시는 이런 끔찍한 일이 재발하지 않게 경고한다면서 정자나무 아래에 동자승 모양의 돌미륵을 깎아 세웠다. 그날 이후로 억수 같은 빗줄기가 사흘 밤낮이나 계속되었다.

시아버지와 남편을 한꺼번에 잃은 며느리는 친정인 창촌마을로 돌아갔다. 그러고는 비가 오나 눈이 오나 사포마을이 바라보이는 산꼭대기에 올라가 돌미륵을 향해 염불을 외면서 두 사람의 극락왕생을 기원했다.

당시 창촌마을에는 시시때때로 호랑이가 출몰하고 있었다. 마을 사람들은 한낮에도 바깥출입을 꺼렸는데, 그러한 때에 혼자 산에 오른다는 건 결코 쉬운 일이 아니었다. 그럼에도 그녀는 밤낮으로 산에 올라 기도하기를 멈추지 않았고, 그런 치성에 감동한 마을 사람들 사이에서는 호랑이도 그녀를 피해 간다는 소문이 자자했다.

어느 날 사포마을을 지나던 한 스님이 불길한 기운을 느끼고 발걸음을 멈추었다. 스님은 사람들로부터 마을의 지난 이야기를 전해 듣고 나서 이렇게 말했다.

"액운을 피하려면 미륵을 없애야 하오. 엉뚱한 곳에 돌미륵을 세워서 오히려 마을에 화를 불러들이고 있소."

그러잖아도 불미스런 일이 많아 두려웠던 마을 사람들은 스님이 시킨 대로 미륵의 상반신을 잘라버렸다.

그 목 베기가 시행되는 날, 그날도 홀로 산에 올라 미륵불을 향해 기도하던 그녀(이제는 할머니가 된)는 목 베기 장면을 목격하고 큰 충격을 받았다. 그러고는 그날부터 자리에 누워 시름시름 앓다가 며칠 뒤 죽고 말았다.

그녀가 죽자 창촌마을에는 호환이 극성을 부렸고, 마을 사람들은 수호신으로 그녀를 닮은 미륵불을 만들어 세웠다. 그래서 사포마을의 목베기 미륵과 창촌마을의 수호불은 서로 내외지간인 셈이었다.

목베기 미륵은 상반신을 눕혀놓으면 비가 오지 않고, 합체해 세우면 비가 온다고 한다. 그래서 가물 때는 세워두고, 수해가 날 때는 분리하여 상반신을 드러눕힌다고 한다. 지금도 마을에서는 가뭄에 기우제를 지내고 정월 대보름에 당산제를 지내고 있다.

_순천 민담

뗏목다리에 얽힌 쉰둥이 이야기

보성군 벌교읍의 벌교(筏橋)는 말 그대로 '뗏목다리'다. 지금의 홍교 자리에 그 뗏목다리가 있었는데, 만조 때 바닷물이 들면 건너기가 매우 힘들었다.

옛날 이 뗏목다리 옆에 한 부부가 살았는데, 혼인하여 10여 년이 지나도록 아이가 없었다. 주위에서 첩이라도 들이라고 성화였지만, 금실이 워낙 좋았던 부부는 아이 없이도 행복하게 잘 살았다.

그날도 남편은 바다로 고기잡이를 나가고 아내는 밭일을 했는데, 이상하게도 그날따라 남편이 일찍 집에 들어왔다.

"아니, 이렇게 일찍 웬일이에요?"

"응, 오늘 희귀한 물고기를 잡아서 당신한테 주려고."

아니나 다를까, 남편이 들고 있는 어망에 여태 한 번도 본 적이 없는 물고기가 들어 있었다. 농어처럼 보이기도 했는데 그 빛깔이 달랐다. 매끈한 등은 살구색이었고, 배는 연한 노란색이었다. 또 지느러미 가운데는 노랗고 가장자리는 붉어 보였다. 색깔이 너무 고와서 잡아먹기가 망설여졌다. 하지만 남편의 정성에 감동한 아내는 그 물고기로 탕을 끓였다.

그런데 탕을 끓일 때만 해도 괜찮았는데, 막상 밥상을 차려놓고 한 술 뜨려는데 아내가 갑자기 헛구역질을 했다. 입덧을 한 것이다. 나이 오십이 다 되어 입덧을 하게 된 아내는 말도 못하고 끙끙 앓다가 겨우 입을 뗐다.

"여보, 사실 나 요즘에……."

"임자, 그게 정말이오?"

아내의 임신 사실을 알게 된 남편은 세상을 다 가진 듯이 펄쩍펄쩍 뛰었다.

중노인이 다 되어 배가 불러오는 것이 창피했지만, 부부는 행복하기만 했다. 그리고 몇 달 후 아들이 태어나자 부부는 끔찍이도 아끼고 위해주었다. 결혼 생활 30년 만에 얻은 아들이니 당연한 일이었다. 남편은 뱃일을 나가는 둥 마는 둥 하며 걸핏하면 집에 붙어 있으려고 했고, 아내는 그런 아들바보가 못마땅해 핀잔했지만 그녀한테도 아들 돌보는 일이 최우선이었다.

그러던 어느 날 아내는 뗏목다리에 앉아 빨래를 하고 있었고, 그 옆에서 아들이 놀고 있었다. 때마침 다리를 건너던 한 스님이 아이를 살펴보더니 혀를 끌끌 차며 혼잣말을 중얼거렸다.

"참 아까운 녀석 이로고. 안됐어……."

무심코 그 말을 듣게 된 아내는 왠지 꺼림칙한 느낌이 들었다. 그래서 부리나케 스님을 뒤쫓아가 연유를 물어보았다. 그러자 스님은 이렇게 대답해주었다.

"댁의 아들 관상을 보니 안타깝지만 얼마 못 살고 죽을 상이오."

다 늦게 얻은 외동아들이 곧 죽고 말 상이라니! 하늘이 무너져 내리는 것만 같았다. 그 자리에 털썩 주저앉은 아내는 곧 스님을 붙잡고 통사정을 했다. 당장 자기 목숨이라도 내놓을 테니 어떻게든 아들을 살려달라고 부탁했다.

한참을 망설이던 스님이 입을 열었다.

"아들을 살리려면 멀리 떠나보내야 하오. 이 아이는 속세를 떠나야 화를 면할 수 있소."

그런 다음 자신이 머무는 절 이름을 일러주고는 홀연히 그 자리를 떠났다.

그날부터 며칠 동안 혼자 끙끙 앓고 난 아내는 결국 그 이야기를 남편에게 털어놓았고, 절망한 부부는 며칠 밤을 눈물로 더 지새워야 했다. 그런 다음에 어쨌든 아들을 살리는 게 먼저라는 결론을 내리고 스님이 일러준 절로 아들을 떠나보냈다. 아들 역시 부모와 헤어지는 것이 죽기보다 싫었지만, 의절마저 각오한 부부의 완강한 태도에 어쩔 수 없이 절에 남아 있어야 했다. 그 아들은 부모님이 가난 때문에 자신을 버린 것이라고 오해했다.

세월이 흘러 장성한 아들은 부모가 자신을 버린 사실도 까맣게 잊은 채 열심히 수련에 매진했다. 그래서 마침내 수많은 불자들로부터 존경받는 스님이 되었다. 그런데 어느 날 입적을 앞둔 노스님이 그의 어린 시절 이야기를 들려주었다.

"너의 부모가 어린 널 절에 보낸 것은 오직 자식의 목숨을 살리기 위해서였느니라……."

부모님이 자신을 절에 맡길 수밖에 없었던 사연을 알게 된 스님은 즉시 벌교로 달려갔다. 그러나 고향집은 이미 허물어져버렸고, 부모님도 이미 세상을 하직하고 난 뒤였다. 오직 어린 시절의 추억

이 남아 있는 뗏목다리만 옛 모습 그대로 남아 있었다. 이미 속세를 떠난 스님이었지만, 이제나저제나 뗏목다리를 건너 찾아올 아들을 목이 빠져라 기다렸을 부모님을 생각하니 억장이 무너졌다. 스님은 다리 위에 주저앉아 한없이 목 놓아 울었다. 그렇게나 애지중지하던 쉰둥이를 떠나보내고 눈물로 지새웠을 부모님의 하얀 밤들이 그렇게나 원망스러울 수가 없었다.

스님은 자신의 부모님을 위해 49일 동안 제사를 지냈다. 그런 다음 낡아빠진 뗏목다리를 헐고 거센 물살에도 끄떡없는 돌다리를 놓았으니 그것이 바로 지금의 홍교다.

_〈보성군지(寶城郡誌)〉

배다리 처녀 총각의 이루지 못한 사랑

해마다 4월이면 평택 일대는 새하얀 배꽃이 장관을 이루는데, 모산골 배다리방죽에는 배꽃에 얽힌 연인의 이야기가 전해진다.

옛날 평택에 한 무리의 도적떼가 나타났다. 도적들은 평화롭던 마을을 삽시간에 쑥대밭으로 만들었고, 이에 겁먹은 마을 사람들은 모산골 고개 쪽으로 달아났지만 곧 포위되고 말았다.

도적들이 말했다.

"우리 두목을 위해 어여쁜 처자 하나만 내놓거라. 그러면 너희 마을은 건드리지 않을 것이다."

마을의 노인들이 항의했다.

"사람 된 도리로 어찌 그런 천벌 받을 짓을 벌인단 말이오? 차라리 재물을 내놓겠소."

그러나 도적들은 막무가내로 처녀를 내놓으라고 협박했다.

누구도 자기 딸을 내놓겠다는 사람이 없었다. 시간이 지체되자 도적들은 집에 불을 질러가며 모두 몰살해버리겠다고 협박했다. 시커먼 연기와 울음소리로 뒤덮인 마을은 생지옥이나 다름없었다.

바로 그때 한 처녀가 그들 앞으로 나서며 소리쳤다.

"당장 멈추세요! 내가 가겠어요."

그녀의 당찬 용기에 도적들은 물론이고 마을 사람들도 깜짝 놀랐다.

"내가 자청하여 갈 테니까 우리 마을에는 손끝 하나 대지 마세요. 당장 사람들을 모두 풀어주세요."

그 처녀는 마을의 외딴 초가집에 살았다. 지지리도 가난한 집에 아버지는 눈 먼 봉사이고 어머니는 앉은뱅이였지만 어린 딸만큼은 누구보다도 바르고 떳떳하게 키웠다.

그녀가 끌려가기를 자청하자 도적들은 약속대로 약탈한 재물을 모두 돌려주었고, 마을 노인들에게 자신들의 무례함을 사과했다. 그리고 가마 하나를 준비해서 그 처녀를 태우고 자신들의 소굴로 되돌아갔다.

그런데 멀어져가는 도적들의 행렬을 바라보며 누구보다도 슬퍼하는 총각이 있었다. 그 총각은 부모형제도 없이 살며 마을의 허드렛일을 돕던 마음씨 착한 청년으로, 외딴집 처녀와는 서로를 아끼고 사랑하는 연인이었다. 연인을 잃은 청년은 한동안 식음도 전폐한 채 깊은 슬픔에 빠졌다.

그로부터 얼마 후 청년은 다시 기운을 차렸다. 그리고 그날부터 그녀의 집을 오가며 그녀의 부모를 마치 자기 부모라도 되는 양 정성껏 돌봐드렸다. 그러다가 그녀가 그리울 때면 그녀와 함께 거닐던 방죽 둑을 거닐면서 딱 한 번만이라도 그녀를 다시 만날 수 있게 해달라고 빌었다.

그날도 청년이 한밤중에 방죽 둑을 서성거리는데, 갑자기 물속에서 온몸이 파란 비늘로 뒤덮인 천년 묵은 이무기가 나타났다. 청년 앞으로 바싹 다가온 이무기가 한쪽 산을 가리키며 물었다.

"저기 있는 것이 무슨 산이냐?"

"쪽박산인데요……?"

"그렇군."

이무기가 말했다.

"저 산이 통복천의 물길을 가로막아 모산골 방죽에 사는 내 아내 이무기를 만날 수가 없구나. 네가 저 쪽박산을 옮겨줄 수 없겠느냐? 그렇게 해주면 너의 소원대로 연인을 데려다줄 것이다."

청년은 이무기의 말을 굳게 믿었다. 그래서 그날부터 줄곧 3년 동안 쪽박산의 흙을 등짐으로 져 날랐다. 우공이산이라고, 마을 사람들은 청년의 미련함에 혀를 찼다. 그러나 청년의 우직한 인내심은 마침내 통복천을 막고 있던 쪽박산을 깎아버렸고, 서로 물길이 트여 두 이무기는 서로 상봉할 수 있었다. 이때 이무기들이 서로 얼싸안고 춤을 추는 바람에 생겨난 물결의 소용돌이가 10여 리에 달했다.

이무기는 약속대로 멀리 떠나 있던 그녀를 데리고 왔다. 하지만 그녀는 이미 도적 우두머리의 부인이 되어 있었다. 수많은 호위병과 시녀들에게 둘러싸여 귀향한 그녀를 보며 마을 사람들은 눈물을 흘렸다.

비극은 그뿐만이 아니었다. 이미 그녀의 부모님이 모두 돌아가신 뒤였고, 오매불망 연인을 기다리던 청년도 이미 이 세상 사람이 아니었다. 산을 깎아 옮기는 일이 어찌나 고되었던지 쓰러져서 그녀와 재회하지도 못한 채 눈을 감은 것이다.

그녀가 외딴집에 도착했을 때 작은 툇마루에는 어렸을 적에 신었던 짚신과 꽃신 두 켤레가 가지런히 놓여 있었다. 또 방 안에는 청년이 돌아가신 부모님을 위해 아침저녁으로 공양하며 향불을 피운 흔적이 그대로 남아 있었다.

그녀는 설움을 견디지 못하고 울음을 터뜨렸다. 그 소리가 어찌나 서럽던지 온 마을 사람들을 슬픔에 휩싸이게 했다. 그녀가 지나는 길가의 모든 꽃과 나무가 시들어버렸고, 하늘을 날던 새들도 모두 날개를 접고 숨어버렸다.

마을의 한 장로가 말했다.

"죽은 이의 원혼이 허공을 떠돌고 있네. 천도재를 올려서 그 한을 풀어줘야 해."

그녀는 천도재를 지내기 위해 죽은 총각을 수소문했고, 사흘 밤낮 마을의 산과 들을 샅샅이 뒤진 끝에 어느 골짜기에 누워 있는 그의 시신을 발견했다. 무덤도 없이 누워 있는 총각은 이루지 못한 사랑에 대한 미련 때문인지 방금 잠든 얼굴처럼 생생했다.

마을 사람들이 시신을 옮기려고 했지만 이상하게도 꿈쩍하지 않았다. 이에 여인은 장로가 시키는 대로 자기가 입고 있던 치마를 벗어 시체를 감싸고 나서 술 석 잔을 부어 올리면서 말했다.

"우리 인연이 여기까지니 어쩌겠어요? 이제 그만 설움과 노여움을 풀고 극락세계로 가세요. 그러면 이 몸도 이생의 서러운 인연들을 정리하고 곧 당신을 따라갈게요."

그러자 꿈쩍하지 않던 총각의 시신이 비로소 움직였다. 그녀는 모산골 고개 아래 양지바른 곳에 그의 무덤을 마련하고 스님을 모셔다가 정성껏 천도재를 올렸다.

제사를 마친 그녀가 다시 길을 떠나자 때아닌 빗줄기가 퍼붓기 시작했고, 그녀는 일렁이는 배다리방죽의 물결을 바라보며 하염없이 눈물을 흘렸다. 그녀가 흘린 눈물이 마을의 풀들을 적셨고 시들었던 대지도 차츰 생기를 되찾았다. 숨죽이던 새들도 지저귀기 시작했고, 마을에는 다시 평화와 행복이 깃들기 시작했다. 그리고 그해부터 소사벌의 산과 들판에는 하얀 배꽃이 흐드러지게 피어났다. 전설에 따르면 처녀의 속옷이 마치 눈처럼 회어서 하얀 배꽃이 피어난 것이라고 하고, 그해 가을 탐스러운 배들이 주렁주렁 열리면서부터 평택배가 유명해졌다고 한다.

_⟨평택시지(平澤市誌)⟩

이원조와 까치내의 전설

　'까치내'는 금강의 지류인 미호천의 일부로 청주시 오창읍 신평리 앞을 흐르는데, 흰 까치와 상주 선비 이원조에 관한 이야기가 전해온다.

　경상도 상주에 하연재라는 노학자가 제자들을 가르치고 있었는데, 세상의 모든 학문은 물론이고 천문지리까지 통달한 인물이었다. 그의 슬하에는 여러 제자가 있었는데, 그중 이원조와 백구영이 출중했다. 이원조는 학문이 빼어난 젊은이로 허연재가 장차 나라에 크게 쓰일 거라고 기대하며 아끼는 제자였고, 무인 기질의 백구영은 기골이 장대했다.

　어느 해 나라에 과거령이 내려지자 이원조는 청운의 꿈을 실현하기 위해 스승께 하직 인사를 올리고 한양으로 향했다. 그러자 백구영도 스승을 찾아와 자신도 한양으로 가겠다고 말했다.

　"원조가 가고 너까지 떠나면 이곳이 쓸쓸해지겠구나. 다음 과거를 보는 것이 어떻겠느냐?"

　"원조는 보내주시면서 저는 왜 말리십니까?"

스승이 만류했지만 백구영은 막무가내였다.

하연재가 말했다.

"정 그러겠다면 더 이상 말릴 수는 없지만, 네가 가더라도 네 뜻대로 되지는 않을 것이다."

백구영이 떠난 뒤 하연재의 친구가 이상히 여기고 그 내막을 물었다.

"자네가 아까 구영이란 아이한테 해준 그 말이 무슨 뜻인가?"

하연재가 대답했다.

"그 구영이란 아이는 사실 사람이 아니라 호랑이가 둔갑한 것일세."

친구는 깜짝 놀랐다.

"그게 무슨 소린가?"

"전생에 원한이 있어 복수를 하겠다고 저러는 것일세. 그러니 이제 이 일을 어찌하면 좋겠는가?"

한편 앞서 길을 떠난 이원조는 청주 근처 합수머리에서 하룻밤을 묵게 되었다. 그런데 노독 탓인지 갑자기 심하게 앓았고, 의원까지 불렀지만 별다른 차도가 없었다.

이때 누군가가 흰 까치 고기를 먹으면 나을 거라고 했는데, 때마침 합수머리에 까치 몇 마리가 날아와 놀고 있었다. 혹시나 하고 덫을 놓았더니 흰 까치 한 마리가 붙잡혔다. 그런데 까치를 잡아 오는 도중에 갑자기 호랑이가 나타나 그 까치를 물고 가버렸다.

이원조의 병세는 점점 더 나빠졌다. 그가 혼미한 가운데 꿈을 꾸었는데, 신선으로 보이는 세 노인이 바둑을 두고 있었다. 이원조는 무심결에 그들의 대화를 엿듣게 되었다.

"이번 과거는 이원조가 장원을 할 테지?"

"호환을 뿌리치고 살아남는다면야. 하지만 아마도 그러지는 못할 걸세."

"아, 그런가? 그렇다면 그 젊은이를 살릴 방도는 없겠는가?"

그때 옆에서 듣고 있던 이원조가 그 세 노인 앞으로 나아가 몇 번이고 절을 하며 자신을 살려달라고 애원했다.

"이제 겨우 청운의 꿈을 펼쳐보려고 하는데 뜬금없이 호환이라뇨? 부디 이 보잘것없는 목숨을 좀 살려주십시오."

그러자 세 노인이 서로 귓속말로 상의했고, 갑자기 심부름꾼을 불러 말했다.

"저 아랫마을에 가서 김포수를 불러오게나."

한참 후 그가 포수를 데려오자 세 노인이 말했다.

"자네가 합수머리 주막에 가서 호랑이를 잡아 상주에서 온 이원조를 구하게나."

정신이 혼미한 가운데 꿈속에서 노인들의 그런 대화가 들리는 듯했고, 그들의 대화가 막 끝나기도 전에 갑자기 이원조가 묵고 있는 방 밖에서 벼락 치듯 총소리가 울려 퍼졌다. 그러자 한바탕 왁자지껄한 소동과 함께 밖에서 우렁찬 목소리가 들려왔다.

"여기 상주 선비 이원조란 분이 계시오?"

"……뉘신데……?"

이원조가 겨우 몸을 추슬러 밖으로 나가보니 덩치 큰 포수가 총을 들고 서 있었고, 그 앞에 커다란 호랑이 한 마리가 죽어 있었다. 포수는 방금 전 이원조가 꿈에서 보았던 그 사람이었고, 그 포수도 꿈속에서 신령의 계시를 받고 주막으로 달려와 호랑이를 쏜 것이며, 죽은 호랑이는 바로 백구영이었다.

곧 건강을 회복한 이원조는 한양으로 올라가 장원급제했고, 그 일이 있고부터 흰 까치가 나타난 합수머리는 '까치내'로 불리게 되었다.

_〈청주시지(淸州市誌)〉

최장사와 호랑이바위 전설

보령시 오천 선림사 근처에 우뚝 솟은 바위가 있는데, 사람들은 이 바위를 '호랑이바위' 또는 '산신령바위'라고 부른다.

오천수영의 수문장 중에 최장사라는 사람이 있었는데, 그 이름답게 수군영에서 힘이 가장 센 장사였다.

최장사는 수군영 병사였지만 평소에는 자기 텃밭을 일구며 농사를 지었다. 그런 최장사가 며칠째 집에 들어오지 못했다. 서산 해미쪽에서 오천 땅으로 군사들이 몰려왔고, 오천항에 몰려든 군선들이 요란한 북소리와 함께 남쪽으로 향해 가고 있었다. 그런 상황을 보고 마을 사람들은 나라에 큰 변고가 일어났음을 짐작할 수 있었다.

그런데 그날 저녁 최장사가 기운이 쑥 빠진 얼굴로 집에 들어왔다. 방바닥에 털썩 드러누운 그는 저녁상도 받지 않았다.

오천수영의 군사들 모두 남쪽 전쟁터로 나가고 진영은 텅 비어 있었다. 그런데 수군사가 전장으로 향하면서 최장사만 쑥 빼놓고 가버리는 것이 아닌가. 이에 최장사는 갑자기 기운이 쑥 빠져버린 것이었다.

"젠장, 별 볼 일 없는 놈들까지 죄다 끌고 가면서 왜 나만 빼놓느냐 이거야? 제기랄……!"

최장사는 그렇게 투덜거리면서 돌아누웠다. 이래저래 하릴없으니 잠이나 자둬야겠다고 생각했다.

시간이 얼마나 흘렀을까. 사위가 쥐 죽은 듯이 고요한데 갑자기 밖에서 전령의 목소리가 들려왔다.

"이보게, 최 서방! 어서 수군영으로 가보게나. 배가 자넬 기다리고 있네."

그 말에 최장사는 자신도 모르게 눈을 부릅떴다. 저녁때까지만 해도 전장에 나갈 수 없어 코가 쑥 빠져 있었는데 갑자기 배를 타라니, 귀가 솔깃할 수밖에 없었다.

"자네, 내 말 알아들었지? 난 지금 해미까지 말을 전해야 해서 말이야. 그러니 얼른 움직이시게!"

전령의 그런 말소리와 함께 바삐 말발굽 소리가 멀어졌다.

최장사는 옷가지를 챙겨 입는 둥 마는 둥 하고 방문을 박차고 나왔다. 그리고 아내한테 뭐라 몇 마디 던지고는 수군영으로 향하는 고갯길에 올라섰다.

고갯길은 가파르고 숨 가빴지만 이미 마음이 달아오른 최장사는 성큼성큼 뛰어올랐다. 고갯마루에 올라선 그가 커다란 바위 근처에 이르렀을 때였다. 갑자기 커다란 호랑이 한 마리가 길을 막아서는 것이었다. 남들 같으면 기겁했겠지만, 최장사는 오히려 호랑이를 향해 큰 소리를 쳤다.

"이놈아, 지금 내가 어딜 가는지 아느냐? 감히 내 앞을 가로막아? 썩 비키지 못할까!"

그러자 호랑이는 척추를 곧추세우고 맞섰다.

"어흥······!"

최장사는 화가 났다. 그가 허리에 달그락거리던 칼집을 빼어 내던지고 나서 말했다.

"이놈이 감히 누구 앞길을 막아?"

그러면서 제대로 맞설 태세를 갖추었다. 하지만 호랑이는 막아서기만 할 뿐 먼저 덤벼들지는 않았다. 그렇게 해서 앞으로 나가려는 최장사와 막아서는 호랑이의 대결이 시작되었다.

최장사가 호랑이를 비켜서 샛길로 빠져나가려 하면 호랑이가 먼저 그 길을 막았다. 또 잡목을 헤치고 나가면 호랑이가 먼저 와 버티고 있었다. 한시라도 빨리 항구로 달려가야 하는 최장사로서는 답답해 미칠 지경이었다. 화가 난 최장사는 어쩔 수 없이 그 호랑이와 맞붙어 결판을 내야 했고 결국 맨손으로 때려잡고 말았다.

뜻하지 않게 살생을 저지르고 만 최장사가 혼잣말로 중얼거렸다.

"나라를 위해 가야 할 길을 막으니 어쩌겠느냐? 부디 날 원망하지 말거라."

그길로 최장사는 수군영에 합류했고, 다른 동료들과 함께 항구에서 전장으로 향하는 배에 몸을 실었다. 그리고 남쪽으로 가 몇몇 전투에서 공을 세웠다. 그러다가 진주성 전투에서 혁혁한 공을 세우기도 했지만 안타깝게도 충청수사가 전사할 때 그 역시 몸에 수십 발의 총탄을 맞고 세상을 뜨고 말았다.

최장사가 죽던 날, 선림사 인근에는 천둥 번개와 함께 억수같은 비가 쏟아졌다. 그리고 어디선가 뇌성 같은 사람의 고함 소리가 들려왔다. 뭐라고 하는지는 알아듣기 힘들었지만 연신 호령하는 소리와 함께 산에서 불쑥 바위가 솟기 시작했고, 호령 소리는 점차 우렁찬 호랑이 울음소리로 변해갔다.

그리고 산에 바위가 솟아나면서부터 마을에서는 한동안 불길한 일이 계속되었다. 이상하게도 남자들은 계속 죽어가고 과부만 늘어났다. 그래서 산신령이 노하면 큰일이라면서 마을의 여인네들로 하여금 그 '호랑이바위'에 제사를 지내게 했다. 그 후로는 마을에서 불길한 일이 점차 잦아들었다고 한다.

그 일로 마을 사람들이 말하기를, 최장사가 나라의 큰 인물이 될 사람이어서 산신령이 호랑이까지 보내 못 가게 말렸는데도 부득불 고집을 부려 아까운 인물이 죽게 되었고, 그 죄로 마을에 벌을 내린 것이라고 했다.

_〈보령시지(保寧市誌)〉

검단산 전설

한 노인이 고갯마루 너럭바위에 앉아 누군가를 기다렸다. 고개를 들어 하늘에 떠가는 구름을 바라보며 세월의 무상함을 느끼고 있을 때 저 아래 풀숲을 헤치고 올라오는 아이가 있었다. 노인이 옛 동무라도 만난 듯 반가운 목소리로 소리쳤다.

"이놈아, 빨리 좀 오너라."

"아, 할아버지! 오늘은 제가 좀 늦었네요. 어머니께서 많이 편찮으셔서요."

열 살쯤 되어 보이는 소년의 얼굴에는 수심이 가득했다.

"할아버지, 오늘은 시간이 늦었는데 바둑은 그만 둘까요?"

"험, 네놈이 싫다면야 어쩔 수 없지!"

소년이 손을 내저으며 말했다.

"아니에요! 싫은 게 아니라, 제 어머니 때문에……."

노인이 말했다.

"인석아! 바둑 놀음이 뭐 대수라고. 그나저나 네 모친 병환이 나으면 나랑 매일같이 바둑을 두겠느냐?"

"그럼요! 하루 온종일, 아니 밤을 새워서도 둘 수 있죠! 아마 할아버진 절 못 당하실 걸요? 하하하!"

"아니, 뭐라고? 이 녀석이······!"

노인은 검단선사였다. 날마다 해가 중천에 뜰 무렵이면 이 너럭바위에 앉아 소년과 바둑 두는 것을 유일한 낙으로 삼고 있었다.

"할아버지랑 맘 놓고 바둑을 두기 위해서라도 어서 빨리 어머니가 쾌차해야 할 텐데······."

검단선사는 효심 가득한 소년을 바라보며 한동안 말없이 생각에 잠겼다.

"동네 의원님이 그러는데, 대추랑 곶감을 달여 드시게 하면 병이 낫는대요. 그래서 제가 잠시 집을 떠나 구하러 갔다 오려고요."

"아니, 이 한여름에 어딜 가서 그걸 구한단 말이야?"

"멀리 북쪽에 가면 있겠죠. 거긴 벌써 찬바람 부는 가을일 테니까요. 하루라도 빨리 약을 구해오려면 당장 오늘 밤에라도 길을 떠나야겠어요."

검단선사는 도인이었다. 속세를 떠난 지 이미 오래되었지만 언젠가 이 소년을 만나 말벗이 되면서부터 정이 들었다. 선사는 가난한 소년이 맞닥뜨린 현실이 가슴 아팠다. 자신의 능력으로 아이 모친의 병을 고쳐줄 수도 있었다. 그러나 소년이 자신의 정체를 알고 나면 이제껏 갖고 있던 선한 심성도 잃어버리고 또 다른 눈으로 자신을 대하게 될까 걱정되었다.

"애야, 먼 길을 떠나 약을 구해오자면 몇 달이 걸릴지도 모르는 일 아니냐? 차라리 내가 갔다 오는 게 어떨까?"

소년은 깜짝 놀랐다.

"할아버지가요? 몸도 힘드실 텐데 어떻게 그 먼 길을 가요? 그러지 말고 제가 없는 동안 우리 집에 와 계시면 좋겠어요. 할아버진 집도 없잖아요?"

"안 될 일이지!"

선사가 고개를 가로저었다.

"네가 없는 동안에 어머니께 무슨 일이라도 생기면 어쩌려고? 차라리 대추와 곶감 구해오는 일을 나한테 맡기거라."

"정말요? 할아버지께서 다녀오실 수 있어요?"

"그렇고말고! 그러니 이렛날 후에 해가 중천에 뜰 무렵 이곳에서 날 기다리려무나."

그 말을 들은 소년은 깜짝 놀랐다.

"아니, 그 먼 길을 그렇게 빨리 다녀오실 수 있어요? 그렇다면 전 할아버지가 오실 때까지 매일같이 여기서 기다리겠어요!"

"아니다. 틀림없이 그날이 돼서 돌아올 테니 잊지 말고 그때 오려무나."

"고맙습니다. 할아버지 은혜는 죽어도 잊지 못할 거예요."

검단선사는 그렇게 감격에 겨워하는 소년을 뒤로하고 홀연히 자취를 감추었다.

그날 이후로 소년의 어머니 병은 점점 악화되었다. 소년은 온갖 정성으로 병수발을 들면서 검단선사가 돌아오기만을 기다렸다. 그러나 선사가 떠나간 지 닷새 만에 어머니는 그만 세상을 뜨고 말았다.

한편 축지법을 써 묘향산 깊은 계곡까지 들어간 검단선사는 대추와 곶감을 구해 약속한 날짜에 돌아왔지만 소년이 보이지 않았다.

온종일 기다려도 나타나지 않았고 그 이튿날도, 그다음 날에도 오지 않았다. 그래서 마을로 찾아가 수소문해보니, 죽은 모친을 장사 지낸 소년이 울면서 어디론가 떠나버렸다는 것이다.

선사는 어깨에 멘 약재 자루를 땅바닥에 떨어뜨리고 넋이 나간 얼굴로 하늘을 올려다보았다. 그리고 무상함에 사로잡혀 가엾은 소년의 얼굴을 떠올려보았다.

"오, 안타까운지고! 내 도가 미약하여 어린 네 가슴의 슬픔 하나를 덜어주지 못했구나……."

선사는 그렇게 후회하고 또 후회하며 산 능선을 타고 동쪽으로 하염없이 발걸음을 옮겼다. 그러다가 해가 질 무렵에 닿은 곳이 바로 지금의 검단산이고, 선사는 그곳에 조촐한 암자를 짓고 머물다가 열반에 드니 그때부터 사람들은 그 산을 검단산이라고 했다.

_〈하남시지(河南市誌)〉

여우의 구슬을 빼앗아 삼키다

중봉 조헌은 어릴 때 집안이 몹시 곤궁했지만 글공부를 놓고 싶지 않았다. 그래서 아침저녁으로 이웃 마을에 있는 서당까지 오갔는데, 서당에 가려면 도중에 여우재를 넘어야 했다.

하루는 이 고개를 넘어가는데 갑자기 예쁜 처녀가 나타나 대뜸 조헌을 껴안고 입을 맞추었다.

"……?"

그 후로도 조헌이 고개를 지날 때마다 그 처녀가 나타나 강제로 입을 맞추었기 때문에 어린 조헌은 몹시 곤혹스러웠다.

하루는 서당의 훈장이 수상한 낌새를 눈치채고 조헌에게 슬쩍 물어보았다.

"요즘 어째서 얼굴에 화색이 없느냐? 무슨 일이라도 생긴 것이냐?"

조헌은 애써 고개를 흔들었다.

"아니요, 아무 일도 없어요."

그러나 그냥 물러설 훈장이 아니었다.

"거짓말하지 말거라. 서당에 오는 길에 무슨 이상한 일을 당하지 않았느냐?"

훈장의 채근에 심성이 여린 조헌은 더 이상 둘러댈 수가 없었다.

"……예, 스승님. 서당에 오느라 고개를 넘을 때마다 웬 처녀가 나타나 강제로 입을 맞추곤 합니다. 전 도대체 어찌해야 할지 모르겠어요."

훈장이 고개를 끄덕이고 나서 말했다.

"내 추측이 맞구나. 그래, 그 처녀가 너한테 입을 맞출 때 구슬 같은 걸 네 입에다 넣었다가 도로 제 입으로 가져가지 않더냐?"

"그랬습니다."

훈장이 말했다.

"그 처자는 여우가 둔갑한 것인데, 여우가 네 정기를 빼앗아가느라고 그러는 것이다. 그러니 또다시 입을 맞추고 구슬을 네 입에 넣거든 즉시 입을 꽉 다물고 쏜살같이 내빼거라."

이튿날 여우재를 넘던 조헌은 또다시 여우에게 입술을 빼앗겼다. 그래서 이번에는 훈장이 일러준 대로 그 처녀가 입에 넣어준 구슬을 입에 문 채로 냅다 그 처녀를 밀쳐버리려고 했다. 그러자 처녀는 완력으로 조헌을 붙잡고 구슬을 도로 빼앗으려 했다. 조헌은 빼앗기지 않으려고 몸부림쳤고, 둘은 그렇게 한참 동안 옥신각신하다가 조헌이 그만 구슬을 꿀꺽 삼켜버렸다. 그러자 처녀는 갑자기 흰여우로 변신하더니 구슬피 울면서 숲 속으로 사라져갔다.

얼마 후 서당에 도착한 조헌을 보고 훈장이 말했다.

"안색을 보아하니 여우의 구슬을 빼앗은 게로구나! 그래, 어서 구슬을 내놓거라."

"그게 하필이면…… 여우한테 안 뺏기려고 하다가 그만 꿀꺽 삼켜버리고 말았어요."

"어허, 아까운 보배가 없어졌구나!"

훈장은 한동안 놀라는 표정을 짓더니 이렇게 말해주었다.

"그 구슬을 삼켰으니 넌 장차 지리(地理)에는 훤하지만, 천문(天文)은 모르게 될 것이다. 그 처녀는 원래 여우인데 사람이 되려고 너한테 달려들어 정기를 앗아가는 중이었다. 이제는 그것이 안 되어 도로 여우로 되돌아간 것이지."

그 조헌이 성장하여 벼슬길에 나아갔다.

때는 임진왜란 직전으로 통신사의 왜구침략설이 무시된 채 조정은 당쟁으로 하루도 조용할 날이 없었다. 왜구의 침략을 우려하던 율곡은 10만 양병을 주장했지만 받아들여지지 않자 파주로 낙향했고, 그의 수하 문인이었던 조헌도 함께 벼슬을 버리고 김포 감정동 굿우물 근처 사가로 낙향해버렸다.

그날도 조헌이 너럭바위에 걸터앉아 낚시를 하고 있는데, 문득 물살에 떠밀려온 널빤지가 눈에 띄었다.

"어허, 저것이 무엇인고?"

건져보니 그 널빤지는 조선의 것이 아니라 왜의 삼나무로 만든 것이었다. 조헌은 어렸을 때 여우의 구슬을 삼켰기 때문인지 서당 훈장의 말처럼 누구보다도 지리에 밝아서 바로 알아차릴 수 있었다. 그는 왜구가 전쟁을 준비하기 위해 많은 선박을 만들기 때문에 그 삼나무 조각들이 조수를 타고 떠밀려온 것이라고 확신했다.

"왜구가 본격적인 전쟁 준비를 하고 있구나. 이런 사실을 어서 빨리 궁궐에 알려야 할 텐데……."

그는 그 널빤지와 함께 자신의 주장을 소상하게 적은 상소로 왜구의 침략을 경고했지만 조정에서는 그마저도 무시해버렸다.

임진년 4월, 결국 왜구의 많은 배들이 부산진으로 쳐들어와 불과 두 달 만에 조선 땅을 유린하니 임금인 선조는 의주로 달아나기에 바빴다.

이때 관군은 물론이고 각지에서 의병과 승병들이 들고일어나 왜구를 무찌르는 데 앞장섰다. 조헌도 신난수, 장덕개 등 의병장과 함께 3,000여 명의 의병을 거느렸고, 영규의 승병 500명과 어울려 청주를 탈환하고, 그해 8월에는 금산을 탈환하는 데 성공했다. 그러나 최후의 결사대 700명은 마지막까지 왜병과 맞서다가 끝내 순절하고 말았다.

현재 금산의 칠백의총은 그들의 넋을 모신 사당이고, 김포 굿우물의 우저서원은 중봉 조헌을 제향하고 있다. 그가 우국지정을 달래며 낚시를 즐기던 김포시 운양동의 너럭바위는 '대감바위'로 불리다가 세월이 흐르자 '대(大)' 자가 떨어져나가고 지금은 '감바위'로만 불리고 있다.

_김포 설화

금샘과 고당할미 전설

부산 금정산 고당봉 옆에는 바위로 된 작은 샘 금샘이 자리 잡고 있다. 『동국여지승람』에 따르면 '산정에 돌이 있는데 그 높이가 3장이고, 늘 물이 차 있어 가뭄에도 마르지 않으며, 하늘에서 금색어가 다섯 색깔의 구름을 타고 내려와 이 샘에서 놀았다'고 전한다.

또 고당봉에는 일생을 불심으로 살다 간 화주보살의 이야기가 전해진다.

신라 때 의상대사가 창건한 범어사는 목조 건축물이라 잦은 화마에 시달렸는데, 임진왜란 때도 피해갈 수 없었다.

동래성을 함락한 왜군이 울산에 상륙한 부대와 합류하러 가는 길에 범어사에 들르게 되었는데 화엄 10대 사찰인 절의 웅장한 기운을 그대로 놔둘 리가 없었다. 특히 대마도를 향해 우뚝 선 고당봉 아래 왜군들의 침략을 방어하는 상징적인 의미까지 지닌 범어사였기에 왜병들의 화공을 피할 수 없었다.

범어사가 불탔다는 소식에 사방에서 도움의 발길이 이어졌는데, 그중 밀양 출신인 화주보살도 있었다. 할머니는 절을 잃고 망연자실한 스님들을 위해 동분서주하기 시작했다. 전국을 돌며 시주 활동을 벌였고, 음식을 만들고 스님들을 위한 온갖 고생스런 수발도 마다하지 않다가 마침내 그녀 자신도 불가에 귀의했다.

보살은 절의 살림을 도맡아 꾸려나가면서 입버릇처럼 말했다.

"내가 죽기 전에 우람했던 옛 범어사의 모습을 되찾을 수만 있다면……."

화주보살은 자기 몸을 아끼지 않고 범어사 중건에 전심전력했다. 그러다가 어느 날 주지스님께 조용히 유언을 남겼다.

"제가 죽으면 화장을 하고 저 높은 봉우리 아래에 고모선신(姑母善神)을 모시는 사당을 지어 고모제(姑母祭)를 지내주십시오. 그러면 제가 금정산의 수호신이 되어 범어사를 지키겠습니다."

범어사 재건에 일생을 바친 화주보살은 죽어서도 범어사 수호를 소원했던 것이다. 주지는 화주보살의 고귀한 뜻을 살려 고당봉에 사당을 지었고, 한 해 두 번씩 고당제를 지냈다.

그 후 보살의 유언을 지키듯 범어사는 중건에 성공하여 화엄의 대표 사찰이 되었다. 그리고 그동안 특별한 이름을 얻지 못하고 있던 금정산 최고봉은 이때부터 화주보살의 거룩한 뜻을 기려 '할미 고(姑)', '집 당(堂)' 자를 써 고당봉(姑堂峰)이라 불렸다.

화주보살의 사당은 고당약수터에서 고당봉으로 오르는 길 왼편의 가파른 절벽 사이에 자리하고 있다. 그 후 이 사당이 고당봉의 전경을 망치고 무녀들이 드나드는 바람에 촛불로 인한 화재 위험이 있다 하여 헐었으나 그때마다 범어사에 흉사가 반복되었다고 한다.

_「궤범어사서기궤유전」

장미산성과 보련산성

충주시 가금면 장천리에 장미산성이 있고, 보은면과 양성면의 경계에 보련산성이 있는데 두 산성에 얽힌 이야기가 전해온다.

삼국시대에 충주 노은면 가마골에 누이 보련과 장미라는 남동생이 살았는데 둘 다 장수 기질을 타고났다.

그런데 당시에는 한 집안에서 두 장사가 나면 그중 하나는 희생해야 한다는 말이 있었다. 남매의 아버지는 어느 날 두 아이 중 하나를 제물로 바쳐야 한다는 제사장 천군의 말을 들었다.

남매의 아버지는 펄쩍 뛰었다.

"그게 무슨 말도 안 되는 소리요? 차라리 내가 두 아이 대신 전장에 나가 죽을 테니 부디 아이들은 건드리지 말아주시오!"

그 후 전쟁터에 나간 아버지가 사망하자 이제 남매의 운명은 천군의 말 한마디에 달려 있었다. 천군은 남매끼리 시합을 겨루게 하여 진 사람을 마을의 평안을 위한 제물로 바치기로 결정했다.

보련과 장미는 이런 사실을 전혀 모른 채 마을을 지키는 '성 쌓기' 시합에 나섰다. 둘 다 똑같은 양의 석재로 일정한 규모의 성을 쌓는 것이었다. 아무리 친한 남매라고 해도 목숨에 대한 애착과 장사의 명예가 걸린 중요한 시합이었다. 보련은 노은에서, 장미는 가금에서 운명을 건 시합을 시작했다. 어머니는 남매보다 더 초조하게 이 시합을 지켜볼 수밖에 없었다.

그런데 도중에 상황을 살펴보니 장미보다 보련이 더 앞서가고 있었다. 깨물어 아프지 않은 손가락이 없다지만, 남아 선호가 투철했던 당시에 어머니는 아무래도 아들에 대한 기대와 애착이 더 컸다. 장미의 진행 속도가 더딘 것을 알아챈 어머니는 고심 끝에 떡 한 판을 준비해 딸 보련을 찾아갔다.

"애야, 허기질 텐데 이 떡이나 좀 먹고 하려무나."

한창 배가 고팠던 누이 보련은 어머니가 이고 온 떡 한 판을 맛있게 먹었다. 그런 다음 다시 축성을 재촉하여 마지막 돌 하나를 올리려고 할 때 장미 쪽에서 축성을 마쳤다는 북소리와 함께 기치가 올랐다.

시합에서 진 보련은 그 자리에 털썩 주저앉고 말았다. 그제야 떡을 해다 준 어머니가 아들을 살리기 위해 시간을 지체시켰다는 사실을 알아챘지만, 그녀는 모든 것을 운명으로 여기고 어디론가 떠나버렸다. 그러자 이튿날 밤 남매의 집 위로 큰 별 하나가 떨어졌다.

그때부터 보련이 성을 쌓았던 산을 보련산, 장미가 쌓던 산을 장미산이라 하고 그 성을 각각 보련산성과 장미산성으로 부르고 있다.

_〈충주시지(忠州市誌)〉

천안삼거리와 능수버들

충청도 천안(天安)은 원래 '천하대안(天下大安)'의 줄임말로, '하늘 아래 가장 살기 좋은 고을'이라는 뜻이다. 예로부터 천안은 삼남의 관문이라 천안을 보면 삼남의 형편을 알 수 있고, 천안이 편해야 나라가 편하다는 뜻이 되기도 했다.

천안 교통의 역사는 1번 국도가 생기고 경부선이 개통된 근대의 이야기가 아니다. 삼한시대부터 조선시대를 거쳐 오늘날까지 천안은 팔도 제일의 교통 요지였다. 예나 지금이나 경상도든 전라도든 충청도든 천안을 거치지 않으면 안 되었다. 한양을 출발해 수원, 오산, 평택을 거쳐 천안에 이르면 길이 세 갈래로 나뉘는데 그 지점이 바로 천안삼거리다. 이 천안삼거리에 얽힌 아름다운 이야기가 있다.

고려 말 무관공신이었던 유봉서는 경상도 함양으로 낙향하여 주경야독으로 소일하고 있었다. 그러던 어느 해에 갑자기 왜구가 들이닥쳤고, 그 혼란 통에 처자식을 모두 잃고 능수라는 어린 딸만 구해냈다. 어린 능수는 자라면서 탁월한 재능과 미색을 갖추었고, 효성까지 지극하여 고을 사람들로부터 총애를 받았다.

어느 해 또다시 전쟁이 났고, 전직 무관이었던 유봉서에게도 출전 명령이 떨어졌다. 유봉서는 곧 행장을 꾸리고 집에 혼자 남겨둘 수 없는 딸과 함께 천안삼거리까지 갔다. 그곳에서 하룻밤을 묵으면서 유봉서는 이런저런 고민에 빠졌다.

유봉서가 생각하기에, 전쟁터까지 딸을 데려갈 수는 없었다. 임지에 도착해야 할 날짜가 임박해져 더 이상 지체할 수도 없었다. 고민 끝에 유봉서는 그곳 삼거리 주막집에 능수를 맡기기로 결심했다. 이튿날 딸아이의 손을 잡고 냇가에 선 유봉서가 개울둑에 버들 지팡이를 꽂으며 말했다.

"이 지팡이가 자라서 큰 나무가 되고 나뭇잎이 무성해지면 애비를 다시 만나게 될 것이다. 그때 꼭 널 찾아올 테니 부디 몸 성히 잘 지내거라."

그렇게 약속한 유봉서는 헤어지기 싫어 눈물바람인 능수를 뒤로 하고 발걸음을 돌렸다.

그 후 십수 년이 흐르자 능수는 어여쁜 처녀로 성장했다.

전라도 고부에서 과거 길에 오른 선비 박현수는 천안삼거리 주막 집에서 하룻밤을 묵다가 능수를 만났다. 현수는 비록 행색은 허름하지만 빼어난 능수를 한눈에 알아보았고, 능수도 사내다운 현수에게 마음이 끌려 둘은 곧 사랑에 빠졌다. 그래서 이튿날 현수가 한양으로 떠날 때 두 사람은 훗날 다시 만나자고 약속했다.

한양까지는 갈 길이 멀었지만 현수는 능수 생각뿐이었고, 조금만 참으면 다시 만날 수 있다는 생각에 힘든 줄도 몰랐다. 현수는 과거 시험에서 10여 년간의 글공부가 헛되지 않아 장원급제했다.

이제 어엿한 어사가 된 현수는 한 달 뒤 천안삼거리로 찾아가 능수를 다시 만났다. 둘은 서로 얼싸안고 사랑을 나누며 백년가약을 맺으니 그 기쁨은 말할 수 없이 컸다. 하지만 능수는 아버지와 생이별한 지난날을 돌이켜보다가 설움이 북받쳐 올랐다.

유봉서가 꽂아두고 간 버들지팡이는 무성히 자라나 해마다 싱그러운 버들잎이 늘어졌다. 현수는 날마다 그 나무 아래를 떠나지 못한 채 눈물짓는 능수를 바라보았다.

그날도 아내를 위로하며 그녀의 삼단 같은 머릿결을 쓸어주고 있던 현수에게 문득 한 가지 묘안이 생각났다. 현수는 곧 그 버드나무 아래에 정자를 짓고 연못을 조성하여 창포를 심었다. 그리고 그녀의 마음을 위로하는 시 한 편을 지으니 그것이 민요가 되어 삼천리 방방곡곡으로 번져나갔다.

천안삼거리 흥, 능수야 버들아 흥, 제멋에 겨워서 축 늘어졌구나 흥…….

얼마 후 전장으로 떠났던 유봉서도 무사히 돌아왔고, 세 사람은 행복하게 잘 살았다고 한다.

그 후 해마다 단오절이 되면 천안 주민들은 그 옛날 능수를 떠올리며 창포 잎을 뜯어 머리를 감고, 능수버들에 그네를 매달아 즐겼다고 한다. 또 그때부터 인근에 버드나무가 많이 번져서 '천안삼거리' 하면 능수버들이 떠오를 정도로 그 고장의 상징이 되었다고 한다.

_〈천안시지(天安市誌)〉

백제왕과 위례산 전설

천안 입장에는 고구려군에 패한 백제군의 한이 서린 위례산이 있고, 그 둘레에 과거를 입증하는 백제의 옛 성터가 남아 있다.

이 위례산정에 용이 놀았다는 용샘이 있는데, 이 샘은 멀리 공주 땅까지 뚫려 있고 서해까지도 이어졌다는 이야기가 전해진다. 그러나 지금은 메워져 그 바닥이 보이지 않고 5미터 남짓한 작은 샘에 불과하지만 아무리 가물어도 물이 마르지 않는다고 한다.

또 산마루에는 전쟁 때 백제왕의 화살막이로 쓰였던 돌이 꽂혀 있고, 그 동남쪽에는 말구유로 쓰였던 커다란 돌이 두 쪽으로 갈라져 있으며, 동쪽에는 어느 장군이 힘자랑을 한 듯 주먹 모양으로 파인 바위가 있다. 이렇듯 전쟁과 많이 관련되어 있는 이 산에는 이런 유적 말고도 기이한 전설이 함께 전해진다.

수도를 공주에 두고 있던 백제왕은 하루가 멀다 하고 남진하는 고구려군을 막기 위해 이곳 위례산까지 나와 군사들의 사기를 북돋워주었다. 그런데 이때의 백제왕은 용왕(龍王)의 아들이어서 온갖 재주를 다 부렸다. 왕이 이곳 위례성에 나올 때는 용으로 둔갑하여 공주 왕궁에서 위례산 용샘까지 연결된 땅속 물줄기를 타고 단숨에 이동했다고 한다.

고구려는 처음에 500명 단위로 군사를 보내 위례산을 공격했다. 그러나 계속해서 군사를 투입해도 사상자만 늘어날 뿐이었다. 고구려는 자신들이 거듭 패배하는 이유가 백제왕이 직접 이곳에 나와 온갖 조화를 부려가면서 전쟁을 지휘하고 있기 때문이라는 사실을 알지 못했다. 백제왕은 새벽마다 용으로 둔갑하여 이곳에 와 전쟁을 지휘하고, 밤에는 공주로 돌아가 낮에 하지 못한 국사를 살폈다.

백제왕은 산마루에 큰 돌로 화살막이를 만들어 세우고 이곳에서 군사들을 지휘했다. 그는 천연적으로 유리한 이곳 지형을 최대한 이용하고 온갖 조화를 부려가며 고구려군을 물리쳤다. 수천의 고구려 병사들이 추풍낙엽으로 쓰러져갔지만 고구려군은 쉽사리 포기하지 않았다. 이곳을 점령해야 천안 땅을 차지할 수 있기 때문이었다.

그날도 백제왕은 새벽 일찍 위례산으로 나아갔다. 왕실에서는 낮에 어디론가 사라졌다가 밤에만 나타나는 왕을 수상히 여겼다. 특히 평소에 임금에게 불만이 많았던 처남은 의심의 눈초리로 왕비를 쏘아보았다.

"임금께서 요즘 통 낮에 보이질 않습니다. 어딜 그렇게 출타하시는지요?"

왕비는 처음에 말해주지 않으려 했으나, 동생의 계속된 채근에 자신만 알고 있는 비밀을 발설하고 말았다. 왕이 사람이 아니라 용이라는 사실을.

"호오, 사람이 아니었단 말이지?"

가뜩이나 왕을 못마땅하게 여겼던 처남은 임금을 죽여 없애고 자신이 왕위를 차지하기로 결심했다. 그래서 용이 좋아하는 제비를 붙잡아 낚시 미끼로 삼고 왕이 변신하여 돌아온다는 강가로 나갔다.

하루해가 저물고 강가에 어둠이 내리기 시작했다. 백제왕은 온종일 산성에서 고함을 지르며 전쟁을 지휘했던 터라 몹시 피곤하고 배가 고팠다. 그런데 때마침 용이 가장 좋아하는 제비가 보였다. 배가 고팠기에 단숨에 그것을 집어삼켰다. 바로 그때 처남이 있는 힘껏 낚싯대를 당겨 용을 낚았는데, 그 바람에 용은 우성면 동대리까지 나가떨어져 죽었다. 그 후 용이 썩는 냄새가 어찌나 지독했던지 그곳을 구린내라 했고, 용을 낚은 곳은 조룡대라고 했다.

백제왕이 죽자 그간 승승장구하던 백제군도 위례산 전투에서 크게 패하고 말았다. 백제군은 모두 무릎을 꿇고 통곡했다. 이렇게 싸움에서 지고 울었다 해서 이 산을 위례산이라고 했다.

_〈천안시지〉

보령 칠성바위와 칠형제의 죽음

고려 우왕 시절에 지금의 보령 남포 소포현에서 있었던 일이다.

산 위의 칠형제는 큼지막한 바위를 매단 칡넝쿨을 끊으려고 안간 힘을 쓰고 있었다.

"형님, 바위가 꿈쩍도 하지 않는데 제가 한번 가보겠습니다."

"아니, 조금만 기다려봐. 칡넝쿨이 엉켰지만 바위가 무거워서 곧 끊어질 거야."

그런 대화를 주고받는 칠형제는 위로 삼십이 넘는 형이 있었고, 밑으로 열여섯짜리 막내도 있었다. 그들은 성주산 한 귀퉁이에 바위 덩이들을 묶어놓은 칡넝쿨을 끊어내려 하고 있었다.

"형님, 안 되겠어요. 이러다간 오랑캐들이 다 지나가겠어요. 제가 얼른 가서 끊고 올게요."

"그럼 빨리 다녀오거라."

큰형의 허락이 떨어지자 막내가 쏜살같이 산 아래로 내려갔다. 그러자 얼마 후 골짜기가 무너져 내릴 듯한 굉음과 함께 커다란 바윗돌이 굴러떨어지기 시작했다.

"자, 굴러라, 굴러! 저놈의 오랑캐 놈들, 맛 좀 봐라! 하하하!"

큰형의 호령에 산꼭대기와 아래쪽에서 집채만 한 바위들이 골짜기 아래로 굴러 내렸고, 때마침 노략질을 하러 산길을 가던 오랑캐들이 모두 그 바위에 깔려 픽픽 쓰러졌다.

오랑캐들은 수시로 몰려와 노략질을 일삼고 있었다. 배를 타고 해안으로 몰려와 닥치는 대로 백성들을 죽이고 집을 불태우며 약탈해갔다. 이에 두려움을 느낀 백성들은 집과 재산을 버려두고 달아났지만, 이들 칠형제는 끝까지 마을을 떠나지 않았다. 나라에서도 이미 관을 철수시켰지만 그들 형제만은 신출귀몰하며 끝까지 오랑캐와 맞섰다.

칠형제는 산에서 자고 식사도 함께했다. 오후에는 제각각 흩어져 오랑캐들의 이동 경로를 파악했고, 저녁에는 다시 한곳에 집결해 오랑캐를 공격했다.

하루는 셋째가 마을 근처로 숨어들었다가 아녀자 여러 명이 오랑캐에게 붙잡혀 있다는 사실을 알아냈다. 그날부터 형제들은 그들을 구해낼 묘안을 짰다.

그들은 먼저 오랑캐들이 타고 온 배를 모두 불태우기로 했다. 그들은 낮 동안 횟불 대를 만들었고 그날 밤 한 짐씩 짊어지고 산을 내려갔다. 그러고는 은밀하게 바닷가로 접근해 배를 지키고 있는 오랑캐들부터 죽여버렸다. 그런 다음 배로 헤엄쳐 가 횃불 대를 배 위에 던지고 거기에 불붙인 화살촉을 날렸다. 화살촉이 뱃머리에 척척 내리꽂히자 곧 배가 활활 불타올랐다.

그 첫 임무를 마친 형제들은 잽싸게 그 자리를 떠나 마을 근처 언덕으로 뛰었다. 그들이 언덕 위로 기어오를 즈음 마을에 있던 오랑캐들이 우르르 바닷가로 뛰어가는 모습이 보였다. 형제들은 이때다 생각하고 곧장 마을로 쳐들어갔다.

셋째의 말대로 마을에는 여러 명의 아녀자가 붙잡혀 있었다. 형제는 오랑캐 감시병을 단숨에 쳐 죽이고 그녀들을 모두 산으로 탈출시켰다.

수십 명의 아녀자를 구출했지만 이제는 먹고사는 것이 큰 문제였다. 이에 형제들은 비상식량을 마련해 그들을 성주산 깊숙이 피난시킨 다음 다시 오랑캐들과의 전투에 나섰다.

한편 돌아갈 배가 불타자 오랑캐들은 더욱더 발악하기 시작했다. 마을마다 집이 텅텅 비어 있어서 노략질을 할 것도 없어지자 나중에는 산속에까지 들이닥쳤다. 오랑캐도 사람이었다. 이젠 먹지도 못해 기진맥진해 보였다. 칠형제는 그 기회를 놓치지 않고 닥치는 대로 공격해 무찔러나갔다. 칠형제가 죽인 오랑캐 숫자만 해도 삼백이 넘었다. 그들은 더욱 용기백배해 사방팔방으로 오랑캐를 찾아다녔다.

오랑캐의 수가 점차 줄어들자 형제들은 더욱 용기를 냈다. 이번에는 마을을 탈환하기로 하고 한낮에 마을로 들어갔다. 그런데 그들이 나타나자 숨어 있던 오랑캐들이 괴성과 함께 무리 지어 쏟아져 나왔다. 그 수가 어찌나 많은지 형제들로서는 도무지 상대가 되지 못했다.

칠형제는 자신들의 오판을 깨닫고 곧바로 후퇴하여 산으로 내달렸다. 그러나 오랑캐들도 악착같이 뒤쫓아왔고, 형제들과 오랑캐는 전면전을 피할 수 없었다.

수적으로 열세였지만 칠형제는 물러서지 않았다. 그들은 피투성이가 되도록 싸우고 또 싸웠다. 그러다가 산꼭대기까지 밀려 올라 갔을 때는 오랑캐의 수가 절반이나 줄어들어 있었고, 형제들도 하나둘씩 부상을 입고 쓰러져갔다. 그렇게 최후의 결전을 벌이다가 마지막 한 명의 오랑캐까지 모두 무찔렀을 때 살아남은 형제는 둘뿐이었다. 다섯 형제는 이미 쓰러졌고, 두 명만 겨우 눈을 뜨고 피투성이로 변한 상대방을 알아보고는 부둥켜안고 울었다. 그러나 살아남은 둘도 부상이 너무 심해서 쓰러지고 마니 칠형제 모두 그곳에서 전사하고 말았다.

그렇게 칠형제가 죽자 하늘에는 먹구름이 몰려왔고 비가 내리기 시작했다. 비는 억수같이 쏟아졌다. 검은 하늘에선 천둥소리가 요란했고 번개가 번쩍이면서 산이 무너져 내리는 소리와 함께 불어난 계곡물에 널브러진 오랑캐들의 시체가 떠내려갔다. 그리고 산봉우리에서 뾰족뾰족한 바위 일곱 개가 솟아오르니, 사람들은 칠형제가 죽어서도 바위가 되어 마을을 지켜준다고 해서 칠성바위라 부르게 되었다.

_〈보령시지〉

아들을 점지해주는 노적바위

조선 효종 때 벼슬자리에서 물러나 충주로 낙향한 구관이 있었는데, 슬하에 자식이 없었다. 부인과 함께 일점혈육을 얻기 위해 좋다는 것은 다 해보았지만 효험이 없었다.

그러던 어느 날 그의 집에 젊은 도인이 나타났다.

"주인어르신 계시오? 길 가는 행인이 노자가 떨어져서 신세 좀지려 하오."

구관은 젊은이가 안돼 보여서 금방 밥 한 상을 차려오라 했다.

얼마 후 그 젊은이가 말했다.

"그런데 이 댁 부인의 얼굴에 마가 끼어 있고, 근심이 가득해 보이니 무슨 우환이라도 있는지 여쭤봐도 될는지요?"

구관이 말했다.

"우리 내외가 먹고사는 덴 불편한 게 없으나, 여태 후사가 없어근심이라오."

그 말에 젊은 도인이 빙그레 미소 지으며 이렇게 말해주었다.

"그거야 간단한 문제지요. 사흘 후 목욕재계하고 아무도 지나지 않는 새벽길을 걸어서 하남재를 넘으면 기적이 있을 것입니다.”

“그게 정말이오?”

구관은 썩 믿기지 않았지만 뭐든 붙잡아보고 싶은 마음에 덕담으로 받아들였다.

“고맙소, 젊은이. 내 혹시라도 자식을 얻게 되면 크게 후사하리다.”

그날부터 구관 부인은 몸을 단정히 했고, 사흘째 되는 날 젊은 도인이 시키는 대로 혼자 근처 마을에 가서 묵은 뒤 새벽안개를 뚫고 아무도 없는 고갯길을 향해 걸어갔다. 그녀는 얼마 후 고갯마루에 이르러 쉬어갈 만한 곳을 찾다가 노적가리 모양의 바위를 발견했다. 그런데 가까이 다가가보니 그 아래쪽에 겉에서는 잘 안 보이는 동굴이 숨어 있는 것이었다.

“이게 웬 동굴이지? 어? 에구머니나⋯⋯!”

갑자기 동굴 안에서 누군가가 그녀의 팔을 붙잡아 안으로 끌어들였다.

시간이 얼마나 지났을까. 부인이 한결 상기된 얼굴로 조심스럽게 주위를 살피면서 그 동굴을 빠져나와서는 충주 방면으로 발걸음을 재촉했다. 그리고 사흘 후 그녀는 명산을 찾아 기도한다는 구실로 재물을 후하게 장만해서는 다시 그 하남재에 숨어 있는 노적가리바위 동굴에 들어가 사흘 밤낮을 지내고 돌아갔다. 그런 다음 얼마 후 태기를 느꼈고 열 달 후 마침내 옥동자를 출산했다.

구관이 덩실덩실 춤까지 추면서 좋아했다.

“부인 그간 고생 많으셨소. 이제 우리한테도 자식이 생겼구려!”

“이게 다 그간 치성을 잘 드린 덕이지요.”

구관은 집안의 경사라며 일가친척을 초청해 크게 잔치를 베풀었고, 많은 이들이 찾아와 축하와 덕담을 아끼지 않았다.

그런데 그중에는 구관 부인과 똑같이 아이가 없는 아낙이 적지 않았다. 그녀들은 한결같이 구관 부인을 붙잡고 캐물었다.

"부인께서 제를 올린 그 바위가 어디예요? 우리도 아들이 급해서요."

"맞아요. 저도 거기 가서 아들 하나 점지해달라고 기도해야겠어요."

부인은 망설여질 수밖에 없었다.

"글쎄요. 그곳은 함부로 알려줄 수 없는데…… 워낙 신성한 곳이라서……."

"그러지 말고 좀 알려주세요. 제발요……."

부인은 한참을 망설이다가 조심스레 말문을 열었다.

"원래는 알려주면 안 되는데…… 하남고갯마루에 노적가리처럼 생긴 바위가 있어요. 그 바위 밑에 동굴이 숨어 있는데……."

이렇게 해서 아들을 원하는 아낙들이 줄을 지어 그곳 노적가리바위로 몰려가 치성을 드리게 되었는데, 새벽이 되면 '머리에 이슬을 흠뻑 맞은 도둑처럼 생긴' 젊은이가 그 바위 근처에 나타나 부인들이 바친 재물을 챙겨들고 어디론가 사라지는 모습이 몇몇 사람의 눈에 띄었다. 그 젊은이는 예전에 구관의 집에 찾아와 식사와 노자를 얻고 구관 부인에게 새벽에 하남재를 넘으라고 일러준 도인이었다.

그 후 노적가리바위에는 이따금 '이슬에 젖은 도둑이 나타난다'는 말에서 노적(露敵) 또는 노적(露積)의 뜻으로 노적바위라 불렸고, 이상하게도 그 노적바위에서 치성을 드리면 아이를 얻는다고 해서

'아들바위' 혹은 '딸바위'라고도 불렸다. 그 후 이 노적바위 아래 동굴에 나병환자와 유리걸식하는 사람들이 모여 살아서 행인들에게 불안감을 안겨준다는 이유로 동굴을 메워버렸다고 한다.

_「한국민속문학사전」

문바위 전설

충주 노은에는 '바위 안으로 들어가는 문'이라고 해서 '문바위'로 불리고, 그 바위로 인해 마을 이름까지 문바위가 된 마을이 있다.

옛날 충주 땅에 김씨 성을 가진 효자가 살았는데, 가난한 형편인데도 노모를 모시는 데 정성을 다해 마을에서 칭찬이 자자했다. 그런데 어느 날 갑자기 그 어머니가 식음을 전폐하고 앓아눕고 말았다. 효자 아들은 애간장이 녹았다.

"어머니, 대체 어찌 된 일입니까? 입맛이 없더라도 미음이라도 좀 드셔보세요."

"얘야, 난 이제 가야 할 때가 된 거 같구나……."

"무슨 소리예요, 어머니! 조금만 참으세요, 제가 약을 구해올게요!"

아들은 백방으로 뛰어다니며 약을 구해왔지만 별다른 효험이 없었다. 날이 갈수록 어머니의 병세는 심해졌고 효자의 조바심도 나날이 더해갔다.

그러던 어느 저녁 무렵 한 노승이 그 집을 찾아왔다.

"길 떠난 객승이 시주를 청하러 왔소이다."

아들이 스님을 정중히 맞으며 말했다.

"스님께서 오셨는데 당연히 시주를 드려야지요. 하지만 지금은 저희 어머니께서 벌써 여러 날째 괴질을 앓고 계시니……."

아들은 정중히 거절하려 했지만 스님은 말릴 겨를도 없이 불쑥 방 안으로 들어왔다. 그러고는 밥 한 그릇을 청해 뚝딱 비우고는 병상에 누워 있는 환자의 상태를 살펴보고 나서 말했다.

"흠, 너무 걱정하지 마시게나. 이 병은 오대산에서 캔 칡뿌리로 담근 10년 묵은 갈근주를 마시면 금세 좋아질 것이오. 다만 그것을 지금 구할 수 있을는지……."

"스님, 다른 방도는 없겠습니까?"

막막해하는 아들에게 스님은 이렇게 말해주었다.

"부디 부처님의 가피가 있으시길. 소승이 미력하여 밥 한 그릇을 후히 공양 받고도 큰 도움을 못 드리겠소이다. 몸을 정갈히 하고 정성껏 제를 올린다면 어찌 될지도 모르겠소. 그럼 소승은 이만……."

스님이 돌아가고 나서 효자는 즉시 한포천에 나가 목욕재계했다. 그런 다음 두리봉에 올라가 하늘에 제사를 지내며 갈근주를 구할 방법을 일러달라고 빌었다. 그러자 그날 밤 자정 즈음에 종짓불이 흔들리면서 백발의 도사가 나타났다. 아들이 도사 앞에 넙죽 엎드리며 애원했다.

"도사님, 부디 못난 이 불효자를 불쌍히 여기시고 제 어머니를 살려주십시오."

도사가 말했다.

"내 너의 간절한 마음을 잘 알고 있느니라. 내일 저녁에 지게를 지고 수리봉 동쪽으로 가면 뭔가 행할 바가 있을 것이다.”

효자는 크게 기뻐하며 세 번 절을 하고 산을 내려가 날이 밝기만을 기다렸다. 그리고 이튿날 저녁 무렵 빈 지게를 지고 수리봉 동쪽 바위 근처에 가 있는데 갑자기 지축이 흔들리면서 굉음이 울려 퍼졌다. 깜짝 놀란 효자는 얼른 바위 뒤로 몸을 숨겼다. 그러자 갑자기 한 무리의 도둑떼가 복면을 하고 나타났다.

무리들 중 두목으로 보이는 자가 앞으로 나서더니 “열려라, 문!” 하고 돌로 바위를 세 번 두들겼다. 그러자 바위벽이 양쪽으로 쩍 벌어지더니 눈앞에 커다란 동굴이 나타났다. 얼마 후 도둑들은 훔친 물건들을 그 안에다 감춰두고 다시 밖으로 나와서, 이번에는 “닫혀라, 문!” 하고 돌로 바위를 세 번 두들겨 닫고 어디론가 사라졌다.

숨어서 이 광경을 모두 지켜본 효자는 ‘나도 똑같이 하면 저 동굴에 들어갈 수 있으렷다?’ 하고 생각하며 “열려라, 문!” 하고 돌로 바위를 세 번 치자 정말로 바위가 쩍 갈라지는 것이었다.

동굴 안으로 들어간 효자는 눈앞의 광경을 보고도 믿을 수 없었다. 온갖 금은보화가 가득 차 있고, 벽 한쪽에는 온갖 약재와 희귀한 술병이 가득 늘어서 있었다. 아들은 다른 것은 거들떠보지도 않은 채 술병들 중에서 갈근주 한 병만 챙겨들고 재빨리 동굴을 빠져나왔다.

집에 돌아온 효자가 노모를 부축하며 말했다.

“어머니, 갈근주를 구해왔어요. 이 약을 드시면 병이 낫는대요.”

“이 귀한 걸 어디서 구해왔느냐?”

“그냥 어서 드시고 병이나 빨리 나으세요.”

도사의 말은 사실이었다. 신통하게도 노모는 그 갈근주를 마시고 바로 병석을 털고 일어나 쾌차할 수 있었다.

그런 일이 있고 몇 년 후, 마을의 한 노인이 효자의 노모와 똑같은 병으로 앓아누웠고, 그 노인의 아들이 효자를 찾아와 물었다.

"자네 어머니를 구한 그 약은 어떻게 구한 것인가?"

"갈근주라는 것인데, 참 어렵게 구했다네."

"우리 아버지도 똑같은 병으로 고생하고 계시네. 어서 그 약을 구할 방법을 좀 일러주게나."

효자가 말했다.

"그건 어떤 스님이 일러준 방법이니 내 임의대로 전달할 수는 없는 노릇. 다만 자네의 처지가 그러하다면 내 다시 한 번 찾아가 구해보겠네."

효자는 이번에도 그 갈근주만 가져올 생각으로 문바위를 찾아가 주문을 외우고 바위를 두드렸지만 끝내 열리지 않았다. 나중에 들리는 바에 의하면, 도둑들이 누군가가 동굴에 침입한 흔적을 눈치채고는 물건들을 죄다 다른 곳으로 옮긴 다음 문바위를 아예 폐쇄해버렸다는 것이다.

_〈충주시지〉

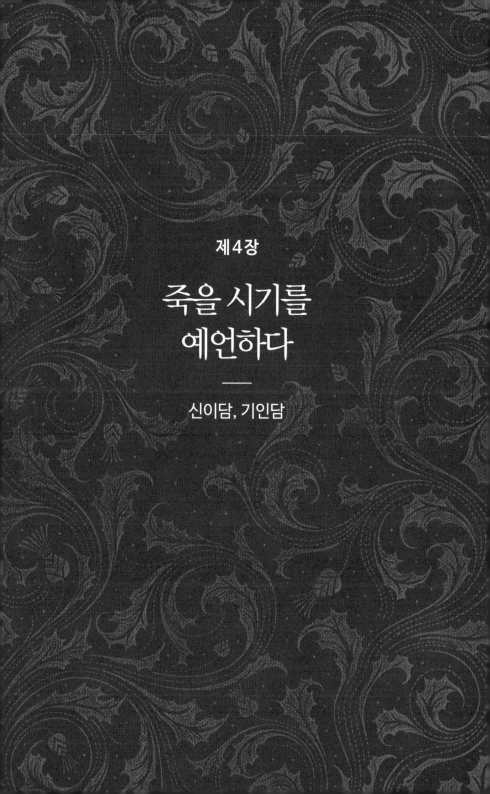

제 4 장

죽을 시기를
예언하다

—

신이담, 기인담

야광주와 불운한 사내

조선 철종 때 감사를 지낸 홍춘경에게 첩실 소생의 딸이 하나 있었는데, 혼례를 치를 나이가 되었다.

한번은 그의 집에 놀러 온 어떤 이가 슬쩍 한번 떠보았다.

"시전에 박계쇠라는 아이가 있소만."

이에 옆에서 듣고 있던 홍춘경의 조카가 말을 잘랐다.

"아니, 사대부가 어찌 시전 장사치와 연을 맺을 수 있겠소?"

양반 체면에 상인과는 사돈을 맺기 힘들다는 말이었다. 하지만 홍춘경은 크게 기분 나빠 하는 얼굴이 아니었다.

"첩실의 자식이거늘 뭐 어떤가? 사지가 멀쩡하면 됐지!"

그러고는 선뜻 그 딸을 박계쇠에게 내어주었다.

혼례를 치르고 난 박계쇠는 몇 달 후 동편관에 묵고 있는 일본인을 찾아갔다. 부친 때부터 장사를 해 부를 쌓은 그였지만, 왜와 교역하여 더 큰 이득을 얻고 싶었던 것이다.

왜인들이 원하는 물건이 뭔지, 교역으로 이득을 볼 만한 것이 뭐가 있는지 이야기를 나누고 있는데, 문득 왜인이 품에서 야광주(夜

光珠) 하나를 꺼내 보였다. 크기가 달걀만 한 그것은 등잔불처럼 어둠 속에서도 방 안을 환하게 비추었다.

"오, 정말 대단한 물건이로군요! 이렇게 귀한 물건은 얼마나 합니까?"

왜인이 슬쩍 귀띔하기를 수백만금이라 했고, 장사 수완 좋은 박계쇠는 금세 머리를 굴려보았다.

'수백만금이면 어떤가? 이 신기한 물건을 연경에 갖고 가 채단과 바꾸면 백배 수익을 얻게 될 것이다. 암, 그렇고말고……!'

박계쇠는 곧 자신의 전 재산을 털어주고 그 야광주를 사들였다. 그러고는 웃전에 뇌물을 써서 부경사의 일원이 되었다.

몇 달 후, 중국 요동 회원관에 이르러 상자를 열어보니 정채롭던 야광주의 광채가 조금 약해져 있었다. 또 옥하관에 도착하여 살펴보니 이상하게도 아무런 광채가 없는, 보잘것없는 둥근 돌로만 보이는 것이었다. 박계쇠가 그것을 그곳 사람들에게 내보이며 야광주라고 주장하자 사람들은 하나같이 비웃으며 그의 얼굴에 침까지 뱉었다.

"뭐? 이게 야광주라고? 이놈이 누구한테 사기를 치려고!"

"이 한심한 친구야, 이건 그냥 불에 구워서 만든 가짜 진주일 뿐이야."

시간이 지날수록 그 물건은 광채를 잃어버렸고, 저잣거리의 흔한 옥보다도 못했다. 박계쇠는 큰돈을 벌기는커녕 거지꼴이 다 되어 돌아와야 했다. 그 일로 큰 빚까지 지게 되어 집을 팔아도 다 갚을 수 없었고, 근근이 마련해둔 논밭도 처분해야 했다.

처지가 더없이 곤궁해지고 상황이 다급해진 박계쇠는 몰래 이부의 아전과 도모하여 이미 죽은 종실의 고신과 녹패 문서를 발급받았고, 태창의 아전과 모의하여 3품 종실의 녹을 받아가며 마치 조정의 벼슬아치 행세를 했다. 거의 10여 년 동안 그런 일을 해서 빚을 모두 청산했지만, 훗날 그 일이 발각되어 옥에 끌려갔다가 죽고 말았다. 관부에서 죽은 지 3일 만에 시신을 꺼내보니, 쥐가 그의 두 눈을 파먹어 구멍이 뚫려 있었다.

처음에는 보화에 현혹되는 실수를 범했고, 빨리 부자가 되고 싶은 욕망이 뒤를 이었다. 또 스스로 죽음을 자초하는 계책에 말려들었고, 흉화에 결박되어 두 눈을 쥐에 파 먹히는 신세가 되고 만 것이다.

_「어우야담」

풍운의 홍도전

전라도 남원에 사는 정생은 젊을 때부터 통소를 잘 불고 창도 잘했다. 의기가 호탕하여 사사로운 예절에 얽매이지 않는 반면에 학문을 닦는 데는 게을렀다.

정생은 혼기가 차자 같은 마을의 양가 규수 홍도에게 구혼했고, 얼마 후 두 집안에서는 혼삿날을 정했다.

그러나 시간이 지날수록 홍도의 아버지는 사윗감 정생이 글을 배우지 못한 것이 못마땅했다. 그래서 어떻게든 혼사를 깨버리려고 하는데, 이 사실을 눈치챈 홍도가 부모 앞에 나아가 말했다.

"혼사는 하늘이 정하는 일, 기왕 날짜까지 잡은 마당에 파혼은 천부당만부당한 일입니다."

그 말에 홍도의 아버지도 느낀 바가 있어 정생과의 혼례를 받아들였다.

홍도는 시집간 이듬해에 아들을 낳고 몽석이라고 이름 지었다.

정생은 임진년에 왜란이 터지자 활 쏘는 군사로 종군하여 왜적과 맞섰다. 또 정유년에 명나라 총병 양원이 남원을 지킬 때 성을 수비하게 되었는데, 그의 아내 홍도도 남장을 하고 남편을 따랐다. 군중에서는 아무도 그녀가 여자인 줄 알지 못했다. 부부의 아들 몽석은 할아버지를 따라 난을 피해 지리산에 들어가 있었다.

얼마 후 왜병의 거센 공격에 남원성이 함락되었다. 정생은 총병을 따라 탈출했지만 혼란한 와중에 그만 아내의 손을 놓치고 말았다.

정생은 아내를 찾다가 포기하면서 이렇게 생각했다.

'이런 와중에 목숨이나 건사하면 다행이지. 아마도 명나라 군사를 따라갔을 것이야…….'

그는 명군에 뒤섞여 퇴각을 거듭하다가 결국 중국에까지 들어갔다. 그러다가 얼마 후에는 명군 대열에서도 멀어졌고, 패잔병 신세로 타국 땅을 떠도는 그의 모습은 거지나 다름없었다. 줄곧 밥을 빌어먹으면서도 정생은 '어딜 가면 안사람을 만날 수 있을까' 하는 생각뿐이었다.

방랑을 거듭하던 정생은 다시 퇴각하는 명군에 뒤섞여 배를 타고 절강으로 가게 되었다. 때마침 포구에는 많은 배가 오가고 있었다. 정생은 항해하는 배의 선두에 나가 휘영청 밝은 달을 바라보다가 문득 퉁소를 꺼내 한 곡조 뽑았다. 그러자 그 주위를 나란히 항해하던 또 다른 배에서 누군가의 말소리가 들려왔다.

"퉁소 소리가 예전에 조선 땅에서 듣던 곡조로군요."

물살에 실려 가늘게 들려오는 그 목소리에 정생은 귀가 쫑긋했다.

'혹시 저 배에 안사람이 타고 있는 건 아닐까? 그 사람이 아니면 어찌 이 곡조를 안단 말인가……?'

정생은 또다시 그 옛날 아내와 함께 불렀던 노래를 한 가락 뽑아 보았고, 그러자 과연 상대방에서 손뼉을 치며 크게 말했다.

"서방님이 틀림없어!"

정생도 깜짝 놀랐다.

"틀림없는 내 아내다!"

확신에 찬 정생은 즉시 작은 배를 내어 그 배를 뒤쫓으려 했다. 하지만 그때 도주(명나라 주둔군 책임자)가 애써 뜯어말리면서 말했다.

"이 배는 남만의 상선이오. 게다가 저쪽은 왜인과 뒤섞여 있는 것이 틀림없으니 당신이 건너간다 해도 득보다는 오히려 해가 될 뿐이오. 내일 날이 밝으면 내가 수를 써볼 테니 조금만 참으시오."

그 말에 정생은 하얗게 뜬눈으로 그날 밤을 지새웠다.

이튿날 날이 밝자 도주가 상선으로 사람을 보냈고, 얼마 후 그 사람이 한 여자를 데리고 돌아왔는데 과연 정생의 아내 홍도였다.

"여보! 살아 있었구려!"

"신령님, 고맙습니다! 정말 당신이었네요!"

두 사람은 서로를 부둥켜안은 채 엉엉 울었고, 옆에 있던 뱃사람들도 한결같이 기이해하며 슬퍼하지 않는 이가 없었다.

홍도는 남원성이 함락될 때 왜군에 생포되어 일본으로 건너갔다. 왜군들은 남장한 홍도가 여자임을 눈치채지 못하고 온갖 잡일을 다 시켰다. 그래서 이곳저곳을 전전하다가 상선 일까지 하게 되었고, 그러다가 절강까지 오게 된 것이었다.

어렵게 해후하여 절강 땅에 도착한 정생 부부는 우선 살 집부터 마련했다. 그곳 사람들은 인심이 후했다. 부부의 처지를 딱하게 여기고 은전과 곡식을 거둬주어 끼니를 해결할 수 있었다. 그렇게 정착하여 생활을 꾸려나가다가 둘째아들 몽진을 낳았다.

그로부터 세월이 흘러 어느덧 몽진의 나이 열일곱이 되어 혼처를 구했지만 조선 사람이라는 이유로 아무도 상대하려 들지 않았다. 인연이 없나 보다 하고 반쯤 포기하려는데 한 처녀가 나섰다.

"제 아버지가 출정하여 조선 땅에 갔으나 여태 돌아오시지 못했습니다. 아마도 그곳에서 명을 달리하셨겠지요. 제가 아드님과 혼례를 치르겠어요. 그래서 함께 조선으로 건너가 아버지가 돌아가신 곳을 찾아 초혼제라도 올리고 싶습니다."

그 처녀는 곧 몽진과 합방하고 살림을 차렸다.

무오년. 중국 북방에서 청나라가 일어나자 명에서 대대적인 정벌에 나섰다. 정생은 이번에도 군사로 뽑혔고 곧 명나라 장수 유정의 군대에 편입되어 나아갔다. 그런데 이번에도 운이 따르지 않았다. 전투 중에 유정이 사망했고, 청군은 명군의 씨를 말리려고 달려들었다. 위기에 처한 정생이 두 팔을 휘저으며 고래고래 소리쳤다.

"살려주시오! 난 명군이 아니라 조선 사람이오!"

정생은 그렇게 기적적으로 죽음을 면했고, 그길로 중국 땅을 벗어나 조선으로 탈출하는 데 성공했다. 실로 20여 년 만에 밟아보는 감격 어린 고국 땅이었다.

정생이 남원 땅으로 향해 가다가 공주에 이르렀는데 갑자기 다리에 종기가 생겨 의원을 찾게 되었다. 그곳에서 침을 놓는 의원과 이런저런 담소를 나누다가, 그 침의가 명나라 군사로서 조선으로 나왔다가 눌러앉은 중국인임을 알게 되었다. 통성명을 나누던 정생은 너무 놀란 나머지 뒤로 나자빠졌다. 그가 바로 둘째아들 몽진의 장인 되는 사람이었던 것이다! 그들은 기막힌 인연에 서로 얼싸안고 통곡하면서 지난날의 회한을 나누었다.

정생은 사돈과 함께 남원 땅으로 갔다. 그의 옛집에서는 큰아들 몽석이 이미 장가를 들어 자식까지 낳고 단란하게 살고 있었다. 정생은 사돈과 고향의 아들을 만난 겹경사에 한시름이 놓였다. 하지만 그것도 잠시의 위안일 뿐, 아내 홍도와 둘째는 여전히 머나먼 이국땅에 남아 있었다.

그로부터 1년이 훌쩍 지나갔다. 둘째아들 부부와 함께 절강에 살고 있던 홍도는 갖고 있던 세간을 모두 처분해 배 한 척을 마련했다. 그들은 위험에 대비하기 위해 중국옷과 일본인 옷, 조선인 복장도 따로 장만했다. 도중에 중국인을 만나면 중국인 행세를 하고, 왜인을 만나면 왜인 행세를 하면서 계속 항해했다. 그래서 50여 일 만에 제주도의 추자도 밖에 있는 가거도에 이르렀다. 배에는 이제 남은 양식도 다 떨어져가고 있었다.

홍도가 눈앞의 섬을 바라보며 아들 몽진에게 말했다.

"얘야, 우리가 이 배에서 굶어 죽으면 결국 고기밥이 되고 말 거다. 차라리 저 섬에 올라가 목을 매는 편이 낫겠구나."

며느리가 말했다.

"쌀 한 홉으로 죽을 끓여 먹으면 우리 식구가 하루는 버틸 수 있어요. 아직 여섯 홉이 남았으니 앞으로 엿새는 더 살 수 있지 않겠어요? 저 동쪽을 보세요, 어머님. 아득하지만 꼭 육지처럼 보이지 않아요? 우린 틀림없이 살아남을 거예요."

그들은 자신들이 이미 조선의 해협으로 넘어와 있다는 사실을 알지 못했다.

홍도 일행은 바다 위에서 닷새를 더 견뎠다. 그러다가 때마침 그곳을 순행하던 통제사의 사수선에 발견되었고, 홍도는 그 배의 선장에게 자신들의 처지를 설명했다. 남원에서 살다가 식구들이 헤어지게 된 사정과 절강에서 재회한 일, 또다시 남편이 북벌에 나섰다가 소식이 끊긴 일 등을 하소연했다. 그러자 사연을 다 듣고 난 사수선 사람들은 그들을 불쌍히 여기고 그들이 탄 작은 배를 견인하여 순천까지 끌어다주었다. 그래서 얼마 후 홍도와 둘째아들 내외는 마침내 남원의 옛집으로 돌아왔다.

그런데 놀랍게도 그곳에는 전장에서 죽은 줄 알았던 남편과 큰아들 몽석 내외, 며느리의 친정아버지인 중국인 사돈까지 함께 살고 있는 것이 아닌가! 온 집안 식구가 다 모였을 뿐만 아니라 사돈까지 무사했으므로 그 기쁨은 천하를 손안에 넣은 듯했다.

이 이야기 말미에 『어우야담』의 저자 유몽인은 이런 소감을 남겼다.

'조선 사람 정생은 난리 통에 아내를 잃고 멀리 중국 땅까지 찾아 나섰고, 홍도 역시 전장에서 잃은 지아비를 찾아 세 나라를 전전해야 했으며, 또 그 아들 몽진의 처는 외국인과 혼인하여 그 아비가 죽은 줄 알았던 땅으로 찾아나섰다가 마침내 일가가 한자리에 모이게 되었다. 여섯 사람이 합쳐진 것은 모두 만 리 떨어진 풍랑 밖에서 성사된 일이므로 보통의 상식을 뛰어넘는 일이요, 상상 이상의 긴 모험이 아닐 수 없다. 지성이면 감천이라는 말이 이를 두고 일컫는 말일 것이다. 기특하고 기이하도다······!'

「어우야담」

215

새끼 밴 쥐와 용한 점쟁이

맹인은 정상인처럼 보지 못하는 대신에 일반인이 볼 수 없는 신비한 것을 보기도 한다. 일반인은 쥐의 배 속을 살펴볼 수 없지만 맹인은 그 속에 밴 새끼까지 들여다본다는 것이다.

과거에 맹인들은 주로 점치는 일을 업으로 삼았다. 그래서 백성들의 대소사나 나랏일에까지 불려가 점을 치거나 제사를 대행하곤 했다. 그러나 점복의 결과가 좋지 않을 때는 그 책임을 모면하기가 힘들었다.

조선 세조 때 맹인 홍계관은 용한 점쟁이로 소문나 있었다. 하루는 점을 쳐보니 자신이 모월 모일 모시에 죽게 되는데, 임금의 용상 밑에 있으면 살 수 있다는 점괘가 나왔다.

때마침 임금이 홍계관이 용하다는 소리를 듣고 궁으로 불러들였고, 홍계관은 불려가 용상 밑에 납작 엎드리게 되었다. 그때 찍찍대는 쥐 소리가 났고, 왕이 그에게 물었다.

"지금 쥐가 지나갔는데, 몇 마리나 되는지 네 신통력으로 한번 알아맞혀보거라."

홍계관은 즉시 머리를 조아리고 대답했다.

"예, 세 마리가 지나갔습니다요."

"뭐라?"

왕이 눈을 동그랗게 뜨고 되물었다.

"쥐 한 마리가 지나갔을 뿐이거늘 어찌 세 마리나 된다는 것이냐? 네놈이야말로 매사를 부풀려 혹세무민하는 자가 아니더냐!"

왕은 즉시 홍계관을 끌어내어 처형하라고 명했다.

홍계관이 끌려 나간 뒤 왕은 문득 이상한 느낌이 들어 신하에게 그 쥐를 잡아 배를 갈라보게 했다. 그러자 배 속에서 새끼 두 마리가 나왔다. 그제야 왕은 홍계관이 용한 점쟁이임을 깨닫고 즉시 사람을 보내 사형을 중지시키라고 했다.

한편 형장으로 끌려간 홍계관은 집행관에게 말했다.

"앞 못 보는 사람의 부탁이니, 제발 형 집행을 조금만 늦춰주시오."

"죽을 사람 소원인데 그 정도 사정도 못 들어주겠소? 뭐, 그럽시다."

그때 왕의 전령이 뛰어오면서 집행관에게 손을 흔들었다. 형 집행을 멈추라는 신호였다. 그러나 집행관은 그것이 당장 집행하라는 신호인 줄 알고 그 즉시 홍계관을 참해버렸다.

"집행을 멈추라니까!"

"아차!"

홍계관이 엉뚱한 오해로 억울하게 죽은 그곳을 사람들은 '아차고개'라고 불렀다.

_『한국민속문학사전』

소년장사, 맨손으로 호랑이를 때려잡다

조선 중기의 명장 김덕령은 탁월한 능력을 지녔는데도 억울하게 죽어 그를 주인공으로 한 전설이 『연려실기술(燃藜室記述)』, 『대동기문(大東奇聞)』 등에 수록되어 있고 이런저런 설화도 많이 남아 있다.

그의 나이 열다섯, 서봉사에서 글공부를 하고 있을 때의 일이다. 덕령은 마을의 여섯 친구와 함께 부모의 슬하를 떠나 절에서 학문을 닦고 있었다. 싱그러운 수풀과 맑은 개울물, 산새들의 지저귐이 청아한 서봉사는 그림처럼 아름다웠다. 스님들도 인자해서 덕령과 아이들은 마음 편하게 학업에 열중할 수 있었다.

그런데 절간이 워낙 산속 오지여서 밤에는 숲 속 맹수들이 절 근처에까지 출몰했고 다들 무서워서 문밖을 얼씬하지 못했다. 오직 담력이 센 덕령만 거리낌 없이 돌아다니면서 친구들의 잔심부름을 해주었다.

그러던 어느 날 밤 호롱불을 밝히고 글을 읽던 덕령이 뒷간에 가기 위해 뜰로 나섰는데, 문득 어둠 속에 커다란 짐승이 서 있는 것이었다.

"이놈! 썩 꺼지지 못할까!"

덕령은 큰 소리로 그 짐승을 쫓아버리려고 했다. 그런데 이 짐승이 오히려 앞발을 치켜들고 달려드는 것이었다.

"어흥!"

'어라? 이거 예사 놈이 아닌 것 같은데, 대체 뭐지……?'

덕령은 슬쩍 뒤로 물러나 그 짐승의 공격을 피하는 척하다가 다시 날쌔게 몸을 날려 주먹으로 머리통을 쳤다. 슬쩍 한 대 쥐어박는 것 같았지만 사실은 바윗돌처럼 강했다. 그만큼 힘이 장사였던 것이다. 뒤이어 쓰러진 녀석의 배까지 몇 번 걷어차자 짐승은 더 이상 반항하지 못했다. 덕령은 축 늘어진 녀석을 툇마루 기둥에다 밧줄로 꽁꽁 묶어두었다. 그런데 뒷간에 갔다가 돌아와보니 녀석은 어느새 마루 밑으로 들어가 있었다.

이튿날 아침, 덕령이 친구들에게 말했다.

"너희가 마루 밑을 좀 살펴보고 올래?"

"무슨 일인데? 어젯밤 집에서 몰래 먹을 거라도 가져온 거야?"

"암튼! 마루 밑을 보면 알게 될 거야."

친구들은 호기심을 참지 못하고 우르르 밖으로 몰려나갔다.

툇마루 기둥에 굵은 밧줄이 매어져 있고 그 끝은 마루 밑으로 들어가 있었다. 친구들은 바싹 몸을 낮추고 마루 밑을 살펴보다가 그만 뒤로 나자빠지고 말았다.

"세상에나, 저게 뭐야?"

"호, 호랑이잖아!"

그때서야 뒤따라 나온 덕령이 그 호랑이를 한번 힐끗 쳐다보고 나서 말했다.

"어젯밤 뒷간에 가려는데 녀석이 갑자기 달려들지 뭐야?"

그러면서 자기 손등과 발등을 살펴보는데 호랑이에게 할퀸 자국에 피가 묻어 있었다. 스님들과 친구들 모두 놀라워하면서 그의 담력과 용기에 혀를 내둘렀다.

그해 여름, 사흘 내리 장맛비가 퍼붓자 산골짜기마다 물난리가 났다.

억수같이 퍼붓던 비가 뚝 그치던 날, 비 오는 내내 산방에 갇혀 있던 스님들과 아이들 모두 절 앞 냇가로 나가 우르르 쾅쾅 흘러내리는 급류를 구경하는데 부러진 나무토막과 흙더미가 마구 떠내려 왔다.

바로 그때 냇물 건너편에서 누군가가 건너오고 있었다. 그런데 요란하게 흘러내리는 물살이 너무 거센지 중간에서 멈춘 채 소리쳤다.

"만수 도련님! 만수 도련님!"

그 사람은 덕령의 글동무인 만수네 집 하인이었다. 만수는 이웃 마을 호반의 자제로 덕령과 함께 절에서 글공부를 하고 있었다.

"도련님, 큰일이 났습니다. 오늘 아침에 마님께서 그만……."

그 하인은 만수의 어머니가 돌아가셨으니 어서 집으로 돌아오라는 것이었다.

어머니가 돌아가셨다는 말에 만수는 거센 냇물을 어떻게 건너야 할지 몰라 발을 동동 굴렀다. 서럽게 울어대는 만수를 지켜보며 친구들과 스님들은 별다른 방법이 없어 그저 안타까워할 뿐이었다.

그러나 덕령만은 달랐다.

"이러고 있으면 안 되겠어!"

그가 곁에 있는 스님께 말했다.

"스님, 절에 큰 함지가 있는지요?"

"함지야 있지만, 뭘 하려는 게냐?"

"암튼 그게 꼭 좀 필요해서요."

스님은 의아해하면서도 절간에서 큼직한 나무 함지를 들고 왔다.

덕령은 먼저 만수에게 입고 있는 옷을 벗어 머리 위로 얹혀 매라고 했다. 그런 다음 함지를 냇물에 띄우고 자신이 먼저 바짓가랑이를 걷어 올린 뒤 그 함지에 올라탔다. 그러고는 만수까지 그 안에 태워 나무 막대기로 물속을 짚으면서 물살을 헤쳐 나가기 시작했다.

냇물 한가운데쯤 이르렀을 때 거센 물살에 휩쓸려 함지가 뒤집힐 뻔했지만, 덕령은 있는 힘껏 막대기를 짚고 버티면서 조금씩 건너편으로 다가갔다. 얼마 후 두 친구가 급류를 무사히 건너가자 손에 땀을 쥐고 지켜보던 사람들은 일제히 탄성을 질렀다.

만수가 고맙다고 인사한 뒤 고향집으로 뛰어가는 모습을 본 덕령이 다시 함지를 타고 무사히 돌아오자 사람들 모두 그의 지혜와 용기에 거듭 탄복했다.

_『한국민속문학사전』

전우치, 여우에게서 비법을 빼앗다

전우치는 조선 중기 때의 기인이자 환술가였다. 그는 재주가 탁월하여 피리를 불고 구름을 타고 다녔으며, 짐승으로 둔갑하고, 여진족을 물리치기도 했다.

어린 전우치가 암자에서 글공부를 하고 있었다. 하루는 그 절의 스님이 술 한 동이를 빚어 우치에게 맡기고 산을 내려갔다. 그런데 스님이 돌아와보니 술은 오간 데 없고 술찌끼만 남아 있는 것이 아닌가! 어린 우치가 마신 것도 아닌데, 귀신이 곡할 노릇이었다.

"술을 좀 잘 보라고 하지 않았느냐?"

스님의 책망에 우치는 아무 말도 못하고 있다가, 술을 다시 빚어주면 도둑을 붙잡아 혼내겠다고 장담했다. 스님은 반신반의하면서도 다시 술을 빚어주었다.

전우치가 술 단지를 지키고 있는데 갑자기 창문으로 흰 기운이 스며들었고, 그 기운이 잠시 단지에 머물자 술내가 진동했다. 잠시 후 흰 기운이 창밖으로 빠져나갔고 우치가 그 뒤를 쫓았다.

흰 기운이 시작된 곳은 앞산의 바위굴이었다. 우치가 굴속을 살펴보니 흰 여우 한 마리가 잔뜩 취해 잠들어 있었다.

"네놈이 바로 범인이렷다!"

우치는 밧줄로 여우의 네 다리를 묶은 뒤 들쳐 메고 암자로 돌아왔다. 그러고는 들보에 여우를 매달아둔 채 아무 일 없었다는 듯 천연덕스럽게 서책을 펼쳐 읽었다.

그로부터 얼마 후 여우가 깨어나 정신을 차리더니 말을 걸어왔다.

"도련님, 저를 놓아주십시오. 그러면 반드시 그 은혜를 갚겠습니다."

"수작 부리지 마라. 네가 무슨 수로 은혜를 갚겠느냐? 너 같은 도적놈은 차라리 죽어 없어지는 편이 낫다!"

우치가 윽박지르자 여우는 이렇게 말했다.

"저한테 환술을 부리는 비책이 있는데, 굴속에 감춰두었습니다. 도련님께 그 책을 드리겠습니다."

"흥, 널 어떻게 믿고?"

"저를 묶은 채로 줄 끝을 잡고 굴속에 들여보내주면 그 책을 찾아오겠습니다. 만약 굴에서 나오지 않으면 줄을 잡아당겨 그때 죽여도 되지 않겠습니까?"

여우가 애원하자 우치는 '그것도 말은 되겠구나' 싶었다. 그래서 여우의 말대로 했더니 과연 책 한 권을 가져다주었다.

약속대로 여우를 풀어주고 나서 책을 살펴보니 도술에 관한 비결서였다. 우치는 그 책을 이해하기 쉽게 경면주사로 점을 찍어가면서 수십 가지를 읽어보았다.

그러던 어느 날이었다. 전우치의 본가 노비가 울면서 찾아와서는 부친이 돌아가셨다는 소식을 전했다. 깜짝 놀란 우치가 읽던 책을 던져두고 문밖으로 뛰어 나가보니 이상하게도 노비가 보이지 않았다. 그제야 우치는 자신이 여우에게 속은 것을 알고 방에 들어가보니, 여우가 주사로 점을 찍은 부분만 남겨두고 나머지는 모조리 베어가버린 후였다.

그 후 전우치는 도술가로 세상에 명성을 떨쳤는데, 주사로 점을 찍은 부분의 술법만 주로 사용했다고 한다.

_『청장관전서(靑莊館全書)』

전우치, 그림 속 당나귀를 타고 달아나다

전우치가 한번은 구름을 타고 피리를 불면서 경복궁 지붕 위에 나타났다.

"지금 하늘의 옥황상제가 궁궐을 짓고 있는데, 조선에 금이 많다고 하니 너희가 여덟 치, 네 치로 해서 열두 자짜리 금 대들보를 만들어 올리거라. 반드시 몇 월 며칠까지 만들어서 올려야 한다."

이에 임금은 그것이 옥황상제의 명인 줄 알고 사람의 입안 금니까지 빼내어 여덟 치, 네 치에 열두 자짜리 금 대들보를 만들었다. 약속한 몇 월 며칠에 금 대들보가 완성되자 전우치는 구름 위에서 실을 내려 대들보의 양쪽을 묶었다. 그런 다음 하늘 높이 날아 한강 이남으로 내려갔다.

때마침 삼남 지방에는 흉년에 기근이 극심했는데, 전우치는 금 대들보를 그곳으로 가져가 손가락 마디만큼씩 잘라서 굶주리는 백성들에게 골고루 나눠 주었다. 그래서 삼남 사람들은 한동안 배를 주리지 않았다.

한편 궁에서는 대들보를 만드는 데 들어간 금을 보충하기 위해 전국적으로 금을 사들였는데, 삼남 지방에서 사들인 금을 모두 합쳐보니 궁에서 낸 것과 그 양이 똑같았다. 조정에서 이를 이상히 여기고 암행어사를 파견해 알아보니 골짜기와 현마다 전우치의 공덕비가 서 있는 것이 아닌가! 이에 조정에서는 모든 것이 전우치가 술수를 부려서 벌인 짓임을 알아채고 그를 잡아들이라 명했다.

그러나 쉽게 붙잡힐 전우치가 아니었다.

"내 죄명이 무엇이오? 나는 절대 죄인으로 붙잡혀가지 않겠소. 뭐, 좋게 부르면 또 몰라도……."

그러면서 선선히 붙잡히지 않자 임금은 자수하면 장군 자리를 내주겠다고 회유하여 전우치를 불러들였다.

그런데 아니나 다를까, 전우치를 본 임금은 대뜸 금 대들보부터 캐물었다.

"옥황상제의 금 대들보를 사칭한 것은 네놈의 소행이렷다?"

전우치가 사실대로 대답했다.

"삼남의 백성들이 기근에 굶어 죽는데 차마 눈을 뜨고 지켜볼 수가 없어서 그랬습니다."

"이런 고얀 놈!"

임금은 전우치가 조정을 속이고 자신을 희롱했다면서 그를 참형하라고 명했다.

사형을 눈앞에 둔 전우치에게 임금이 말했다.

"좋은 재주를 갖고 나라를 어지럽히니 이게 다 네놈의 잘못이 아니더냐? 죽기 전에 하고 싶은 말이 있으면 한번 해보거라."

전우치가 말했다.

"이렇게 죽을 줄 알았으면 산천이나 더 떠돌면서 풍류나 즐길 것을! 소인 죽기 전에 그간 돌아본 비경을 그림 한 폭에 남기고 죽었으면 좋겠습니다."

그 말을 들은 임금은 전우치에게 지필묵을 내주어 그림을 그릴 수 있게 해주었다.

전우치는 돗자리만큼 큰 종이를 펼쳐놓고 금강산 일만이천봉을 다 그려 넣었다. 빽빽한 골짜기도 빠짐없이 그리고, 냇가에는 버들가지를 쭉쭉 늘어뜨린 다음 당나귀에 타고 있는 사람도 그렸다. 그런데 전우치가 그림을 다 그리고 붓을 내려놓았는데도 당나귀의 눈에 눈동자가 비어 있었다.

그림을 살펴보던 임금이 이상히 여기고 물었다.

"어째서 당나귀 눈에 눈동자가 없는 것이냐?"

"아, 그렇군요!"

전우치는 그 즉시 붓을 들어 당나귀의 눈에 점 하나를 찍으면서, "소인 물러가겠습니다!" 하고 그 당나귀를 타고 늘어진 버드나무 가지 아래 골짜기로 달아나버렸다.

_「청장관전서」

설씨녀와 가실

설씨녀는 신라 진평왕 때 경주에 살았던 평범한 여자였다. 귀족 집안도 아니고 가난했지만 얼굴이 곱고 행실이 단정하여 주변 사람들이 칭찬을 아끼지 않았다.

어느 해 그녀의 아버지가 국경을 지키는 수비병으로 차출되었다. 갑자기 늙은 아버지를 전방으로 떠나보내게 된 설씨녀는 애가 탔다. 자신이 여자라서 함께 모시고 갈 수도 없음을 한탄하며 깊은 시름에 잠겼다.

그런데 이웃 마을에 그녀를 짝사랑하는 가실이라는 청년이 있었다. 그의 집안 역시 가난하고 외모도 볼품없었지만 심지만은 올곧았다. 그는 설씨녀를 마음속에 담아두고도 감히 다가가지 못하다가 그녀의 아버지가 종군한다는 소식을 듣고 용기를 내어 찾아갔다.

"내 비록 보잘것없는 사람이지만, 의지와 기개는 누구한테도 뒤처지지 않는다 자부하오. 비록 불초한 몸이나 내가 어르신의 병역을 대신하기를 원하오."

그 말을 들은 설씨녀는 무척 기뻐하며 아버지에게 알렸고, 그녀의 늙은 아버지가 가실을 불러 말했다.

"자네가 이 늙은이의 병역을 대신하겠다니 고맙고 미안한 마음 뿐이네. 내 이 은혜는 죽어서도 잊지 않겠네. 만약 자네가 어리석고 누추하다 해서 버리지 않는다면, 내 어린 여식을 아내로 맞으면 어떻겠는가?"

그 말에 가실이 넙죽 절하며 대답했다.

"언감생심 그것이 저의 소원입니다."

그렇게 해서 서로 혼례 날짜를 상의하는데, 설씨녀가 말했다.

"혼례란 모름지기 인륜지대사이니 함부로 정할 수 없습니다. 낭군께서 저를 대신하여 효를 베풀어주시니 저는 이미 마음을 정했으며 죽는 한이 있더라도 어기지 않을 것입니다. 원컨대 낭군께서 무사히 근무를 마치고 돌아온 다음 길일을 골라 혼례를 치르는 것이 어떻겠습니까?"

"그 말이 일리가 있소."

가실이 동의하자 설씨녀는 작은 손거울을 꺼내더니 반을 갈라 한 조각을 건네주었다.

"이 거울을 신표로 삼아 훗날 다시 합치는 것이 좋겠어요."

마침 가실에겐 아끼던 말 한 필이 있었다. 그가 설씨녀에게 말했다.

"이 말은 보기 드문 명마로 훗날 반드시 쓸데가 있을 것이오. 내가 떠나면 기를 사람이 마땅치 않으니 그대가 대신 맡아서 돌봐주시오."

"알겠어요. 아무 걱정 마시고 무사히 돌아오기만 하세요."

가실은 곧 두 사람에게 작별을 고하고 근무지로 떠났다.

원래 예정된 가실의 복무 기간은 3년이었다. 그러나 예상치도 못한 문제로 나라에서 근무 교대자를 뽑아 보내지 못했고, 가실은 6년이나 국경을 지키느라 집으로 돌아오지 못했다. 그러자 늙은 아버지가 설씨녀에게 말했다.

"3년을 기약하고 가서 6년이 넘도록 돌아오지 않으니 어쩌겠느냐? 더 늦기 전에 다른 사람을 골라봐야지."

그러나 설씨녀는 이렇게 말했다.

"아버지, 저는 오직 아버지의 편안한 노후를 위해 마음에도 없는 혼인을 약속했습니다. 또 그 사람은 저와의 약속을 믿고서 지금껏 굶주림과 추위에 고생하고 있고요. 그런데 제가 어떻게 신의를 저버리겠어요. 그런 말씀 하지 마세요."

하지만 그녀의 아버지는 자기가 늙어 죽을 때가 다 되고, 딸의 나이가 과년해 배우자를 찾지 못할까 염려되어 강제로라도 시집을 보내려고 했다. 그래서 몰래 중매를 세워 다른 사내와 약속을 해놓고 잔칫날을 정해 사윗감을 맞이하려 했다. 그리고 마침내 그 혼례 날이 되었다. 뒤늦게 이 사실을 안 설씨녀는 이미 돌이킬 수 없는 상황임을 깨닫고 가실이 두고 간 말을 어루만지며 하염없이 눈물만 흘렸다.

그런데 바로 그때 남루한 거지꼴의 사내가 집 안으로 들어왔다.

"내가 가실이오. 이제야 근무를 마치고 돌아왔습니다."

그 몰골은 해골 같았고 옷도 남루하여 집안사람들 누구도 믿으려하지 않았다.

그러자 사내는 곧장 설씨녀 앞으로 다가가 품에서 거울 조각을 꺼내 내밀었다.

"오, 마침내 당신이 돌아오셨군요!"

설씨녀가 그 조각을 받아 들고 기쁨에 겨워 엉엉 소리 내어 울었다.

늙은 아버지와 사람들은 죽은 사람이 살아 돌아왔다며 좋아했고,

며칠 뒤 혼례를 치른 두 사람은 행복하게 백년해로했다.

_「삼국사기(三國史記)」

김현과 호랑이의 사랑

신라시대 풍속 중 하나는, 해마다 2월이 되면 초파일부터 열닷새까지 남녀가 흥륜사 전탑을 돌면서 복을 비는 것이었다.

원성왕 무렵, 낭군 김현도 홀로 밤이 깊도록 탑을 돌았다. 그때 한 처녀도 똑같이 불경을 외면서 탑을 돌았는데, 어느 순간 둘이 서로 눈이 맞았다. 탑돌이를 마치자 둘은 으슥한 곳으로 가서 사랑을 나누었다.

잠시 후, 옷매무새를 고친 처녀가 돌아가려고 하자 김현이 바래다주겠다며 뒤따랐다. 처녀가 사양하고 거절했지만 김현은 막무가내로 뒤따라갔다. 처녀는 얼마 후 산기슭에 있는 초가집으로 들어갔는데, 집에 있던 늙은 할멈이 물었다.

"같이 온 사람이 누구냐?"

처녀가 사실대로 털어놓자 할멈이 말했다.

"좋은 일이기는 하나 안 한 것만 못하구나. 하지만 이미 엎질러진 일이니 나무랄 수도 없는 노릇! 구석진 곳에 잘 숨겨두거라. 네 오라버니들이 악행을 저지를까 두렵구나."

그 말에 처녀는 김현을 이끌어 구석진 곳에 숨겼다.

조금 뒤 갑자기 호랑이 세 마리가 으르렁거리면서 나타나더니 사람처럼 말했다.

"웬일로 집 안에 비린내가 나네! 요깃거리라도 있는 모양이야?"

할멈과 처녀가 꾸짖었다.

"무슨 미친 소리야? 너희 코가 고장 난 거지!"

그때 하늘에서 엄한 목소리가 들려왔다.

"너희가 뭇 생명을 해치는 일이 너무 많구나. 내 이제 마땅히 너희 중 하나를 죽여 악을 징벌하겠노라."

그 소리를 들은 세 짐승은 하나같이 근심하는 기색이 역력했다.

이때 처녀가 말했다.

"세 분 오라버니가 멀리 달아나 스스로 근신하겠다면 제가 그 벌을 대신 받겠어요."

그 말에 호랑이 세 마리는 모두 기뻐하며 꼬리를 치면서 앞다퉈 달아나버렸다.

이윽고 처녀가 숨어서 이 광경을 지켜보고 있던 김현에게 다가가 말했다.

"처음에는 낭군께서 우리 집에 오시는 것이 부끄러워 거절했지만 이제는 숨김없이 말할게요. 저와 낭군은 비록 같은 사람은 아니지만, 하룻밤의 기쁨을 함께했으니 부부의 의를 맺은 것입니다. 이제 제 오라버니들의 악행이 하늘을 노하게 만들었고, 제 스스로 우리 집안의 재앙을 감당하려 합니다. 그런데 남의 손에 죽는 것이 어찌 낭군의 칼에 죽어 은덕을 갚는 것과 같겠습니까?"

그러면서 처녀는 이렇게 말하는 것이었다.

"제가 내일 서라벌 거리에 나가 뭇사람들을 해치면 감히 어찌할 수 없으므로, 임금은 반드시 높은 벼슬자리를 내걸어 나를 잡게 할 것입니다. 그때 낭군께서는 두려워 말고 저를 쫓아 성 북쪽의 숲 속으로 오시면 제가 그곳에서 낭군을 기다리겠습니다."

김현이 고개를 가로저으며 말했다.

"사람이 다른 유와 관계함은 보통 떳떳한 일이 못 되오. 그러나 이것도 엄연한 인연이거늘 내 어찌 배필의 죽음을 팔아 벼슬자리를 한단 말이오? 나는 못하오!"

"낭군께서는 그런 말 마십시오. 제가 죽는 것은 피할 수 없는 하늘의 명령이고, 또한 제 소원입니다. 낭군에게는 경사요, 우리 일족의 복락이며, 백성들에게는 기쁜 일입니다. 제가 한 번 죽음으로써 다섯 가지 이득이 생기거늘 어찌 마다할 수 있겠는지요? 다만 훗날 낭군께서 저를 위해 절이라도 짓고 불경을 외어 선업을 쌓는 데 도움을 주신다면 그보다 더한 은혜가 없겠습니다."

"그렇지만 내 손으로 차마 어떻게……!"

두 사람은 한참을 부둥켜안고 울다가 헤어졌다.

과연 이튿날 성안에 사나운 호랑이가 나타나 사람들을 마구 해치는 것이었다. 병사들이 달려들어 잡으려 했지만 당해낼 수가 없었다. 그러자 원성왕이 특명을 내렸다.

"호랑이를 잡는 사람에게 두터운 녹봉을 내리겠노라."

그러나 함부로 나서는 이가 없었는데, 이때 김현이 궐 뜰로 나아가 아뢰었다.

"소신에게 맡겨주십시오. 반드시 해결해내겠습니다."

그러자 왕은 먼저 벼슬부터 내려주며 그를 격려했다.

김현이 칼을 들고 성 북쪽 숲 속으로 들어가자 호랑이가 낭자의 모습으로 변신하여 반갑게 맞았다.

"낭군께서는 부디 어젯밤 일을 잊지 말아주세요. 그리고 오늘 제 발톱에 상처 입은 사람은 흥륜사의 장을 바르고, 그 절의 나발 소리를 들으면 나을 것입니다."

그 말을 마친 낭자는 스스로 김현이 차고 있던 칼을 뽑아들었다. 그리고 자신의 목을 찔러 쓰러지자 곧 호랑이의 모습으로 변했다.

김현이 곧 숲에서 나가 소리쳤다.

"여기 호랑이를 잡았다!"

그 소리를 듣고 몰려온 군사들이 하나같이 놀라워했고, 김현은 사람들이 아무리 캐물어도 혈혈단신으로 어떻게 맹수를 잡았는지에 대해서는 입을 열지 않았다. 다만 호랑이가 말한 대로 부상자들을 치료하니 모두 깨끗이 나았다.

그 후 김현은 서천(西川) 가에 절을 지어 호원사(虎願寺)라 이름 짓고, 늘 범망경(梵網經)을 읽어 호랑이의 저승길을 빌어주고, 육신을 바쳐 자신을 성공으로 이끈 은혜에 보답했다. 김현이 죽기 전에 지나간 일들을 회상하여 『논호림(論虎林)』이라는 전기를 남기니 세상 사람들은 그때 비로소 이 이야기를 듣게 되었다.

_「삼국유사」

죽은 아들이 남기고 간 손자

옛날에 남의 집 머슴살이를 하는 가난뱅이가 있었다. 그는 날마다 장독대에 물을 떠놓고 빌었다.

"산신령님, 저도 남들처럼 잘살게 해주십시오."

그러던 어느 날 꿈속에 백발노인이 나타났다.

"소원이 무엇이더냐? 네가 하도 간곡하게 빌어서 찾아왔느니라."

머슴이 대답했다.

"저야 뭐 배운 것도 없는 쌍놈이니 벼슬살이는 글렀고, 바라건대 저한테 묏자리나 잘 잡는 능력을 주십시오."

"풍수쟁이가 되고 싶단 말이냐?"

"그렇습니다. 그러면 배운 것 없이도 잘살 수 있지 않을까요? 풍수에서 신안(新案)의 경지에 다다르고 싶습니다."

"예끼 이놈! 아는 게 없다면서 신안을 다 아는구나. 그래도 한 가지에 관심이 있고 들은풍월이라도 있으니 다행이구나. 그래도 너만 잘살자고 풍수쟁이가 된다면 너무 이기적이지 않느냐?"

"그럴 리가요. 저도 잘되고 남도 돼야지 제 욕심만 차려서야 쓰겠습니까?"

그 말을 들은 노인은 적잖이 안심되는 눈치였다.

"오냐! 내 너의 정성을 갸륵히 여겨 풍수의 눈을 뜨게 해주마."

그리하여 남의 집 머슴을 살던 그는 일약 풍수쟁이로 변신했다. 사람들이 그를 찾아와 묏자리를 부탁했고, 잘 본다는 소문과 실적이 부합되자 당당하게 독립할 수 있었다. 더러 풍수를 도무지 알기 힘들 때에도 꿈속에 산신령이 나타나 명당을 일러주었으므로 명풍수가 되는 일은 시간문제였다. 자연히 살림살이도 나아졌고 번 만큼 두루두루 좋은 일도 하면서 살 수 있었다.

그러던 어느 해에 문경 땅에 갈 일이 생겼는데, 충청도에서 큰 고개를 넘어야 했다. 아무래도 고개를 넘어가야 하룻밤을 편히 묵을 판이었는데 꿈에 계시가 있었다.

"이번 묏자리는 함부로 잡아주면 안 된다. 정성을 기울여야 하느니라."

이에 풍수쟁이는 더욱 긴장하며 서둘러 문경새재를 넘어갔다. 그러고는 하룻밤 묵을 곳을 찾으려 하는데, 어느 집에서 구슬픈 곡소리가 났다. 풍수쟁이가 다가가 물어보았다.

"무슨 일로 그러십니까?"

"우리 내외가 천벌을 받고도 명줄이 길어서…… 차마 죽지도 못하고 이렇게 통곡합니다…….."

풍수쟁이는 그냥 넘겨버릴 수가 없었다.

"대체 어찌 된 사연입니까?"

"아들 하나를 두었는데, 어제 갑자기 죽고 말았지 뭡니까! 아이고, 우리 아들…… 불쌍해서 어쩌나……!"

"저런…… 아드님이 올해 몇 살이나 되었는데요?"

"스무 살 먹었는데, 글도 못 가르치고 장가도 못 갔는데…… 아이고 불쌍한 내 새끼…… 우리 집은 이제 대가 끊기고 말았습니다. 아이고, 원통해라."

풍수쟁이는 그렇게 넋이 빠져 우는 부부를 한동안 따뜻하게 위로해주고 나서 말했다.

"인명은 재천이라고, 어쩌겠습니까? 내가 가진 재주가 묏자리 보는 일이라, 원하신다면 하나 잡아드리겠소. 기왕이면 사람들이 많이 다니는 큰길에다 아드님의 시신을 묻으시오."

"그게 무슨 말인지……?"

"밀장(密葬)을 하라는 말이오. 그러면 대를 이을 수 있을 것이오. 참, 길에다 묘를 쓰는 거니 봉분은 못 만들겠구려."

"아무려면 어떻습니까만……?"

"묻을 때 아들 시신 위에다 족보를 올려놓으시오."

"족보를요? 그렇게 하면 대를 이을 수 있단 말입니까?"

"그렇소이다."

이야기를 다 듣고 난 부부가 거듭 인사하며 말했다.

"고맙습니다. 설사 아무런 기적이 일어나지 않는다 해도 우리가 어찌 선생을 원망하리요? 한번 시킨 대로 해보겠습니다."

"자, 그러면 장사 잘 지내시고, 우린 3년쯤 지나서야 다시 만나겠지요."

풍수쟁이는 그 말을 남기고 상갓집을 떠났다.

그 후 3년이 흘렀다.

한양에 이 정승이 있고 상주 땅에는 김 정승이 살았는데, 이 두 사람은 옛 친구로 일찍이 아들딸을 정혼시킨 사이였다. 그러다가 아이들이 성장하자 자연스레 혼담이 오갔다.

"자, 우리 이제 진짜 사돈을 맺자고!"

그래서 상주 김 정승의 딸이 한양의 이 정승 댁으로 시집을 가게 되었는데 도중에 문경새재를 넘어야 했다.

그런데 고갯길을 한참 잘 넘어가다가 갑자기 이상한 일이 벌어졌다. 그때까지 잘 걷던 가마꾼들이 갑자기 뭔가에 씐 듯 발걸음을 떼어놓지 못하는 것이었다.

"이상하다. 왜 이러지?"

"그러게. 갑자기 꼼짝할 수가 없으니 왜 이러나?"

그 자리에 가마를 내려놓은 두 가마꾼은 털썩 주저앉고 말았다. 그리고 넘어진 김에 쉬어간다고, 가마를 내려놓은 김에 목이나 축이면서 잠시 쉬어가기로 했다.

그런데 가마 밑이 갑자기 이상해졌다. 아무도 눈치채지 못하는 사이에 뜬금없이 가마 밑이 쩍 하니 벌어졌다. 그리고 그 밑의 땅이 갑자기 갈라지더니 그 속으로 김 정승의 딸이 스르르 가라앉는 것이었다.

도대체 어찌 된 영문일까? 그곳은 3년 전에 어느 부부가 아들의 시신을 밀장한 바로 그 자리였다. 처녀가 땅속으로 스며든 이 괴이한 사건은 가마꾼들이나 함께 길을 가던 김 정승도 알지 못했다. 처녀는 비명 한 번 지르지 못하고 땅속으로 들어간 것이다.

처녀는 잠시 후 땅 위로 올라왔는데, 마치 땅속으로 끌어당긴 누군가가 다시 땅 위로 밀어올린 것 같았다. 그녀의 손에는 들어갈 때는 보이지 않던 이상한 족보 한 장이 쥐어져 있었다.

문경새재 주막집

아무것도 눈치채지 못한 김 정승이 가마꾼들을 재촉했다.

"갈 길이 머네. 다리쉼도 했으니 이제 그만 움직여들 보세나."

가마꾼들이 들어보니 가마가 아까와 달리 가뿐했다.

"허, 묘한 일일세."

가마꾼들은 어안이 벙벙할 따름이었다.

그 뒤 일행은 한양 땅에 도착했고 혼사도 무사히 잘 치렀다.

그런데 몇 달 후 큰 문제가 생겼다. 갑자기 신부의 배가 불러온 것이다. 이 정승의 집에서는 난리가 났다.

"아니, 우리 아들은 아직 어려서 신랑 구실을 못하는데 이것이 어인 일인가?"

"필시 우리 며늘아기가 뭔가 부정이 있는 거예요. 안 되겠어요. 이대로 뒀다간 집안에 큰 망신이 나겠어요."

그래서 시집온 지 얼마 되지 않은 며느리를 서둘러 친정으로 내

쫓아버렸다.

이 정승의 집에서 가문의 체통을 지키기 위해 보낸 것이지만, 사실 상주 김 정승의 집에서도 망신거리이기는 마찬가지였다.

"이년아, 네 어찌 시댁에서 쫓겨나 집안을 망신시킨단 말이냐?"

김 정승의 불호령에 딸은 눈물 줄기가 마르지 않았다.

"모르겠어요, 아버지. 소녀 잘못한 일이 없는데도……."

그녀의 친정어머니도 기가 막혔다.

"어디, 네 배 좀 보자꾸나. 아이쿠, 이 배 좀 봐. 대체 이게 어찌 된 배냐? 아이고……."

화가 치민 김 정승은 낫을 빼들고 딸을 죽이려 들었다. 일국의 정승으로서 부정한 딸을 두었다는 치욕을 견딜 수가 없었던 것이다.

"네가 무슨 얼굴로 살아 돌아왔단 말이냐?"

"아이고, 영감……!"

김 정승은 눈물로 만류하는 부인을 뿌리치고 한사코 낫을 치켜들었다. 그러다가 문득 딸이 지니고 있다가 옷섶 밖으로 흘린 족보를 발견했다.

"이것은 무슨 족보냐? 한데…… 이건 한양 사돈댁 족보가 아니지 않느냐?"

그제야 딸은 울음을 그치면서 몇 달 전 문경새재를 넘어갈 때 있었던 기이한 일에 대해 말해주었다. 가마가 멈추었을 때 땅속에 들어가 웬 사내를 만난 것 같은 기억, 그리고 나올 때 그 족보를 손에 쥐고 있었다는 사실. 그 후 별일 아닌 줄 알고 혼례를 치렀으나 결국 이렇게 쫓겨나는 사달이 벌어지고 말았다면서.

"아, 세상에 이렇게 기막힌 일이 다 있단 말인가?"

"쫓겨난 것도 억울한데 왜 우리 애가 죽어요? 이제 어쩌겠어요!"

남편이 들고 있던 낫을 빼앗아 내동댕이친 부인이 딸을 다독거리며 말했다.

"가엾은 내 딸아, 우선 몸부터 풀고 보자꾸나."

그리하여 김 정승의 딸은 그냥저냥 친정에 머물게 되었고, 얼마 후 아들을 출산했다.

그 아이가 아장아장 걸음마를 시작할 무렵, 아들을 들쳐 업은 김 정승의 딸은 족보를 챙겨들고 거기에 쓰인 고을을 찾아갔다. 물어물어 찾아가니 과연 아무개의 집이 틀림없었다.

3년 전 하나뿐인 아들을 잃고 대가 끊기나 했던 그 집 부부는 난생처음 보는 며느리를 맞아 절을 받았고, 이제 막 걸음마를 시작하는 어린 손주를 품에 안았다.

부부는 서로를 마주 보며 신기해했다.

"허 참, 아들이 없는데도 손주가 생겼구려……."

3년 전 명풍수의 명당 쓰기가 현실로 나타난 것이었다.

한 처녀가 죽은 영혼과 합일하여 득남까지 하게 되었다는 이야기, 실로 놀라운 대 잇기가 아닌가? 사자득손(死者得孫), 고목생화(枯木生花)를 상징하는 이야기로 끈질긴 혈통 잇기를 풍자하고 있다.

_「한국민속문학사전」

천년두골 삼인수

조선의 명의 유이태는 천연두와 홍역 등을 연구하여 『마진편』이 라는 의학서를 남긴 인물이다. 숙종의 어의를 지냈고, 안산군수로 제수되었지만 부임을 고사하고 고향인 산청으로 돌아가 병자들을 돌보는 데 전념했다.

어느 날 유이태의 집으로 한 청년이 노모를 업고 찾아왔다. 노모 의 병환이 깊어지자 못 고치는 병이 없다고 소문난 유이태를 찾아 온 것이다. 유이태가 첫눈에 보니 그 노모에게 맞는 약이 있긴 하지 만 하늘의 별 따기처럼 구하기가 어려워 병을 고칠 가능성이 희박 했다. 그래서 이렇게 말했다.

"내 능력으로는 못 고칠 병일세. 어쩔 수 없구먼."

"안 됩니다, 의원님. 부디 제 어머니를 살려주십시오."

유의태의 거절에도 효성 깊은 아들은 물러서지 않았다. 명의가 돌봐주면 행여 차도라도 있지 않을까 싶어 애걸복걸했다.

"글쎄, 나로서도 어쩔 수 없다니까."

유이태도 아들의 청을 들어주고 싶은 마음이 굴뚝같았지만, 가능

성 없는 일에 헛된 희망을 품게 해서는 안 되기에 그냥 돌아가라고만 했다.

"의원이라고 아무 병이나 다 고칠 수 있는 건 아닐세. 특히 자네 모친의 병은 하늘이 결정할 일이지 나로서는 범접할 바가 못 되네."

그 말을 들은 효자는 더 이상 매달리지 못했다. 그래서 다시 노모를 들쳐 업고 어둑어둑해진 산길로 접어들었다.

그런데 노모가 갑자기 목이 마르다면서 물을 좀 달라고 하는 것이었다. 사방이 이미 컴컴해진데다 물이 어디 있는지 알지 못하는 아들은 동분서주할 수밖에 없었다. 아들은 때마침 보이는 너럭바위에 어머니를 내려놓고 산골짜기를 헤매기 시작했다.

얼마나 지났을까, 아들은 어둠 속에서 하얗게 빛나는 것을 발견했다. 그것은 깨진 박 조각이었고, 그 안에 물이 조금 고여 있었다. 아들은 그것을 조심스럽게 집어 들었다.

"어머니가 목말라하시니 산신령께서 이렇게 보내주신 모양이구나."

얼마 후 노모는 아들이 가져다준 물을 받아 아주 맛있게 마셨다. 그러자 노모의 얼굴에 금세 혈색이 돌았다. 그러더니 노모가 눈을 크게 뜨고 아들의 모습을 요리조리 뜯어보다가 갑자기 자리를 툭툭 털고 일어나 걷기 시작했다.

"어, 엄니……?"

노모는 그동안 병환으로 시력이 급격히 나빠지는 바람에 아들을 잘 알아보지 못했고 걷지도 못했던 것이다. 노모의 급작스런 변화에 아들은 어안이 벙벙할 따름이었다. 세상에 기적이 있다는 말은 들었어도 자기 눈으로 직접 목격하니 도무지 믿기지가 않았다.

어찌 되었든 효자는 노모를 업고 다시 유이태의 집을 찾아갔다. 그리고 대체 어떻게 된 일인지를 확인하고 싶어서 그간의 자초지종을 들려주었다. 아들의 말을 듣고 난 유이태가 잔잔히 미소 지으며 말했다.

"과연 효자한테는 하늘의 보살핌이 따로 있는가 보군. 자네의 어머니가 마신 물은 천년두골 삼인수(千年頭骨 三蚓水)라는 물일세. 즉 '천년 된 해골에 지렁이 세 마리가 빠져 죽은 물'인데 들어보기야 했지만 내 능력으로 감히 어찌 그 귀한 약을 구할 수 있었겠나? 아무튼 하늘이 자네의 효성에 감동하여 내린 약이니 앞으로도 노모를 성심껏 잘 모시게. 그것이 하늘이 내린 은덕에 보답하는 길일세."

_〈산청군지(山淸郡誌)〉

유이태의 낙반비벽토

유이태가 천하 명의로 알려졌을 때 그의 산청 집으로 급한 연락이 왔다. 청나라 고종이 중병을 앓게 되어 조선의 명의 유이태를 찾는다는 것이다. 이에 유이태는 왕명을 받고 두 달의 기한으로 청나라 왕진을 떠나게 되었다.

우여곡절 끝에 청나라에 이르러 유이태가 고종을 진맥해보니 천문창이라는 두창이었다. '남등창 여발저'라 하여 당시의 의술로는 좀처럼 고치기 힘든 부스럼의 일종이었다. 진맥을 마치고 객관으로 나와 깊이 고민해보았지만 머리만 무거울 뿐 뾰족한 수가 떠오르지 않았다.

그럭저럭 하룻밤을 지새우고 아침상을 받아 첫술을 뜨는데, 하필 밥숟가락이 뒤집혀 밥알이 상 밑으로 쏟아졌다. 그러잖아도 입맛이 쓴데다 식욕이 날 리 없었던 유이태는 밥상을 밀쳐두고 생각에 잠겼다.

그러다가 문득 한 가지 생각이 떠올랐다. 유이태는 쏟아진 밥알과 그릇의 밥을 모두 합친 다음 객관의 벽에 문질러 발라보았다. 밥

알들은 자연히 벽의 묵은 때와 뒤범벅되었다.

그 후 며칠 동안 유이태는 차일피일 시간만 때우고 있었다. 큰 기대를 걸고 멀리서 불러온 조선의 명의가 별다른 처방도 없이 시간만 보내고 있으니 청 고종의 성화가 뒤따랐다. 무능한 의원이라는 손가락질도 분분했고, 그럭저럭 한 달여를 보내고 나자 더 이상 지체하기도 힘들었다.

유이태는 비로소 객관 벽에 발라두었던 밥알을 긁어모아 고운 가루를 냈고, 이튿날 그 가루를 갖고 궁궐로 들어가 고종의 환부에 넣어주었다. 그런 다음 하룻밤을 자고 들어가 살펴보니 오래된 부스럼의 물기가 가시고 제법 차도가 있었다. 그렇게 수일 동안 가루를 바꿔주자 환부가 아물었고 채 달포가 되기 전에 두창이 완치되었다. 그러고 나자 청 고종은 물론이고 청나라의 온 조정이 떠들썩하게 유이태를 명의로 떠받들게 되었다.

어느덧 두 달이 되어 유이태가 고국으로 돌아가기를 청하자 청 고종이 말했다.

"그대야말로 천하의 명의요 내 생명의 은인이 아닌가. 내 무엇이든 들어줄 테니 심중에 품어온 소원을 말해보라."

유이태가 머리를 조아리며 대답했다.

"바랄 것이 뭐 있겠습니까? 의원으로서 당연한 일을 했을 뿐입니다."

"허, 짐의 뜻을 거역할 텐가? 그러지 말고 하나만 말해보라."

한참을 주저주저하던 유이태가 어쩔 수 없다는 듯이 입을 열었다.

"소인 예로부터 가산이 넉넉지 못하여 선대의 산소에 석물을 갖추지 못했으므로 그 염원이 있을 뿐입니다."

청 고종이 무릎을 치며 감탄했다.

"허, 조상을 추모하는 정신까지 갸륵하도다! 짐이 그 소원을 들어 줄 테니 염려 말고 돌아가라."

유이태는 더없이 후한 환송을 받고 무사히 귀국했다. 뒤이어 청 조정에서 3대 양위의 묘소에 쓸 석물을 갖춰 보내주었는데, 지금도 그 석물이 전해오고 있다. 또 이 일로 인해 낙반비벽토(落飯庇壁土) 이야기가 널리 퍼졌는데, 그 약효에 대해서도 온갖 말이 무성했다. 벽에다 밥알을 발랐으니 곰팡이가 피었을 것이고, 그 곰팡이는 오늘날의 페니실린처럼 항균제 역할을 해 종기에 효과가 있었을 거라고 추측하기도 한다. 만약 그러했다면 페니실린보다 몇 세기나 앞선 것이므로 그 뛰어난 처방이 놀라울 따름이다.

_〈산청군지〉

갓쉰동전

고구려의 재상 연국혜는 오십이 다 되어 갓쉰동을 얻었다. 연개소문의 아명인 갓쉰동은 '갓 쉰 살에 얻은 아이'라는 뜻이다. 뒤늦게 아들을 얻은 연국혜는 늘 그 아이를 가까이 두고 애지중지했다.

갓쉰동은 어려서부터 용모가 출중하고 재주가 뛰어났다. 아이가 일곱 살 되던 해에 집 앞에서 놀고 있는데, 한 도승이 지나다가 한탄했다.

"참으로 아깝구나, 아까워!"

도승의 뜬금없는 말에 놀란 하인들이 주인에게 그 말을 전했고, 연국혜가 도승을 불러 까닭을 물었다.

"아이가 크면 장차 세상을 움직일 큰 인물이 될 것이오. 하지만 타고난 수명이 짧으니 그것이 안타까울 따름이오."

그 소리를 들은 연국혜는 더욱 몸이 달았다.

"그렇다면 횡액을 막을 방법이 없겠습니까?"

도승이 잠시 주저하다가 말했다.

"아이를 살릴 방도는 이 아이를 집안에서 내쫓는 것뿐이오. 그러면 횡액을 면할 수 있소."

연국혜는 도승의 말을 의심치 않았다. 그래서 어린 아들의 장래를 위해 하인들에게 갓쉰동을 먼 변방에다 버리라고 명령했다. 그러면서도 훗날 알아볼 수 있게끔 아이의 등에다 '갓쉰동'이라는 세글자를 새겨 넣었다.

갓쉰동이 버려진 곳은 강원도 원주의 학성동이라는 곳이었다. 그동네에 류씨 성을 가진 원로가 살고 있었는데, 하루는 마을 앞 냇가에서 황룡이 승천하는 꿈을 꾸었다. 이상한 느낌이 들어 이튿날 새벽 개울에 나가보니 잘생긴 사내아이가 버려져 있는 것이 아닌가. 원로는 그 아이를 자기 집으로 데려갔고, 등에 새겨진 대로 '갓쉰동'이라 부르며 키웠다.

갓쉰동은 자라날수록 외모가 준수하고 체격도 남달랐다. 하지만 근본 모를 아이라는 이유로 집안에서는 따돌림이 심했고, 류씨는 공연한 시비에 휘말리기 싫어서 신분도 올려주지 않은 채 글자만 몇 자 가르쳐 종으로 부렸다.

하루는 갓쉰동이 산에서 땔감을 하고 있는데 문득 청아한 연주소리가 들려왔다. 호기심에 그 소리를 따라가보니 웬 노인이 통소를 불고 있었다. 노인이 기다렸다는 듯이 갓쉰동을 보고 말했다.

"너는 갓쉰동이 아니냐? 지금이라도 학문을 닦지 않으면 장차 어찌 큰 인물이 되겠느냐?"

노인은 처음 보는 갓쉰동에게 배움의 중요성을 강조했고, 갓쉰동은 그 충고를 경청하여 새겨들었다. 노인이 석양을 바라보며 말했다.

"오늘은 늦었으니 내일 다시 오거라."

그러고는 어디론가 휙 사라져버렸다.

그제야 갓쉰동은 이마를 치며 정신을 바싹 차렸다.

"나무하러 와서 엉뚱한 데 정신이 팔렸구나. 주인어르신한테 꾸지람을 들으면 어쩌지?"

부랴부랴 지게를 놓아둔 산 아래로 내려간 갓쉰동은 깜짝 놀랐다. 누가 해놓았는지 지게에 나뭇짐이 한가득 쌓여 있었던 것이다.

그날부터 갓쉰동은 땔감을 하러 갈 때마다 그 노인을 만났고 노인에게 검술과 병법, 천문과 지리 등을 배웠다. 그런 다음 해거름에는 어김없이 꽉 찬 나뭇짐을 지고 돌아왔다.

류씨에게는 아들이 없고 딸만 셋이 있었다. 모두 미모가 출중했는데 그중 셋째 영희가 가장 영특하고 예뻤다.

어느 봄날 류씨가 갓쉰동을 불러 말했다.

"네가 아가씨들을 모시고 꽃구경이나 하고 오거라."

"예, 어르신!"

갓쉰동은 다른 하인 한 명과 함께 가마를 들고 먼저 큰딸의 방문 앞으로 갔다.

"아가씨, 가마 대령했습니다."

그러자 큰딸은 버선발로 마루 끝에 서서 말했다.

"맨땅을 버선발로 어떻게 디디니? 네가 좀 엎드리거라."

그녀는 갓쉰동의 등을 밟고 가마에 올라탔다.

둘째딸을 태울 때도 마찬가지였다. 갓쉰동은 적잖이 굴욕감을 느꼈지만 류씨의 은혜를 생각해서 가까스로 참았다.

그런데 셋째딸 영희만은 달랐다.

"아가씨, 꽃놀이 갈 가마를 대령했습니다!"

그렇게 말하면서 갓쉰동은 뜰 앞에 납작 엎드렸다. 그런데 방문을 나선 영희는 그 모습을 보고 깜짝 놀랐다.

"갓쉰동아, 너 이게 무슨 짓이야?"

갓쉰동이 말했다.

"소인의 등짝이야 아가씨들을 위해서 있는 것이지요. 이 등으로 장작을 져 날라 아가씨들의 방을 덥혔고, 쌀가마를 져다가 아가씨들의 배를 불리고 있습죠. 그러니 아가씨들을 위해서라면 뭐든지……."

"말도 안 돼. 어찌 사람의 등을 발로 밟아?"

영희는 얼른 땅바닥으로 내려와 갓쉰동을 일으켜 세웠다.

갓쉰동은 영희의 어여쁜 얼굴과 백옥 같은 살결, 봄풀처럼 살랑거리는 목소리에 마음이 흔들렸다. 그러면서도 속으로는 알 수 없는 눈물이 핑 돌았다. 그런 마음을 아는지, 영희도 매사에 비범한 갓쉰동을 바라보며 남몰래 한숨을 내쉬었다.

'너 같은 아이가 어째서 남의 집 종살이나 하고 있는 거니……?'

시간이 흐르면서 갓쉰동은 마음속 깊이 영희를 흠모하게 되었고, 영희도 갓쉰동을 아끼고 사랑하게 되었다.

하루는 갓쉰동이 영희에게 이렇게 고백했다.

"어렴풋이 생각나는데…… 무슨 연유에선지 날 버린 부모님이 훗날 날 다시 찾으려고 한 것 같아. 그러려고 등에다 이름을 새겨놓은 것 아니겠어? 그러니 나중에 우리 부모님을 만나면 나와 혼인해 주겠어?"

"물론이야……."

영희가 부드럽게 속삭이고 나서 말했다.

"내가 원하는 건 네가 진정한 사내가 되는 거야. 그러니 장차 네 포부가 뭔지 말해봐."

영희의 말에 갓쉰동은 조금도 망설이지 않고 속내를 털어놓았다.

"달딸(당나라)이 수시로 우릴 괴롭히는데, 우린 방어하기에만 급급할 뿐 쳐들어가지 못하고 있어. 난 언젠가 달딸로 쳐들어가 녀석들의 콧대를 짓눌러버리고 싶어."

그러면서 갓쉰동은 자신이 산에서 신선한테 검술과 병법, 천문 등을 배운 이야기를 들려주었다. 영희가 크게 기뻐하면서 말했다.

"적을 치려면 먼저 그 나라를 잘 알아야 해. 네가 달딸국에 들어가서 그곳 산천을 두루 살피고 그 나라 사정을 파악해보면 어떨까?"

"그렇다면 더할 나위 없이 좋겠지!"

"그럼 아마도 갓쉰동 널 바라보는 아버지의 눈도 크게 달라질 거야."

흔쾌히 동의한 갓쉰동은 그날 밤 류씨의 집을 떠났다. 그리고 영희가 준 금반지와 은그릇을 팔아 노잣돈을 마련한 다음 달딸국으로 건너갔다.

달딸국에 도착한 갓쉰동은 먼저 자기 이름을 돌쇠로 바꾸고, 달딸의 말과 풍속도 익혔다. 그런 다음 얼마 후에는 달딸 왕족 집안의 종이 되었고, 외모와 행동거지가 올곧아 금세 왕의 눈에 띄게 되었다. 그런데 왕의 제2공자는 사람 보는 눈이 예리하여 갓쉰동의 속내를 꿰뚫어보았다.

"부왕, 돌쇠는 인물됨이 비범하지만 달딸 사람은 아닙니다. 아예 죽여서 후환을 없애야 합니다."

왕은 그 말을 대수롭지 않게 넘겨버렸지만, 제2공자는 갓쉰동을 가둬놓고 굶겨 죽이려 했다. 갓쉰동은 자신이 위험에 처했음을 알아챘지만 별다른 계책이 없어 답답할 뿐이었다.

그가 갇힌 감옥에는 새매를 가둬놓은 새장이 놓여 있었다. 갓쉰동은 달딸왕 부자가 사냥을 나간 사이에 몰래 새장을 열고 새매들을 모두 날려 보냈다. 그러자 때마침 궁궐에 남아 있던 공주가 이 사실을 알고 캐물었다.

"넌 어째서 새매들을 모두 풀어준 거야?"

갓쉰동이 대답했다.

"갇힌 내 신세가 하 답답하다 보니, 매도 갇혀 있는 게 답답할 것 같아서 그랬다."

"그래도 부왕이 아끼던 매인데?"

"날 가둔 누군가를 원망하면서 똑같이 갇힌 자신들을 풀어주지 않으면 새들이 날 얼마나 원망하겠어?"

그 말을 들은 공주는 한편으로 측은한 마음이 들어 이렇게 물었다.

"오라버니가 그러는데, 넌 우리 달딸국에 해를 끼칠 사람이라더군. 넌 왜 그래?"

갓쉰동이 말했다.

"만약 내가 달딸을 망하게 하려고 하늘이 낸 사람이라면, 너의 오라버니가 죽이려고 해도 난 죽지 않을 거야. 아니, 설령 날 죽인다해도 계속해서 나 같은 사람이 생겨나겠지. 하지만 너도 알다시피 머잖아 죽게 될 몸이 무슨 수로 달딸을 망하게 하겠니? 공주인 네가 날 풀어준다면 몰라도…… 그러면 난 저 새매처럼 훨훨 세상천지를 날아다니면서 부처님께 공주인 널 보호해달라고 기도할 거야."

공주는 더욱 측은한 마음이 들었다.

"부왕과 오라버니가 사냥에서 돌아오시면 너의 무고함을 알려서 풀어주라고 할게."

갓쉰동은 깊은 한숨을 내쉬었다.

"이 천한 목숨 하나 죽어 없어진다고 뭐 그리 대수일까? 너무 애쓰지 마. 아마 부처님이라면 자비를 베풀 때 누군가의 허락을 필요로 하진 않을 거야……."

그 말을 들은 공주는 말문이 막혀버렸다.

얼마 후 공주는 홀로 불당에 들어가 부처님 전에 불공을 드리고 나서, 감옥의 열쇠 꾸러미를 철창 안에 밀어 넣어주었다. 갓쉰동은 공주에게 진심으로 감사를 표하고 나서 전심전력으로 성문을 빠져나갔고, 그 후 무사히 국경을 넘어 고구려로 탈출하는 데 성공했다.

이 이야기의 주인공인 갓쉰동은 개소문(蓋蘇文)과 같은 표현이다. 개(蓋)는 '갓'으로 발음하고 소문(蘇文)은 '쉰'으로 발음했다. 연국혜는 연개소문의 아버지인 연태조요, 달딸국 왕은 당 고조, 제2공자는 그의 셋째아들인 당 태종이다.

연개소문은 당시 고구려뿐만 아니라 동아시아 패권 전쟁의 핵심 인물이었다. 대신과 호족들을 장악하고 고구려의 900년 전통인 호족공화제를 타파했으며 당 태종을 무찌르고 중국 대륙 침략을 시도했던 전무후무한 영웅이었다.

_『조선상고사(朝鮮上古史)』

설문대할망 이야기

　제주도에는 우리나라 유일의 창세신화가 전해지는데, 제주섬과 300여 개의 오름을 창조한 설문대할망이 그 주인공이다.

　설문대할망은 원래 하늘나라 옥황상제의 딸이었다. 키가 크고 힘도 엄청나게 세어 '거인할망'이라고도 불렀다.

　머나먼 옛날, 설문대할망이 하늘나라 생활에 싫증을 느끼고 바깥세상을 내다보는데, 하늘과 땅이 딱 달라붙어 있는 광경이 너무 답답해 보였다. 그래서 어떻게든 바깥세상을 확 트인 곳으로 바꿔놓고 싶었다.

　어느 날 옥황상제 몰래 바깥세상으로 빠져나온 할망은 하늘과 땅을 둘로 갈라놓았다. 그런 다음 하늘나라로 올라가면서 치마에 흙한 줌을 담아갔다. 그런데 이 일이 곧 옥황상제에게 발각되었고, 옥황상제는 큰 말썽을 일으킨 할망을 땅으로 내쫓아버렸다.

　천상의 공주가 지상으로 추방당해 첫발을 디딘 곳은 육지와 가까운 바다였고, 내려올 때 치마폭에 담았던 흙이 주르르 쏟아져 내렸다. 이때 쏟아진 흙이 한곳에 모여 섬을 이루었는데 그것이 제주

도이고, 그 흙이 가장 높게 쌓인 곳이 바로 한라산이다. 또 치맛자락의 터진 구멍으로 흘러내린 흙이 흩어져 300여 개의 오름을 만들어냈다.

설문대할망은 덩치가 어찌나 컸던지 한라산을 베개 삼아 누워 잠을 자다가 발을 쭉 뻗으면 할망의 발가락이 섬의 절벽에 가 박혔다. 이때 발가락이 박혔던 자리에 구멍이 생겼는데, 그것이 바로 범섬의 콧구멍 동굴이다. 또 하루는 할망이 오줌을 누었는데 세찬 오줌 줄기에 섬의 한 귀퉁이가 떨어져나갔다. 그 땅덩이가 파도에 쓸려 떠내려가다 멈춘 것이 성산 앞바다의 우도다. 할망은 치마가 한 벌밖에 없어서 늘 빨래를 해야 했다. 이때 한라산을 엉덩이로 깔고 앉아서 오른발은 서귀포 앞바다 지귀섬에 디디고 왼발은 관탈섬에 디딘 채 우도를 빨래판으로 삼았다.

설문대할망은 한 벌뿐인 치마에 구멍이 날 때마다 바느질을 해야 했다. 성산일출봉 기슭에 사람 키의 수십 배나 되는 등경대가 솟아 있는데 할망이 바느질을 할 때 등잔불 받침대로 쓰던 것이다.

설문대할망은 몸속에 모든 것을 품고 있어서 섬의 모든 것이 풍족했다. 탐라 백성들은 할망의 부드러운 살 위에 밭을 일구고 곡식들을 가꾸었다. 할망의 털은 풀과 나무가 되고, 할망의 힘찬 오줌 줄기로부터 온갖 해초와 전복, 문어, 소라, 물고기들이 나와 바다를 풍성하게 했다. 그래서 이때부터 물질하는 해녀가 생겨났다.

그렇게 풍요로움의 근원인 설문대할망도 그 거대한 체구로 인해 점차 불행해졌다. 할망이 입고 있던 속옷이 다 해졌는데도 마땅히 입을 옷이 없었다. 여전히 터지고 헌 치마 차림이었고 고래굴 같은 앞도 가릴 수 없었다. 그때 탐라 백성들은 육지까지 다리가 놓이기

제주 오름

를 소원하고 있었는데, 어느 날 할망은 백성들에게 자신의 속옷 한 벌만 지어주면 육지까지 다리를 놓아주겠다고 약속했다.

할망의 속옷을 만드는 데는 명주 100통이 필요했다. 그러나 안타깝게도 탐라 백성들의 명주를 다 모아도 99통밖에 되지 않았다. 그래서 속옷 한 벌을 완성할 수 없었다. 사람들은 자신들의 무능력함에 속이 상했고, 할망은 그 미완성된 속옷이 부끄럽고 화가 났다. 결국 할망은 다리 놓던 일을 그만두었는데, 그때 짓다 만 다리가 바로 모슬포 앞바다의 바다로 뻗친 바위줄기다.

세월이 흐르면서 탐라 백성들은 점차 설문대할망 때문에 불편함을 느끼기 시작했다. 할망이 한숨만 쉬어도 폭풍이 일고 파도가 쳤다.

어느 날 사람들은 할망을 시험해보기로 했다.

"할망, 할망은 키가 아무리 커도 저 연못 깊이보단 작지요?"

"무슨 소리! 내 키보다 더 깊은 연못은 이 세상에 없어."

할망은 사람들이 시키는 대로 용소에도 들어가고, 홍리물에도 들어가보았다. 역시 용소와 홍리물은 할망의 무릎까지도 차지 못했다.

"그래도 물장오리는 다를 걸요? 그 연못은 깊이를 알 수 없다고요."

그 말을 들은 할망이 자신만만하게 연못으로 걸어 들어갔다. 한발 한발 들어가자 물이 할망의 가슴께에 찼으나 오기가 생긴 할망은 자꾸만 더 깊이 들어갔다. 할망은 미처 알지 못했다. 그 물장오리는 밑이 터져서 한없이 깊어져버렸다는 사실을. 결국 물장오리 속으로 잠겨버린 설문대할망은 다시는 밖으로 나오지 못했다.

한편 설문대할망의 죽음과 관련하여 오백장군 이야기도 전해진다.

설문대할망은 오백장군을 낳아 한라산에서 살고 있었다. 가난한 데다 식구는 많고 때마침 흉년까지 겹치자 끼니를 이어갈 수 없었다. 할망은 아들들을 밖으로 내보내 양식을 구해오라고 했다.

오백형제는 양식을 구하러 나가고 할망은 죽을 끓이기 시작했다. 백록담에 큰 가마솥을 걸고 불을 지핀 다음 솥전 위를 걸어 돌아다니며 죽을 저었다. 그러다가 그만 발을 헛디뎌 솥에 빠져 죽고 말았다.

그런 사실도 모르고 양식을 구해 돌아온 오백형제는 나란히 앉아 죽을 먹기 시작했다. 여느 때보다도 죽이 구수하고 맛있었다. 그런데 맨 마지막에 돌아온 막내가 죽을 뜨려고 솥을 젓다가 이상한 뼈다귀를 발견했다. 다시 살펴보니 어머니의 뼈가 틀림없었다. 이에 막내는 어머니를 먹은 불효한 형들과는 같이 있을 수 없다고 원망하며 멀리 고산리 차귀섬으로 달려가 엉엉 울다가 그만 바위가 되어버렸다. 다른 형들도 뒤늦게야 그 사실을 알고는 죽 늘어서서 통곡하다가 모두 바위로 변했다. 그래서 영실에는 499장군이 늘어서 있고, 차귀섬에 막내 하나가 외롭게 서 있게 된 것이다.

제주도 창세신화의 주인공인 설문대할망의 이야기는 이렇듯 신비로운 신화 속 거대한 여신으로, 또 해학 넘치는 민담의 주인공으로 지금도 제주섬 곳곳에 살아 숨쉬고 있다.

_구전설화

제주 어부들의 수호신 영등할망

제주도에서 설문대할망 못지않게 유명한 것이 제주 바다의 수호신 영등할망 이야기다.

먼 옛날 제주 바다 수평선 너머에 영등할망이라는 신이 살고 있었다. 사나운 풍랑이 몰아치던 어느 날, 고기잡이를 나간 한수리 마을 어부들은 거센 파도에 휩쓸려 무서운 외눈박이들의 나라에 가게 되었다.

외눈박이들은 흡사 무섭게 생긴 괴물처럼 보였다. 거대한 덩치에 이마 한가운데에 큼지막한 눈이 하나 달려 있었다. 어부들은 공포에 질려 바들바들 떨어댔다.

"이젠 죽었구나. 육지를 발견해서 겨우 살았다 싶었는데 하필 괴물들이 사는 곳이라니!"

그러나 어부들에게는 마음씨 착한 영등할망이 있었다. 할망은 어부들과 그들이 타고 온 배를 몰래 숨겨주었다. 그러자 외눈박이들은 눈에 불을 켜고 그 어부들을 찾기 시작했다.

"이상하다? 방금 전까지만 해도 배가 있었는데 어디로 간 거지?"

"모처럼 포식 좀 하나 했더니, 에이 아깝다!"

"어이, 영등할망! 방금 여기로 오던 배 한 척 못 봤소?"

외눈박이들이 왁자지껄 떠들어댔지만 영등할망은 시치미를 뚝 뗐다.

"무슨 배가 왔다고 그래? 배는 고사하고 개미 한 마리 못 봤네."

외눈박이들은 영등할망의 하얀 거짓말에 속아 다들 투덜대면서 돌아갔다.

얼마 후 파도가 잔잔해지자 영등할망이 어부들을 풀어주면서 신신당부했다.

"외눈박이들이 갔으니 너희도 어서 돌아가거라. 그리고 마을에 도착하기 전까지 꼭 '가남보살 가남보살'을 외우면서 가도록 하거라."

어부들은 몇 번이고 허리를 굽혀 영등할망에게 인사했다.

"할망, 구해줘서 고맙습니다."

"'가남보살 가남보살' 잊지 말고!"

"예, '가남보살 가남보살'…… 잊지 않겠습니다. 고맙습니다, 할망!"

어부들은 그렇게 영등할망과 헤어져 제주섬의 고향 마을로 향했다.

그들은 항해하는 내내 할망이 일러준 대로 '가남보살 가남보살'을 외웠다. 그러다가 드디어 저 멀리 반가운 고향 땅이 보이자 너무도 기쁜 나머지 그만 영등할망이 당부한 바를 까먹고 말았다. 그러자 갑자기 거대한 폭풍이 휘몰아치더니 어부들이 탄 배가 다시 외눈박이들의 섬으로 떠내려가고 말았다. 다행히도 영등할망이 아직 그곳에 머물러 있었다.

"너희가 '가남보살'을 까먹은 게로구나!"

"배가 고향 마을에 도착했다는 기쁨에 들떠서 그만……."

어부들은 다시 영등할망에게 부탁했다.

"제발 저희를 다시 제주로 보내주십시오, 할망!"

체구는 거인이었지만 착하고 마음씨 여린 영등할망은 또다시 어부들을 안전하게 고향으로 돌려보내주었다. 그런데 얼마 후 외눈박이 거인들은 영등할망이 어부들을 살려주었다는 사실을 눈치채고 화가 나 영등할망을 죽여버렸다. 이때부터 제주 백성들은 바다의 재앙을 막아준 영등할망의 은혜를 생각하며 음력 2월 초하루부터 15일까지 영등굿을 지내오고 있다.

지금도 고기잡이 어부들과 해녀들은 늘 영등할망에게 감사하며, 바다의 안전을 지켜주는 수호신이자 풍어를 안겨주는 영등할망을 위해 굿을 행한다. 제주에서는 영등굿을 하는 동안 혼례를 치르지 않으며, 이상하게도 그맘때는 바닷가의 소라고둥 껍질 안이 텅텅 비어 있다고 한다. 바로 영등할망이 다 까먹어서 그러하다는 이야기가 전해져온다.

_구전설화

선비, 신선계를 방문하다

조선 중종 때 못생긴 얼굴에 행색이 아주 지저분한 거지가 한양 땅에 살고 있었다. 나이는 마흔쯤 되어 보였고 총각처럼 머리를 길게 땋았는데, 허리춤에 주머니를 꿰차고 이곳저곳을 돌아다니며 구걸을 했다. 그는 가끔씩 부잣집 종들과도 어울려 다녔는데, 그때마다 종들은 그를 장도령이라고 불렀다. 도령이란 원래 양반집 총각을 일컫는 말이지만, 당시 장안을 주름잡던 전우치는 길을 가다가도 장도령을 보면 꼭 말에서 내려 절을 하곤 했다. 그럴 때도 장도령은 고개 한 번 까딱하지 않고 인사를 받는 것이었다.

"자네, 요즘 어찌 지내는가?"

그러면 전우치는 매우 공손한 태도로 대답했다.

"예, 별일 없습니다요."

그 광경을 본 사람들마다 적잖이 놀랄 수밖에 없었다.

"아니, 자네 같은 사람이 어째서 저런 비렁뱅이한테?"

전우치가 대답했다.

"오늘날 조선 땅에 신성을 가진 이가 세 분 계신데, 그중에서도 장도령이 가장 위대하시지!"

"자네 지금 우리더러 그 말을 믿으라는 건가?"

"그리고 둘째가 정북창이요, 셋째는 연세평일세. 사람들이 몰라서 그렇지, 그걸 빤히 아는 내가 저분께 존경을 표하는 건 당연한 일 아닌가."

"에이, 아무리 그래도 어떻게 저런 거지한테……! 대체 자네 말을 어디까지 믿어야 하는 거야?"

사람들은 워낙 별종인 전우치가 유난을 떤다면서 웃어 넘겨버렸다.

그 당시 장터 근처에 한 선비가 살고 있었는데, 장도령이 구걸하러 다니는 모습을 보고 하루는 말을 걸어보았다.

"자넨 어디서 온 누구인데 늘 그렇게 구걸을 하고 다니는가?"

"예, 어르신 저는……."

사실 장도령은 전라도 양반 출신이었다. 어느 해에 전국을 휩쓴 전염병으로 부모님이 돌아가시자 주위에 아무도 없었다. 그 뒤 홀로 이리저리 떠돌다가 한양까지 올라오게 된 것이었다.

"자네 사정도 참 딱하구먼그래."

사연을 듣고 난 선비는 장도령을 가엾이 여겨 잔치가 있을 때마다 그를 따로 불러 먹이곤 했다.

하루는 선비가 길을 가다가 죽은 시체가 들것에 실려가는 광경을 보았다. 그런데 언뜻 열린 거적 밑의 시신을 보니 장도령이었다. 그는 죽은 장도령이 불쌍해서 혼자 통곡하며 울었다.

그로부터 20여 년 후, 선비는 우연히 전라도 지방을 여행하게 되었다.

밤중에 지리산 근처를 지나다가 길을 잃고 헤매는데, 갑자기 나타난 나무꾼이 길을 가르쳐주었다. 선비가 그 길을 따라가는데, 갈수록 풍경이 뒤바뀌는 것이 아무래도 이승처럼 느껴지지 않았다. 그때 문득 푸른 도포를 입은 한 노인이 하인들을 거느리고 선비를 향해 걸어왔다. 그가 선비에게 정중히 예를 취하면서 말했다.

"제 집이 여기서 멀지 않으니 저와 함께 가시지요."

선비가 뭐라고 대답하기도 전에 이미 그의 발길이 이끌리고 있었다.

선비가 노인의 안내를 받아 함께 들어간 곳은 눈부신 보석들로 꾸며진 아름다운 대궐이었다. 마치 신선들의 나라처럼 찬란하고 화려했는데 아까부터 선비를 살펴보던 노인이 물었다.

"저를 모르시겠습니까?"

"글쎄요, 노인장께서 저를 아시는지요?"

"내가 장도령입니다. 기억하시겠소?"

선비가 놀라 멍하니 그를 바라보니 얼굴은 예전과 같았지만 한결 선하고 정제된 모습이었다.

"이, 이게 대체…… 어찌 된 일입니까? 장도령은 이미 오래전에 죽은 걸로 알고 있는데……?"

그가 말했다.

"조선에는 신선들이 사는 산이 네 개 있는데, 그중 하나가 바로 이곳 지리산이랍니다. 내가 실수를 범하여 잠시 인간 세상에 나가 있었는데, 그때 당신이 베풀어준 친절을 한시도 잊어본 적이 없습니다. 그 은혜에 감사드립니다."

"세상에나…… 당신이 정말로!"

"그러니 마음 푹 놓고 쉬십시오."

그러고는 선비를 위해 큰 잔치를 두 번이나 베풀어주었다.

사흘째 되는 날 그가 말했다.

"이곳은 당신이 오래 머물 곳이 못 됩니다. 다시 만나 뵙긴 힘들 겠지만 부디 건강하시고 몸 조심히 잘 가십시오."

장도령, 아니 신선은 만날 때와 똑같이 예를 취하면서 작별을 고 했다. 선비가 그의 하인을 따라 길을 나서니 금세 신선 세계에서 빠 져나왔다.

선비는 그 신선과의 만남을 아쉬워하면서 자신이 빠져나온 길 입 구에 말뚝을 박아두었다. 그러고는 이듬해 다시 그곳으로 가 표시 해둔 말뚝을 찾아보았지만 보이지 않았다.

「어우야담」

개와 대들보 위의 지네

보령 남포 양항리에 큰 부잣집이 있었다. 부자는 젊어서 남의 집 머슴을 살며 근근이 연명했지만, 서른 살 즈음에 소금 장사를 해서 갑자기 큰돈을 벌었다.

언젠가 오랑캐들이 쳐들어왔을 때, 부자는 재빨리 재산을 성주산으로 옮겨 화를 면했지만 집은 불타버렸다. 그 후 마을이 회복되고 군사까지 들어와 안정되자 부자는 다시 큰 집을 짓고 관에도 협조하면서 잘 지냈다. 그가 여봐란듯이 살면서 가세가 기운 양반들까지 그의 신세를 지게 되자 마을에서는 그를 장자(長者)로 대접해주었다.

장자는 부유하게 살면서도 어려울 때를 대비해 뭐든 아껴 써야한다고 역설했다. 밥을 먹을 때도 반찬이 다섯 가지가 올라오면 두가지는 내려놓았다. 그래서 마을에서는 짜도 너무 짜다며 '간장'이라는 별명까지 붙여주었다.

그런데 이상하게도 그가 성주산에 피난을 갔다 돌아온 뒤부터 집안에서 매년 한 사람씩 죽어나가는 것이었다. 다 늙은 장자였지만 어느 날 갑자기 영문도 모른 채 죽기는 싫었다. 사람이 죽을 때마다 집안 분위기가 침울했고, 그해에도 아끼던 몸종 하나가 죽자 장자는 시름에 잠겨 이불을 뒤집어쓰고 누워버렸다.

장자에게는 외동딸이 있었는데, 얼굴이 예쁘고 마음씨도 착했지만 다른 사람들과 잘 어울리지 못해 항상 우울했다. 그래서 개 한 마리를 길러보라고 했는데, 마음씨가 착해서 개도 무척 아꼈다.

그런데 이상하게도 이 개가 부엌에서 솥뚜껑 여는 소리가 나면 쪼르르 달려가 부엌 천장을 바라보는 것이었다. 식모들이 때려도 피하지 않고 천장을 바라보다가 솥에서 밥을 퍼서 상에 올려놓으면 그 밥상을 넘나드는 것이었다. 그러면 개가 넘어 다닌 밥상이라 재수 없다면서 밥상을 다시 차려내야 했다. 그래서 식모들은 밥을 풀 때마다 부엌문을 잠갔고, 개는 그때마다 부엌문에 매달려 왈왈 짖어댔다.

그러던 어느 날이었다. 밤이 깊어 모두 잠이 들었는데 갑자기 부엌에서 개 짖는 소리가 났고, 부엌 문짝이 떨어지는 등 큰 소동이 벌어졌다. 놀란 식구들이 달려 나와 부엌을 살피고 개를 찾았다. 다행히 부엌 안은 별 이상이 없었는데 개의 머리에서 피가 흘렀다. 그 모습을 본 외동딸은 누가 때려서 그런 거라며 펄쩍펄쩍 뛰었다. 하지만 다른 이들은 개가 부엌으로 먹을 것을 찾아 들어가려고 머리로 부엌문을 짓쳐서 생긴 상처라고 단정했다.

이에 집주인인 장자는 개가 이제는 부엌 밥상까지 넘본다며 몽둥이로 마구 때렸다. 그러자 개는 신음 소리를 흘리면서도 "대들보, 대들보!" 하고 외치는 것이었다. 장자는 화가 끓어올랐다.

"이 개새끼가 이젠 사람 목소리까지 흉내를 내?"

장자는 다시 몽둥이를 크게 휘둘러 그 개를 죽여버렸다.

개가 죽고 나자 장자는 외동딸이 서운해할까봐 이튿날 시장에서 귀여운 강아지 한 마리를 사왔다. 그런데 이 개도 커가면서 줄곧 부엌 출입을 시작하는 것이었다. 이전에 죽은 개와 마찬가지로 천장을 바라보며 으르렁댔고 밥상을 넘나들었다. 이번에도 장자는 이를 괘씸히 여기고 몽둥이질을 해댔고, 개는 "대들보, 대들보!" 하면서 죽어갔다.

"정말 묘한 일이군. 개가 사람 말을 하는 것도 그렇고……!"

그제야 이상하게 여긴 장자가 사다리를 밟고 대들보 위로 올라가 보았다. 대들보에는 켜켜이 쌓인 먼지가 수북했는데, 그 한가운데에 커다란 지네 한 마리가 웅크리고 있다가 장자를 보고는 발을 흔들며 덤벼들었다.

마침내 장자는 해마다 집안사람들이 죽어나간 원인을 짐작할 수 있었다. 대들보에 숨어 있던 지네가 그 아래에서 밥상이 차려질 때마다 독기를 내품어서 그 독이 들어간 밥을 먹은 사람이 죽어나갔던 것이다. 장자는 몽둥이를 올려달라고 해서 대들보에 눌러 붙어 있는 지네를 단숨에 때려죽였다.

장자는 엉뚱한 오해로 개를 때려죽인 자신의 행위를 후회했다. 그래서 흙으로 대충 덮어두었던 개 두 마리의 사체를 꺼내 양지바른 곳에 묻어주고, 그 앞에서 죽은 지네를 태워 재로 만들었다. 그 뒤로는 집안에서 죽는 사람도 없었고, 밥상을 차릴 때는 꼭 보자기를 덮도록 했다고 한다.

_〈보령시지〉

「백이전」을 1억 1만 3,000번 읽은 김득신

충청도 괴산 땅 괴강 근처에 임진왜란 당시 진주목사로 순절하여 영의정에 추증된 김시민 장군의 사당인 충민사가 있다. 그 인근에 취묵당이라는 조선시대의 누정이 있는데, 김시민 장군의 손자이고 선조와 숙종 때의 시인인 김득신의 독서재(讀書齋)가 괴강을 굽어보고 있다.

김득신의 아버지인 김치는 점을 잘 쳤는데, 어느 날 꿈에서 노자를 만나고 득남하니 그가 바로 김득신이었다. 예사롭지 않은 태몽에 그는 아들이 큰 인물이 될 거라고 기대했다.

그러나 아버지의 바람과 달리 김득신은 영특하지 않았다. 어려서부터 학업 실력이 형편없었다. 기억력도 나빠 열 살이 되어서야 글공부를 시작했는데 돌아서면 까맣게 잊어버리곤 했다. 당연히 집안 형제들에 비해 학문적인 재능이 뒤떨어졌고, 주위 사람들은 득신에게 글공부는 무의미하다고 생각했다.

하지만 그의 아버지는 생각이 달랐다.

"너무 조급해하지 말거라. 성취가 조금 늦는다고 성공하지 말란

법은 없다. 읽고 또 읽다 보면 언젠가 반드시 명문장가가 될 것이니라."

그의 아버지는 설령 출사하지 못하더라도 학업 자체에 의미가 있다고 생각했다. 득신 역시 주위 사람들의 빈정거림에 신경 쓰지 않고 글공부를 계속해나갔다. 비록 우둔했지만 득신에게는 남들에게 없는 불굴의 인내심과 지구력이 있었다. 그래서 끊임없이 노력한 결과 스무 살에 처음으로 글을 지을 정도가 되었다.

중국의 서성(書聖) 왕희지는 밥 먹는 일, 잠자는 일도 잊고 붓글씨에만 매달렸다고 했던가? 김득신은 정말로 학문을 좋아했다. 또 한 번 몰입하면 끝장을 보는 성격이었다. 자신이 좋아하는 시를 외우고 또 외우다가 어느 순간에는 마치 자신이 지은 것으로 착각할 만큼 몰입도가 강력했다. 아버지는 그런 아들을 미련하다 타박하기는커녕 계속해서 용기를 북돋워주었다. 그리하여 훗날 그가 시인으로 명성을 날리게 된 것도 어쩌면 자식을 포기하지 않고 끝까지 기다려준 아버지의 노력 때문일 것이다.

한번은 김득신이 말을 타고 어느 집 앞을 지나는데 문득 글 읽는 소리가 들려왔다. 김득신은 말을 멈추고 한참 동안 귀담아듣더니 말고삐를 잡은 하인에게 이렇게 물었다.

"들리는 문장이 아주 익숙한데, 무슨 글인지 생각이 나지 않는구나."

하인이 주인을 올려다보며 말했다.

"부학자(夫學者) 재적극박(載籍極博)…… 어쩌고저쩌고한 것이 나리가 만날 읊으시는 건데 정말 모르시겠어요? 쇤네도 알겠습니다요."

그제야 김득신은 「백이전」에 나오는 내용임을 알아챘다.

그의 노둔함이 이와 같았다. 하지만 만년에는 능히 시로 세상에 이름을 떨쳤다.

또 한번은 김득신이 풍지조몽위(風枝鳥夢危), 즉 '바람 부는 가지에 새의 꿈이 위태롭고'라는 글귀를 얻었다. 하지만 여러 해가 지나도록 알맞은 대구를 잇지 못하고 있었다. 그러다가 작고한 아버지의 제사를 지낼 때였다. 달 밝은 가을밤 이슬은 차고 흰데 뜰에는 밤벌레 소리가 요란했다. 막 술을 올리고 절을 하려는데 갑자기 '노초충성습(露草蟲聲濕)', 즉 '이슬 젖은 풀잎에 벌레 소리 젖는구나'라는 구절이 떠올랐다. 풍지조몽위에 꼭 들어맞는 대구였다.

"아, 이거로구나!"

김득신은 자신도 모르게 감탄하며 큰 소리로 시를 읊조리더니 제사상에 올리던 잔을 높이 치켜들어 자신이 훌쩍 마셔버렸다. 그러고는 태연하게 말했다.

"만일 아버지께서 살아 계셨다 해도 올리던 술을 아들이 마신 것을 용서하셨을 것이다."

김득신은 노둔한 천품을 타고났음에도 후천적인 노력을 통해 시(詩)로 일가를 이루었다. 그는 늘 읽고 외우기를 멈추지 않았다. 그는 자신이 작성한 독서록에 1,000번 이상 읽지 않은 것은 올리지 않았다. 그가 좋아하는 사마천의 『사기』 중 「백이전」은 1억 1만 3,000번(여기서 1억은 10만을 일컫는다)을 읽었다고 해서 훗날 그의 서재 이름을 '억만재(億萬齋)'라 할 정도였다. 그의 피나는 노력은 『백곡집』에도 잘 나타나 있는데, 다음은 「독수기(讀數記)」 중 일부다.

「백이전(伯夷傳)」은 1억 1만 3,000번을 읽었고 「노자전」, 「분왕」, 「주책」, 「능허대기」, 「의금장」, 「보망장」은 2만 번 이상 읽었다. 「제책」, 「귀신장」, 「목가산기」, 「제구양문」, 「중용서」는 1만 8,000번, 「송설존의서」, 「송수재서」, 「백리해장」은 1만 5,000번, 「획린해」, 「사설」, 「송고한상인서」, 「남전현승청벽기」, 「송궁문」, 「연희정기」, 「지등주북기상양양우상공서」, 「응과목시여인서」, 「송구책서」, 「마설」, 「후자왕승복전」, 「송정상서서」, 「송동소남서」, 「후십구일부상서」, 「상병부이시랑서」, 「송료도사서」 등은 1만 3,000번을 읽었다. 「용설」은 2만 번 읽었고 「제악어문」은 1만 4,000번을 읽었다…….

이렇듯 노력가였음에도 선천적으로 머리가 나빴던 그에게 과거 급제는 크나큰 난관이 아닐 수 없었다. 그래서 수차례 낙방의 고배를 마신 끝에 겨우 사마시에 붙어 진사가 되었는데, 그의 나이 서른 아홉 살 때였다. 그리고 대과에 급제해 본격적으로 관직 생활을 시작한 것은 그로부터 20년 후인 쉰아홉 살, 환갑을 앞두고서였다.

비록 늦은 나이에 관직에 올랐지만, 사실 그의 재능은 글을 짓는 데 있었다. 그의 시는 당시 한문의 대가인 이식에게 극찬을 받았고, 효종은 그의 「용호한강시」를 읽고 "당시에 견주어도 부끄러움이 없는 걸작이다"라고 감탄했다. 후대의 정약용은 그를 두고 이렇게 평가했다.

"글자가 생겨난 이후로 상하 수천 년과 종횡 3만 리를 통틀어 독서에 부지런하고 탁월한 이로 당연히 백곡을 최고로 삼아야 할 것이다."

벼슬에 큰 뜻이 없었던 김득신은 대과 급제 2년 후 낙향하여 선대의 묘 근처에 초당을 지었다. 이때 취묵당(醉墨堂)이라는 당호를 붙였는데, '깨어 있어도 입을 다물고 취해도 입을 다물어야 재앙을 모면할 수 있으니 침묵을 금으로 여기는 삶을 살겠다'는 뜻이다.

김득신의 묘비에는 이런 글귀가 적혀 있다.

'재주가 남만 못하다 하여 스스로 한계 짓지 말라. 나보다 어리석고 아둔한 이도 없겠지만 결국에는 이룸이 있었다. 매사는 힘쓰는 데 달려 있을 따름이다.'

_〈괴산군지(槐山郡誌)〉

김득신의 우직함을 닮은 괴산 능촌리 석불

죽을 시기를 예언하다

조선 선조 때 안동 출신의 김치라는 사람은 벼슬이 감사에까지 이르렀다.

젊은 시절 김치는 중국에 건너갔다가 이름난 점술가를 만난 적이 있었다.

"내 운수가 어떠할지 한번 봐주시오."

점쟁이가 이리저리 점을 쳐보더니 이내 고개를 끄덕였다. 김치는 낯선 이국땅의 점쟁이를 대하는 터라 조금 긴장했지만, 점쟁이는 대수롭지 않게 종이에 두 줄의 글귀를 적어 내밀었다.

花山騎牛客 頭戴一枝花 (화산기우객 두대일지화)

"이것이 내 운수란 말이오?"

"그렇소."

"꽃 핀 산중에 소를 탄 나그네요, 머리에 한 송이 꽃을 이었다……?"

글귀는 알아보았지만 그것이 무슨 뜻인지는 도통 알 수가 없었다.

"좀 풀어주시오. 무슨 뜻인지 모르겠소이다."

"알 때가 올 것이오."

김치는 도무지 짐작되지 않아 계속 의문을 표했지만 점쟁이는 더 이상 말해주지 않았다. 김치는 뚱한 표정으로 물러날 수밖에 없었다.

그 후 벼슬길에 나선 김치는 안동부사가 되었다. 그때 학질을 심하게 앓았는데, 이런저런 처방약을 여러 날 동안 앓고 나서야 겨우 몸을 움직일 수 있었다.

"어이쿠, 정말 큰 고생을 치렀어."

그러나 안도하기가 바쁘게 얼마 지나지 않아 또다시 학질에 걸렸다.

"어허, 이거야 원…… 번번이 이 무슨 조화란 말인가……."

이번에도 김치는 끙끙 앓고 나서, 무진 고생을 겪고 나서야 겨우 회복할 수 있었다. 그리고 그 후로도 걸핏하면 학질을 앓아서 아주 습관이 되다시피 했다.

"아무래도 이렇게 번번이 학질을 앓는다는 건 예삿일이 아니야."

김치 스스로가 그런 생각이 들었고 주위에서도 여러 가지 처방을 권했다. 학질에는 무슨 약을 쓰면 좋다느니, 점을 쳐보라느니, 혹은 무슨 비방이 최고라느니 하면서 말이다.

김치는 그런 말을 곧이듣지 않았지만, 워낙 번번이 학질을 앓는데 진력이 나서 좋다는 건 죄다 한 번씩 해보았다. 그러나 역시 별다른 효험을 보지 못했다.

그러던 차에 한번은 이렇게 권하는 사람이 있었다.

"소를 타고 다니면 학질이 떨어진다고 합디다."

"허, 그게 무슨 소린가?"

김치는 하도 어이가 없어서 피식 웃음을 터뜨렸다.

"웃을 일이 아닙니다. 백성들 사이에 떠도는 말이긴 한데 누가 압니까? 혹여 효험이 있을지?"

"허허!"

소를 타고 다니면 학질이 떨어진다는 말은 김치도 전부터 들어온 터였다.

"밑져야 본전 아닙니까? 한번 해보십시오."

"정말 그래볼까?"

그 후로 김치는 소를 타고 이 고을 저 고을로 돌아다녀보았다. 소를 타고 다니자 풍류도 좋았고, 때마침 봄날이라 산과 들에 꽃이 만발하여 한가로운 구경거리로 그만한 것도 없었다.

그러나 혹시나 했던 그런 행동도 아무 소용없게 김치는 또다시 학질에 걸려 어느 고을에서 쓰러지고 말았다. 풍류를 즐기던 흥취는 온데간데없고 또다시 병자 신세가 되어버린 것이다. 그 고을의 수령은 김치에게 약을 달여주고 기생들을 붙여 정성껏 병구완을 해주었다.

그날도 끙끙 앓던 김치는 문득 이마의 선뜻함을 느끼고 눈을 떠보았다. 머리맡에 기생이 쪼그리고 앉아 그의 이마를 짚어보고 있었다.

"좀 어떠신지요?"

김치가 몽롱한 눈으로 그 기생을 올려다보았다. 갸름한 얼굴에 수심 어린 얼굴로 자신을 지켜보는 모습이 마치 한 폭의 그림처럼 어여뻤다.

"내가 공연한 고생을 시키는구나."

"아닙니다."

그녀는 목소리도 고왔다.

"나이가 올해 몇이냐?"

"예, 스물하나입니다."

"그렇구나……."

김치는 한동안 그 기생의 얼굴을 정신없이 바라보았다. 어여쁜 기생의 병구완을 받으니 금방이라도 병을 털고 일어날 것 같았다.

'내 일어나면 이 아이한테 치사를 단단히 해야겠구나. 그래, 원한 테 부탁해서 아예 집으로 데려갈까……? 그나저나 소를 타면 학질이 떨어진다는 말도 다 헛말이로군. 아니야, 흥취한 나머지 내가 너무 오래 타고 다녀서일까……?'

그런 생각을 하면서도 김치는 또다시 기생에게 말을 걸어보았다.

"너의 이름이 무엇이냐?"

"일지화(一枝花)입니다."

"일지화……?"

"예, 한 가지의 꽃이라는 뜻이옵니다."

"허!"

김치는 기가 탁 막혀서 두 눈을 굳게 감았다. 언젠가 중국 땅에서 점쟁이가 써 보이던 글귀가 떠올랐기 때문이다.

"화산기우객 두대일지화……!"

과연 자신은 소를 타고 산천경개를 구경하고 다녔으니 꽃동산에 소를 탄 나그네였다. 또 지금은 일지화라는 이름의 기생이 머리맡에 앉아 이마를 짚어보고 있으니, 말인즉 머리에 한 가지 꽃을 인 것이 아닌가!

"휴우……! 언젠가 알 때가 올 거라고 하더니…… 그 글귀는 결국 내가 죽을 날을 예언한 것이었구나."

길게 한숨을 내쉬는 김치의 이마에서 식은땀이 배어나왔다. 그는 너무도 신기하고 어이가 없어서 한동안 입을 다물지 못했고, 그 일이 있고 나서 얼마 후 갑자기 숨을 거두고 말았다.

_「독좌문견일기」